Biblioteca de

DANIELLE STEEL

PLAZA **PJ** JANÉS

Danielle Steel nació en Nueva York y estudió en su país y en Europa. Desde que en 1973 publicó su primer libro, *Going Home*, se ha convertido en la autora más leída de nuestro tiempo, con más de doscientos millones de ejemplares vendidos en todo el mundo. Ha publicado más de treinta novelas, la mayoría de las cuales ha alcanzado el primer puesto en las listas de *bestsellers*, y desde 1981 sus títulos aparecen ininterrumpidamente en la lista del *New York Times*. Su nombre figura en el libro Guinness de los récords por haber tenido tres obras en la lista de *bestsellers* al mismo tiempo. Plaza & Janés ha publicado sus títulos *Accidente, El regalo, Volar, Relámpago, Cinco días en París, Malicia* y *El honor del silencio*, que han recibido una calurosa acogida por parte de los lectores españoles.

DANIELLE STEEL

SECRETOS

Traducción de
Mª Antonia Menini

PLAZA & JANÉS EDITORES, S.A.

Título original: *Secrets*
Diseño de la portada: Método, S. L.
Fotografía de la portada: The Image Bank

Quinta edición: septiembre, 1999

© 1985, Danielle Steel
© de la traducción, M.ª Antonia Menini
© 1998, Plaza & Janés Editores, S. A.
  Travessera de Gràcia, 47-49. 08021 Barcelona

Printed in Spain – Impreso en España

ISBN: 84-01-46245-2 (col. Jet)
ISBN: 84-01-46639-3 (vol. 245/9)
Depósito legal: B. 39.178 - 1999

Fotocomposición: Alfonso Lozano

Impreso en Litografía Rosés, S. A.
Progrés, 54-60. Gavà (Barcelona)

L 466393

*A John,
el mejor y más querido
regalo de mi vida,
con todo mi corazón y mi amor.*

D. S.

1

El sol reverberaba en los edificios con el fulgor de un puñado de diamantes arrojados contra un iceberg de cegadora blancura, mientras Sabina tomaba el sol desnuda en una tumbona expuesta al sofocante calor de Los Ángeles. Los implacables rayos solares habían conferido a su piel untada de aceite una suave tonalidad morena. Más tarde bajaría a refrescarse un poco en la piscina, pero antes tenía muchas cosas que hacer. Se tendía boca arriba todas las mañanas con la cara protegida por una crema, el cuerpo cubierto de aceite y los ojos tapados por sendas torundas de algodón embebidas en agua de hamamelis. Un paño húmedo le encuadraba el rostro y unos pequeños apósitos de gasa le protegían los pechos. A los treinta y ocho años se sometió a una pequeña intervención de cirugía estética para borrar un leve frunce del ceño y, más adelante, se operó el busto para darle el impresionante aspecto que jamás había tenido. En la pantalla, cuando el cámara era bueno, su rostro y su figura parecían un sueño. Sabina Quarles tenía cuarenta y cinco años y un cuerpo perfecto. Hacía ejercicio cada mañana durante una hora, se daba masaje tres veces por semana, nadaba todas las tardes y caminaba tres kilómetros diarios cuando no hacía demasiado calor. Caminaba, pero no practicaba el *jogging.* No se había gastado cinco mil dólares en la operación para estropearse después el busto corriendo como una tonta por las aceras de Beverly Hills.

Lucía vestidos de atrevido escote para exhibir aquella carne color miel de la que tanto se enorgullecía, y faldas con cortes laterales para dejar entrever las piernas que tanto le envidiaban las mujeres. Dios había sido muy generoso con Mary Elizabeth Ralston, nacida en Huntington, Pensilvania, hacía casi medio siglo. Su padre era minero y su madre trabajaba de camarera en un local frecuentado por camioneros, El Café, que permanecía abierto toda la noche. Su padre murió cuando ella contaba nueve años, y su madre volvió a casarse en tres ocasiones a lo largo de siete años, enviudó dos veces y murió cuando Mary Elizabeth tenía diecisiete años. Puesto que no tenía ningún motivo para quedarse, ésta subió con sus largas y bien torneadas piernas a un autocar Greyhound y se fue a Nueva York. Aquel día murió Mary Elizabeth Ralston y nació en Nueva York Virginia Harlowe, un nombre que en aquel momento le pareció sugerente. Trabajó durante algún tiempo como modelo hasta que acabó de corista en un teatro de mala muerte, muy lejos del esplendor de Broadway. Creyó haber alcanzado el cenit de su carrera cuando a los veintiún años alguien le ofreció un papel en una película. Por aquel entonces llevaba el cabello teñido de negro para que resaltaran mejor sus almendrados ojos verdes. No le dieron vestuario para interpretar aquella película, sino que la enviaron con otras dos chicas y un hombre a un gélido almacén del Lower East Side. Del papel prefería no acordarse. La vida de Virginia Harlowe fue todavía más efímera que la de Mary Elizabeth Ralston. Le ofrecieron varios papeles parecidos, trabajó en una mísera sala de striptease del West End y al final se dio cuenta de que se encontraba en un callejón sin salida. El nombre de Sabina Quarles le saltó a los ojos desde las páginas de una revista que alguien dejó olvidada una noche en el camerino común y, con sus escasos ahorros, compró un billete para Los Ángeles. Tenía veinticuatro años y sabía que era casi demasiado tarde. Casi, pero no del todo. Se dejó el tinte negro del cabello en Nueva York y se convirtió en rubia nada más llegar a California. Al cabo de tres semanas encontró una habitación de alquiler y un agente y no habló en absoluto de su labor cinematográfica en Nueva York. Eso formaba parte de una vida que no deseaba recordar. Sabina Quarles, que así se llamó a partir de entonces, tenía una habilidad especial para olvidar lo que no le convenía, la vida en la mina, el tugurio de striptease de Nueva York y las películas pornográficas que hizo en el almacén del Lower East Side. En Los Ángeles empezó a trabajar como modelo publicitaria, le hicieron una prueba en la Metro-Goldwyn-Mayer y otra en la Fox y en menos de seis meses consiguió un papel en un filme decente. Después le dieron tres papeles secundarios en otras tantas películas y, por fin, uno de mayor envergadura que la convirtió, a los veintiséis años, en un rostro conocido y recordado por toda una serie de directores. Sus dotes de actriz no eran extraordinarias, pero tampoco pésimas. Su agente le encontró un profesor de arte dramático que la ayudó a mejorar y le consiguió algunos papeles. A los veintiocho años, el público ya empezó a conocerla y su agente de prensa se encargó de que su nombre apareciera con regularidad en los periódicos. Los comentarios la relacionaban con distintos astros y, a los treinta años, tuvo una sonada aventura con uno de los más afamados actores de Hollywood. Fue una carrera duramente ganada merced a sus protectores, a su buena disposición a quitarse la ropa y a la mejora de sus cualidades interpretativas. A los treinta y tantos años desapareció durante una temporada de la escena y, al cabo de cierto tiempo, hizo una espectacular reaparición en una película que, en opinión de todo el mundo, la iba a convertir en una estrella de primera magnitud. No fue así, pero su nombre quedó grabado en la mente del público y, a partir de aquel instante, empezaron a ofrecerle mejores papeles.

Sabina Quarles había trabajado duro para llegar donde estaba; a los cuarenta y cinco años no se encontraba precisamente en la cima del éxito, pero su nombre era conocido en Hollywood y recordado por los cinéfilos de todo el país a poco que reflexionaran. Ah, sí, ¿no era la que...? Una mirada de desconcierto y después una sonrisa y una expresión de deseo en los rostros masculinos. Era la clase de mujer con quien soñaban todos los hombres aunque, con el tiempo, se había vuelto muy remilgada. Sabina Quarles tenía una voluntad de hierro y un cuerpo que cortaba el aliento. Procuraba conservar todos sus contactos, llamaba a su agente a diario, se esforzaba en interpretar con propiedad sus papeles y era muy maleable.

No era una primera figura, pero se esforzaba en ser una estrella, una de esas luces de segunda categoría que a veces sobreviven a los grandes nombres que todos los días nacen y mueren en los estudios de Hollywood, sustituidos por rostros más lozanos. El rostro de Sabina Quarles era digno de verse y aunque su nombre no era muy taquillero, hacía felices a los hombres cuando iban al cine. Los hombres sentían deseos de extender la mano y tocarla, aunque ella no siempre lo permitiera. No era éste su objetivo. Su cuerpo era simplemente el vehículo hacia el éxito.

Echó un vistazo al despertador que tenía en la terraza, se tendió boca abajo con un gracioso movimiento y volvió a aplicarse crema solar en el rostro y los brazos. Los tenía tan jóvenes y firmes como el resto del cuerpo. No había en ella ni un solo milímetro de grasa.

El teléfono sonó precisamente cuando estaba a punto de levantarse. Ya era casi la hora de tomarse dos vasos de agua mineral antes de bajar a la piscina. Miró instintivamente el reloj de pulsera, preguntándose quién podría ser. Ya había llamado a su agente.

—¿Sí?

Todo en Sabina Quarles era suave y aterciopelado. Tenía una voz dulce, profunda y sensual que encandilaba a los hombres cuando la veían en la pantalla.

—¿Sabina Quarles, por favor? —dijo la afable voz de una secretaria desconocida.

—Soy yo misma —contestó Sabina, sosteniendo el teléfono mientras, con la otra mano, se apartaba del hombro la sedosa melena rubia.

Nadie hubiera podido adivinar que el color no era enteramente natural. Todo en Sabina era hermoso y cuidadosamente elaborado. Había dedicado toda su vida a convertirse en lo que era. Lástima que no hubiera triunfado. Sin embargo, aún no se daba por vencida. Aunque no era famosa, la conocían bastante. Nunca era demasiado tarde. Todavía se encontraba en la fase de ascenso, pese a que el año anterior se había quedado un poco estancada. Mientras siguiera ganando dinero, la falta de papeles importantes no la preocupaba. Hacía apenas un mes había hecho un anuncio para una firma de abrigos de pieles. Estaba dispuesta a hacer cualquier cosa con tal que sus ingresos no menguaran, cualquier cosa… menos televisión. No quería rebajarse a eso.

—Aquí el despacho de Mel Wechsler —dijo la secretaria con voz engolada.

Melvin Wechsler era el productor más destacado de Hollywood y cualquier persona que trabajara con él compartía su brillo, o eso por lo menos debía de pensar su secretaria. Sabina esbozó una sonrisa. Había salido con él dos o tres veces. Mel Wechsler, aparte todo lo demás, era un hombre muy apuesto y Sabina se preguntó por qué la llamaba ahora.

–Ya –dijo con voz cantarina mientras echaba un vistazo en derredor.

Su moderno apartamento estaba ubicado en Linden Drive, una zona algo menos elegante de Beverly Hills. Aun así, era un buen barrio y el apartamento estaba amueblado casi todo en tonos blancos, y tenía dos paredes revestidas de espejos. Contempló su cuerpo desnudo, su busto perfecto y sus largas y hermosas piernas. Le gustaba mirarse y no había nada en su imagen que la preocupara o asustara.

–El señor Wechsler desea saber si podría usted almorzar hoy con él. En los Bistro Gardens.

Sabina se sorprendió de que no la llamara él personalmente y de que la cosa fuera tan urgente. A lo mejor quería proponerle un papel en alguna película, aunque últimamente el productor apenas se dedicaba al cine. En los últimos diez años Melvin Wechsler había cosechado sus mayores éxitos en la televisión, pero le constaba que Sabina no se dedicaba a la televisión. Todo el mundo lo sabía. La televisión era basura y ella lo decía siempre que tenía ocasión de hacerlo. Sabina Quarles no tenía por qué hacer televisión. Eso le decía a su agente cada vez que él le planteaba el asunto, cosa que últimamente no ocurría muy a menudo. Tenía más suerte cuando le proponía hacer anuncios como el del abrigo de pieles. Eso, según ella, tenía cierta clase, mientras que la televisión no poseía ninguna. Mel Wechsler también la tenía y ella estaba libre a la hora del almuerzo. Eran las once menos cuarto.

–¿Le parece bien a la una? –preguntó la chica sin suponer que Sabina pudiera decir que no. Nadie decía nunca que no, o muy poca gente. Jamás actores, por supuesto.

–A la una y cuarto –contestó Sabina poniendo cara de satisfacción.

Era un juego al que jugaba todo el mundo en Hollywood, y ella era más testaruda que aquella secretaria.

–De acuerdo. Los Bistro Gardens –repitió la muchacha como si Sabina pudiera olvidarlo.

–Gracias. Dígale que allí estaré.

Vaya si estarás, encanto, pensó la secretaria mientras colgaba el auricular y pulsaba el botón del dictáfono del señor Wechsler. La secretaria que estaba al otro lado recibió el mensaje de que Sabina Quarles se reuniría con él a la una y cuarto y Wechsler pareció alegrarse cuando la chica le pasó la nota.

También Sabina se alegró. Mel Wechsler. Ahora que lo pensaba, llevaba siglos sin verle. Incluso la había acompañado a la ceremonia de entrega de premios de la Academia hacía diez años. Siempre pensó que se sentía más atraído por ella de lo que a primera vista parecía, aunque nunca hubieran llegado a nada concreto.

Se dirigió al vestidor, una pequeña estancia que daba acceso al cuarto de baño, y se metió bajo la ducha, accionando los grifos con hábiles manos. Mientras el agua caliente le cosquilleaba la morena piel, se lavó el cabello y pensó en lo que iba a ponerse para su cita con Melvin Wechsler. Todo dependería de lo que él tuviera pensado: ofrecerle un trabajo o bien algo más personal. No sabía qué papel iba a interpretar, si el de la estrella en ascenso o el de la voluptuosa mujer de mundo. Se echó a reír. Ambas eran una misma cosa. Al fin y a la postre, ella era la rubia, hermosa y esbelta Sabina Quarles. Melvin podía hacer por ella muchas cosas y de varias maneras.

Abrió el grifo del agua fría antes de salir de la ducha y todo su cuerpo vibró mientras se secaba con la toalla y se peinaba el largo cabello rubio. Hubiera podido tener veinticinco, veintiocho o veintinueve años tal vez. Sonrió. Le importaba un comino. Le hubiera dado igual tener catorce que cincuenta. Iba a almorzar con Melvin Wechsler.

2

Sabina bajó en ascensor al garaje sin experimentar la menor inquietud. Raras veces temía que la asaltaran o atracaran. Lo único que la hubiera preocupado era que le desfiguraran el cuerpo o la cara. Les hubiera entregado de buen grado cualquier otra cosa. Nunca llevaba demasiado dinero encima ni poseía joyas de gran valor. Había tenido algunas a lo largo de los años, pero las fue vendiendo. Prefería gastar el dinero en cosas más importantes.

Tenía un pequeño Mercedes plateado 280 SL, un modelo que ya no se fabricaba y no tenía mucha demanda. Se encontraba en perfecto estado de funcionamiento, pero no era nuevo, como muchas de las cosas de Sabina. Su vestuario le sentaba muy bien, aunque no le interesaban las últimas tendencias de la moda. Ahora lucía una falda de seda blanca con cortes laterales hasta medio muslo y una blusa de seda azul que realzaba el color moreno de su piel y su cabello rubio. Llevaba los primeros cuatro botones desabrochados y lo que se veía a través del escote era suficiente para debilitar la voluntad de cualquier hombre y dejarle medio embobado. Llevaba la melena peinada hacia atrás y las uñas de las manos pintadas de rojo fuego como las de los pies, calzados en sandalias blancas de tacón alto. Puso el vehículo en marcha y salió del garaje en dirección a los Bistro Gardens.

Al llegar a Wilshire, viró bruscamente a la derecha y poco después efectuó otro viraje, cruzó la verja de hierro del hotel Beverly Wilshire y se situó entre los dos edificios del establecimiento como un diamante brillando al sol entre dos senos mientras aguardaba a que el conserje la viera y se acercara. Eso hizo el hombre en el acto. La conocía desde hacía tiempo y le gustaba vigilar su automóvil porque le daba muy buenas propinas y era una mujer hermosa. El solo hecho de verla le ponía de buen humor. Abrió la portezuela dirigiéndole una ancha sonrisa mientras Sabina sacaba las piernas del interior del pequeño vehículo. Como de costumbre, llevaba la capota bajada.

—Buenas tardes, señorita Quarles. ¿Almorzará hoy aquí?

—No muy lejos de aquí —contestó Sabina con aquella sonrisa que hacía olvidar a los hombres todas sus palabras—. ¿Puede ocuparse de mi automóvil?

Era una pregunta retórica. Él siempre se alegraba de poderle prestar un servicio a Sabina Quarles. Y agradecía la ocasión de poderla admirar.

—No faltaría más. La veré luego —dijo, entregándole el tícket.

Sabina se alejó con una seductora sonrisa y el hombre se la quedó mirando hasta que giró a la derecha y ya no pudo verla. Mientras contemplaba los contoneos del trasero de la actriz bajo la falda blanca, el conserje pensó que era una especie de representación de ballet. Sabina se hubiera alegrado de saber el efecto que ejercía en él y en cuatro hombres que la contemplaban en silencio. Sólo uno de ellos la reconoció, pero los hombres miraban a Sabina, independientemente de quién fuera, por su aspecto y su forma de moverse. Era una lástima que su carrera hubiera quedado estancada desde la última película. Lo único que le hacía falta era el papel y el productor adecuados.

Esperó a que el semáforo de Wilshire Boulevard cambiara a verde y cruzó en dirección al lugar en que se encontraba el Brown Derby cuando ella llegó por primera vez a Hollywood. Pasó rápidamente por delante del mismo con expresión concentrada. Faltaban diez minutos para la una y tenía que darse prisa. Pero su atuendo necesitaba algo más y ella sabía exactamente qué. Todo lo que hacía Sabina era fruto de un cuidadoso cálculo. Se encontraba a un tiro de piedra del toldo a rayas blancas y amarillas de Rodeo Drive, el sagrado emporio de las más seductoras mujeres de Hollywood. Giorgio. Entró y se encaminó directamente hacia la sección de sombrerería del otro lado del bar mientras un camarero la miraba arrobado.

—¿Le apetece una copa, señora?

Hablaba con acento francés y seguramente estaba harto de ver beldades, pero Sabina era algo fuera de lo común. Ella rechazó el ofrecimiento y sonrió mientras se probaba un par de sombreros. Encontró precisamente lo que buscaba en el momento en que aparecía la dependienta. Ésta miró a Sabina de reojo un instante y comprendió que hubiera tenido que conocerla. La había visto otras veces, pero Sabina no visitaba muy a menudo el establecimiento de Giorgio. Era caro para ella y sólo compraba allí algún vestido en ocasiones extraordinarias; por ejemplo, cuando asistió a la ceremonia de entrega de premios de la Academia acompañada de Mel, pero no acudía allí más de una vez al año como mucho. De repente, la dependienta la reconoció. Era agotador recordar a todas aquellas mujeres, porque no todas eran famosas.

—¿En qué puedo servirla, señorita Quarles?

—Me llevaré éste —dijo Sabina, complacida.

Le sombreaba un poco el rostro y le confería un aire

de misterio que aumentaba su innata sensualidad, pero no le ocultaba los maravillosos ojos verdes. Es más, le permitía jugar con ellos. Era un gran sombrero de paja natural, de ala ancha, justo el accesorio que le hacía falta para completar el efecto de la blusa de seda azul, la falda de cortes laterales y el suave perfume que la envolvía. Ya era la una y cinco.

—¿Podemos mostrarle alguna otra cosa? Acabamos de recibir unas sedas preciosas y unos fabulosos trajes de noche para la temporada de otoño.

No querían conformarse con una simple venta de cincuenta dólares, pero a Sabina le bastaba con eso. Mel gastaría mucho más en el almuerzo y cualquiera sabía cuáles eran sus planes. Invertir cincuenta dólares en algo que favorecía su propia carrera no era demasiado. Se podía permitir ese lujo.

—Eso es todo, gracias.

—Acabamos de recibir los modelos de Jacqueline de Ribes…

Sabina rechazó con una sonrisa a aquella mujer que no conseguiría sacarle ni un dólar más.

—Precisamente la semana pasada me compré tres en Saks.

Tres modelos de Jacqueline de Ribes hubieran representado la mitad de los ingresos de Sabina del año anterior, pero la dependienta no se amilanó.

—Tenemos algunos exclusivamente diseñados para nosotros. Es más, los eligió el propio Fred en París.

El ilustre Fred Hayman, gerente del mejor establecimiento de Rodeo Drive. Sabina no se impresionó ante la mención de su sagrado nombre. Consultó el reloj. La una y diez.

—Tengo que irme. Volveré después del almuerzo.

O el año que viene. O a lo mejor la próxima semana si Mel me ofrece un importante papel en su próxima película. Con sus ojos no había quien discutiera. Ahora le dijeron a la dependienta: Dame el maldito sombrero o me largo. Sin embargo, lo necesitaba para su almuerzo con Melvin. La dependienta comprendió que no debía insistir.

—Muy bien, señorita Quarles. ¿Quiere que le aparte alguna cosa?

Dios bendito, nunca se dan por vencidas, pensó Sabina mientras la mujer desaparecía con el sombrero en dirección a alguna oculta caja registradora. Cuando regresó, ya era la una y cuarto. Sabina se puso el sombrero, lo ladeó con cuidado y se alisó la melena hacia atrás. El efecto fue espectacular y más de una cabeza se volvió cuando salió de la tienda y se dirigió a toda prisa desde Rodeo a Beverly, cubriendo una manzana más hasta llegar a North Canon. Era exactamente la una y veintiún minutos cuando entró en los Bistro Gardens. Se detuvo un instante mientras la gente se volvía a mirar su majestuosa belleza. Era una costumbre que tenían los clientes, para evitar que se les pasara alguien por alto: Gregory Peck, Elizabeth Taylor, Meryl Streep… Mira, Jane, allí, al fondo… Los murmullos eran constantes. Esta vez, la gente se limitó a mirar mientras el *maître* se acercaba presuroso a ella, pasando por entre las mesas exteriores. El estallido de color de las flores realzaba la elegancia del ambiente en el que unos parasoles a rayas protegían a los comensales del sol meridiano.

—¿Señora?

Era, a la vez, una pregunta y una afirmación.

—Estoy citada con Melvin Wechsler para almorzar —contestó Sabina acariciándole con la mirada.

Sabía que eso daba muy buen resultado. Estaba arrebatadoramente bella. Lejos, Melvin Wechsler la observaba desde una discreta mesa. Contempló sus largas piernas que se acercaban a él con gracia, su firme busto bajo la blusa azul de seda y sus increíbles ojos verdes. Tenía algo, vaya si lo tenía. Era exactamente lo que él andaba buscando. Sonrió para sus adentros al verla más guapa que nunca. Sabina Quarles no era una ex reina de la belleza sino una mujer a tener en cuenta, un terremoto de grado 9,9 en la escala de Richter. Sintió un estremecimiento. Se levantó y le tendió una mano. Su brazo era poderoso y el apretón, firme y cordial. Tenía unos gélidos ojos azules y una mata de cabello blanco cuidadosamente peinada. Mel Wechsler contaba cincuenta y cuatro años pero poseía el cuerpo de un hombre mucho más joven, al igual que ciertos congéneres suyos de Hollywood. Los más afortunados. Jugaba a tenis todos los días o, por lo menos, con toda la frecuencia que podía, y se hacía dar masajes varias veces por semana. Sin embargo, a diferencia de otros, no se había sometido a ninguna operación de cirugía estética. Estaba estupendamente bien para su edad y, de no haber sido por el cabello blanco, hubiera podido quitarse fácilmente diez años, pero no quería hacerlo.

–Hola, Sabina. ¿Qué tal estás?

–Siento llegar con retraso –contestó ella esbozando una sugerente sonrisa–. El tráfico en esta ciudad es tremendo –dijo, sentándose. Sobre todo, si te detienes a comprarte un sombrero por el camino, pensó–. Confío en que no te haya hecho esperar demasiado.

Mientras la miraba, Mel recordó de repente su carácter felino, como el de un hermoso gato, desperezándose al sol. Los ojos azules del hombre la taladraron. Siempre observaba y sopesaba todo cuanto veía, como si tuviera algo muy importante en la cabeza. Su sonrisa derretía los corazones de las mujeres y, si no sus corazones, por lo menos su resistencia. Era una media sonrisa que le entreabría los labios incluso cuando sus ojos estaban serios, tal como ocurría en aquel instante.

–Ciertas cosas compensan la espera.

Sabina se echó a reír. Recordó lo mucho que le gustaba hablar con él y se preguntó por qué no la habría llamado desde hacía tanto tiempo. Sus caminos se cruzaban de vez en cuando, pero no muy a menudo.

–Gracias, Mel.

Cuando él le ofreció una bebida, tras dudar un poco optó por un bloody mary a base de vodka y zumo de tomate, percatándose demasiado tarde de que Mel bebía agua mineral Perrier. No encajaba en el molde habitual de Hollywood. Era un hombre de cuerpo entero y sus éxitos eran fruto del esfuerzo y de un infalible instinto. Poseía un olfato especial para elegir a los actores de sus producciones cinematográficas y televisivas. Raras veces se equivocaba. Era una de las muchas cosas que Sabina admiraba en él. Melvin Wechsler era todo un profesional y un hombre tremendamente atractivo. En otros tiempos había tenido una prolongada relación con una de las más rutilantes estrellas de Hollywood, a la que incluyó en tres de sus películas, pero algo debió de fallar y al final ambos se separaron. Sabina se preguntaba, como todo el mundo, por qué habían roto, pero Melvin jamás hacía el menor comentario al respecto, y eso a ella también le gustaba. Era un hombre orgulloso y valiente. Tenía clase. No era de esos que gustan de lamerse las heridas en público. Nunca hacía la menor alusión a la gran tragedia de su vida. Sabina la conocía de oídas y a través de lo que contaba la prensa. Hacía unos treinta años había estado casado con Elizabeth Floyd, una de las más famosas actrices del Hollywood de su época. Ambos se conocieron cuando él llegó a la ciudad y se estaba abriendo camino en la Metro-Goldwyn-Mayer, la mítica MGM. Años más tarde, Mel se convirtió en un joven de prometedor futuro y la actriz se enamoró de él aunque ambos tardaron todavía unos años en casarse. Al poco tiempo Elizabeth quedó embarazada y se retiró. Resultaron ser dos gemelas preciosas, idénticas a su madre.

Dos años más tarde, tuvieron un niño. Mel procuró mantener a su familia apartada de la prensa, aunque con Liz la tarea no era fácil. Era tan hermosa que los fotógrafos se pasaron años persiguiéndola. Sabina recordaba haberla visto algunas veces en sus primeros tiempos en Hollywood. Ya estaba retirada, pero era una pelirroja sensacional, de grandes ojos azules, piel cremosa, sonrisa deslumbrante y una figura que volvía locos a los hombres. Ya entonces participaba activamente en los movimientos en favor de los derechos femeninos y en diversas asociaciones filantrópicas. El matrimonio poseía una casa en Bel Air y un rancho cerca de la localidad de Santa Bárbara. Mel era un padre de familia ejemplar aunque pudiera pensarse lo contrario a juzgar por las muchas mujeres que habían pasado por su vida. Era un hombre paternal y todo el mundo decía que trabajar para él era como formar parte de una familia. Se preocupaba por la gente que intervenía en sus producciones tanto como por su propia familia, y adoraba a Liz y los niños. Todos los años iban a Europa juntos y, en 1969, los llevó a todos a Israel. Fue un viaje inolvidable y Mel lamentó mucho tener que regresar a Los Ángeles para asistir a una reunión de los directivos de una cadena de televisión. Dejó a Liz y a los niños en Tel Aviv y prometió regresar al cabo de cuatro días. Sin embargo, una vez en Los Ángeles, las cosas se complicaron más de lo previsto. Hubo un problema con un programa y al final abandonó la esperanza de regresar a Israel y le dijo a Liz que volviera a casa, pero ella deseaba pasar unos días en París según lo previsto y no quería decepcionar a los niños. Tomaron un vuelo de la compañía El Al. En el momento en que ellos subían a bordo del aparato, Mel experimentó una extraña sensación en el estómago y consultó el reloj, preguntándose si ya sería demasiado tarde para llamar. Quería que tomaran un vuelo de Air France o de otra compañía, pero después pensó que sus inquietudes eran absurdas… hasta que recibió una llamada del Departamento de Estado. Siete terroristas árabes habían subido al aparato y hecho estallar una bomba, provocando la muerte de ciento nueve personas, entre ellas, Liz, Barbie, Deborah y Jason. Melvin se pasó varias semanas convertido en un autómata, sin poder creer lo ocurrido, reprochándose haberles dejado, no haber vuelto y no haberles llamado. Los remordimientos de aquel día le persiguieron durante años. Era una pesadilla de la que no creyó despertar jamás. Deseaba haber muerto con ellos. Soñaba con el vuelo maldito y se pasó muchos años sin tomar un avión. Pero el pasado no se podía recuperar. Era imposible retroceder. Barbie y Deb tenían doce años, y Jason diez. Era una de esas noticias que se leen en los periódicos. Pero le había ocurrido a él. Toda su familia borrada del mapa por la bomba de unos terroristas. Su vida ya nunca más volvió a ser lo que era. Se entregó en cuerpo y alma a su trabajo y los actores eran como hijos para él. Pero Liz ya no estaba. Jamás habría otra como ella y él no quería que la hubiera. Hubo otras mujeres, claro, aunque tardó mucho tiempo en llegar a eso. Más tarde, tuvo unas relaciones serias, pero nunca volvió a casarse. No tenía ningún motivo para ello. Lo tuvo todo y lo había perdido. A partir de entonces se tomó las cosas con más filosofía y restó importancia a las banalidades de Hollywood. No se tomaba las cosas a pecho, pero se las tomaba en serio. Le interesaba el negocio y sabía participar muy bien en el juego, pero había una puerta en su corazón que jamás volvería a abrirse: la que se cerró de golpe cuando recibió la llamada de París. Sin embargo, no era insensible a las bellezas que lo rodeaban y disfrutaba de la compañía de las mujeres con quienes salía. Aun así, siempre había un momento de la verdad cuando regresaba a casa por la noche o cuando ellas se iban al día siguiente, el momento de la soledad y los recuerdos. Por eso se enfrascaba tanto en el trabajo. Era una válvula de escape que le daba muy buen resultado.

—¿Qué has estado haciendo últimamente? —le preguntó a Sabina, mirándola con una afectuosa sonrisa.

Sabina recordaba la tragedia que había en la vida de Melvin, pero de eso hacía mucho tiempo y él no mencionaba jamás a su mujer y a sus hijos, salvo en contadas ocasiones y con amigos muy íntimos. Todo el mundo se conmovió ante aquellas muertes y hubo una ceremonia religiosa en el Stephen Weise Temple de Mulholland a la que asistieron centenares de personas. El entierro no se llevó a cabo porque la compañía aérea no entregó ningún cadáver. No quedó nada. Sólo dolor del alma, recuerdos y remordimientos.

—Tengo entendido que hiciste una película muy buena el año pasado.

Tenía entendido algo más que eso. Por ejemplo, que fue un fracaso de taquilla a pesar de las favorables críticas. Sin embargo, sabía de lo que era capaz Sabina porque conocía sus películas. Sabía exactamente lo que era y la quería. Más de lo que ella se figuraba. Ni siquiera le hubiera hecho falta comprarse el sombrero, pero a él le gustó el efecto mientras la estudiaba con un destello en los ojos. El trabajo era toda su vida. Ya había apartado a un lado su terrible desgracia, ya había hecho las paces con ella y no permitía que gobernara su existencia. Su pasión dominante era el trabajo y en eso pensaba ahora precisamente. La historia se llamaba *Manhattan* y le venía como anillo al dedo a Sabina.

Ésta se echó a reír ante la gentileza del comentario. Sólo Mel hubiera podido expresarse de aquella manera. Era todo un caballero y podía permitirse el lujo de serlo porque estaba en la cima. Era el amo del mundo en el que se movía, y la cadena de televisión le besaba los pies por los éxitos que le reportaba. A su lado, todo el mundo ganaba dinero, las cadenas de televisión, los patrocinadores y los actores. Mel era generoso con todo el mundo y no le apretaba los tornillos a nadie. Era un hombre apetecible en muchos sentidos, y Sabina no pensaba únicamente en su carrera cuando le miró por encima de la copa con una sonrisa en los labios.

—La película fue un fiasco. Un bonito fiasco, pero un fiasco de todos modos.

—Tuviste buenas críticas.

—Ahí está el detalle. Con las buenas críticas no pagas el alquiler. Ni otros gastos.

—A veces sí.

—Cuéntaselo a los que hacen las películas. Ellos quieren grandes éxitos de taquilla. Las críticas les importan un bledo.

Ambos sabían que era así hasta cierto punto.

—Eso es lo que tiene de bueno la televisión —dijo Mel sin cambiar de expresión. Vio que Sabina arqueaba las cejas y comprendió que estaba pisando un campo minado—. Los índices de audiencia tienen mucha más importancia que las críticas.

—Los índices de audiencia no significan absolutamente nada, y tú lo sabes tan bien como yo, Mel —contestó Sabina en tono hastiado—. Reflejan sólo el sentir de los papanatas que están pegados a los televisores de sus casas. Y vosotros os morís de miedo pensando en los índices de audiencia. A mí dame películas, por malas que sean.

—¿Sigues opinando lo mismo acerca de la televisión? —preguntó Mel, y pidió otra botella de Perrier.

—Es basura. —Los ojos de Sabina se encendieron de furia bajo el ala del sombrero. Aborrecía la televisión y se lo había dicho a Melvin infinidad de veces.

—Pero basura rentable —repuso él sonriendo.

—Tal vez. Pero, gracias a Dios, yo nunca me he prostituido así.

Al verla tan segura de sí misma, Mel empezó a inquietarse. Sin embargo, Sabina aún no conocía el guión de *Manhattan*. Si lograra convencerla de que lo leyera, todo cambiaría.

—Hay cosas peores, Sabina. Y tú sabes mejor que yo que muchas películas no valen siquiera la cinta en que se filman. Y no le producen a uno más satisfacción que un papel secundario en una mala producción televisiva.

—Eso es ridículo, Mel —exclamó Sabina—. No se puede comparar el cine con la televisión.

—Yo sí puedo hacerlo, y probablemente mejor que nadie puesto que trabajo en ambos medios. No hay nada mejor que una buena serie de televisión de muchos capítulos. Eso les produce a los actores más satisfacción que la que debió de sentir Clark Gable en *Lo que el viento se llevó*. —Ambos sonrieron ante la comparación—. Ésa sí hubiera sido una buena película para ti, Sabina.

Ella se echó a reír. Siempre se tomaba sus cosas muy en serio, pero Mel la ayudaba a reírse de sí misma. Tenía una habilidad especial para conseguir que la gente se relajara y se sintiera a gusto. Antes del almuerzo, Melvin estuvo pensando mucho en Sabina. Llevaba mucho tiempo en Hollywood y, se merecía una recompensa. Eso era lo que Mel Wechsler o por lo menos *Manhattan* le podía ofrecer.

—Pregúntale a cualquier actor que haya participado en una serie larga de televisión qué opina al respecto, Sabina. Te pasas meses adquiriendo experiencia, forjando tu carácter y mejorando tu actuación. La mitad de los actores que intervienen en estas series se pasa después al campo de la dirección o la redacción de guiones.

—Probablemente lo hacen por instinto de conservación —dijo Sabina con una pícara sonrisa.

—¿Nadie te ha dicho nunca que eres una testaruda? —replicó él sonriendo a su vez.

—Sólo mi agente.

–¿Ningún ex marido?

Lo había olvidado, pero lo recordó enseguida al verla sacudir la cabeza. Era un alma solitaria como lo eran muchas de las mujeres del sector. Estaban demasiado ocupadas en sí mismas, en su aspecto y en su trabajo para dedicarle tiempo a un marido. Si alguna vez se casaban, el fracaso estaba a la vuelta de la esquina. Eso era una de las cosas que le molestó de Sabina cuando la conoció, el hecho de que nunca hubiera estado casada. Tenía preferencia por las mujeres casadas y, a ser posible, con hijos. Llenaban una necesidad suya que él ya no podía llenar por sí mismo. No quería otra familia, no hubiera podido soportar otra pérdida como la primera, pero le encantaban los hijos de los demás.

–Nunca conocí a un hombre con el que sintiera la tentación de quedarme –contestó Sabina con sinceridad, a pesar de que nunca solía explicar quién era, adónde iba o qué quería. La verdad es que estaba muy satisfecha de su estilo de vida.

–Eso no habla demasiado en favor de los hombres que has conocido –dijo Mel mirándola a los ojos.

Cuando regresó el camarero ambos pidieron los platos y, a partir de ese momento, la conversación tomó un cariz más intrascendente. Mel no tenía ningún plan para el verano. Hacía mucho tiempo que había vendido el rancho de Santa Bárbara y, cuando le apetecía descansar un poco, alquilaba una casa en la playa de Malibú y se pasaba el rato leyendo guiones con toda tranquilidad. Llevaba semanas manteniendo reuniones con los responsables de la cadena televisiva y ahora tenía un asunto muy importante entre manos. Estaba organizando el reparto de la serie *Manhattan*, un proyecto extremadamente ambicioso.

–Y tú, Sabina, ¿no tienes ningún viaje en perspectiva?

Ella sacudió la cabeza y jugueteó con aire ausente

con la ensalada. A Mel le pareció que tenía un aire deliciosamente vulnerable y, por un instante, hubiera deseado gritar «¡Corten!» para eternizar aquella imagen. Sin embargo, todo se desvaneció en cuanto ella le dirigió una sonrisa y se encogió de hombros.

—Tengo que ir a San Francisco unos días. Por lo demás, me quedaré aquí todo el verano.

A Melvin le constaba que no tenía ningún trabajo ni lo había tenido desde que finalizara el rodaje de su película del año anterior. Se preguntó si estaría dolida por el hecho de no haber conseguido triunfar. Tal vez se daba por satisfecha con lo que tenía, aunque eso era un poco difícil de creer tratándose de una mujer como Sabina. Confiaba en que estuviera un poco apurada.

Esperó a que les sirvieran el café y entonces le planteó diplomáticamente el asunto.

—Quería proponerte que leyeras un guión.

Los ojos de Sabina se iluminaron. Ya se imaginaba que iba a ser algo así. O eso, o salir otra vez con ella. También hubiera estado abierta a esta posibilidad. En realidad le hubiera gustado mucho y no estaba muy segura de cuál de ambas cosas hubiera preferido. Mel no producía últimamente muchas películas y, por consiguiente, era muy halagador que pensara en ella. Necesitaba trabajar y probablemente él lo sabía. Hollywood era una ciudad muy pequeña y lo que no se sabía, se sospechaba, imaginaba o comentaba en susurros. Era una ciudad llena de chismorreos, rumores y secretos mal guardados.

—Me encantaría. Deduzco que estás preparando tu próxima película.

—No exactamente. —De nada hubiera servido mentirle. Mel llevaba el guión en una cartera colocada bajo su silla y quería entregárselo después del almuerzo en caso de que ella accediera a leerlo—. Estoy preparando una nueva serie.

—Entonces no cuentes conmigo —dijo Sabina, cerrando sus verdes ojos.

—Confiaba en que por lo menos aceptaras leerlo, Sabina. Eso no te causaría ningún perjuicio.

Su voz era suave y seductora y Sabina se sintió irresistiblemente atraída por él.

—Eres un hombre muy convincente, pero perdería el tiempo y te lo haría perder a ti. —Trataba de ser educada, pero estaba clarísimo que no le interesaba la serie.

—Puedo esperar —dijo Melvin. Hubiera deseado añadir: «Y tú también», pero no lo hizo—. ¿Cuánto se tarda en leer un guión? Y si es tan bueno como pienso, no creo que te arrepientas.

Sabina sacudió la cabeza con expresión divertida.

—Por ti haría casi cualquier cosa, Mel, pero eso no quiero hacerlo. Sé lo que te propones. Quieres que me enamore del guión, pero eso no es posible.

—¿Y si lo fuera?

—Nada cambiaría.

—¿Por qué?

—Te parecerá una locura, pero supongo que por una cuestión de principios. No quiero hacer televisión.

—No tienes en cuenta tus intereses de actriz, Sabina. No te lo propondría si no supiera que el papel es adecuado para ti. El personaje parece hecho a medida para ti. Cuando te veo, veo a Eloise Martin. La serie se llamará *Manhattan*, pero no es un serial cualquiera. Es una producción importante y muy cara. Causará enorme impacto en todo el sector televisivo norteamericano y sé que el papel te va como anillo al dedo. Hubiera podido llamar a tu agente en lugar de invitarte hoy a almorzar. Hubiera podido hablarle de dólares y contratos, pero no he querido hacerlo. Deseo que te enamores de esta mujer y veas lo mucho que se te parece... Después ya hablaremos de lo demás. Comprendo tu integridad, créeme, pero también veo otra cosa. Veo la situación a largo plazo y lo que esto podría representar para ti y para tu carrera. Dentro de un año podrías ser el nombre más cotizado de este país. Aunque ahora parezca un poco difícil imaginarlo, sé que la serie causará sensación. No me he equivocado mucho en los últimos años, y toco madera. –Mel golpeó la mesa con los nudillos y miró sonriendo a Sabina–. Sé que esta vez tampoco me equivocaré. Tengo mucho interés en que leas el guión. Eso te podría colocar en la cima de tu carrera y tú lo mereces, Sabina.

Aunque parecía sincero, ella no estaba demasiado convencida.

–¿Y si fuera un fracaso?

–No lo será, pero, aunque lo fuera, no sería peor que el de tu última película. ¿Y qué? Eres una superviviente y seguirías adelante. Como todos nosotros. Pero no será un fracaso, Sabina. Será un éxito que dejará al país boquiabierto de asombro. Es un tema dramático, duro y brillante, sin ñoñerías ni comicidades absurdas. Una vez a la semana, te podrían contemplar sesenta millones de personas, Sabina. Y te contemplarían embobados. Tu vida ya nunca volvería a ser igual. Estoy tan seguro de ello como de que estoy sentado aquí contigo.

Hablaba tan convencido que, por un instante, Sabina estuvo tentada de leer el guión para ver qué era aquello tan excepcional de que hablaba Melvin. En realidad, no tenía otra cosa que hacer como no fuera tenderse en la terraza, bajar a la piscina y esperar que sonara el teléfono. ¿Qué perdería con leerlo? De repente se echó a reír.

–No me extraña que tengas tanto éxito, Mel, porque eres un vendedor de primera.

–En esto no tendré necesidad de ejercitar mis dotes, Sabina. Comprenderás lo que quiero decir cuando lo leas. *Manhattan* eres tú desde el principio hasta el final.

–¿Estás haciendo una serie piloto?

–No me halagas mucho, querida –contestó él echándose a reír–. Ni siquiera la cadena es tan cruel conmigo. No, no es una serie piloto. –Su éxito se daba por descontado y nadie le hubiera propuesto jamás hacer tal cosa a Mel Wechsler–. La noche del estreno empezaremos con un capítulo especial de tres horas y después seguiremos con capítulos semanales de sesenta minutos. Pretendemos que el comienzo sea espectacular.

–Puede que lo sea. Pero no te hagas ilusiones, Mel. Sigo pensando lo mismo con respecto a la televisión.

–De acuerdo –dijo Melvin, inclinándose para sacar de la cartera el guión del capítulo especial de tres horas–. Me parece perfecto. Pero te estaría muy agradecido si lo leyeras. –«Agradecido»: una palabra muy propia de Mel. Él estaba agradecido y ella, encantada. Y ambos lo sabían–. Me interesa conocer tu opinión. Ambos hemos leído muchos guiones y tenemos buen olfato.

Melvin hablaba generosamente en plural. Sabina se percató súbitamente de lo hábil que era en su trato con las personas. Aquel hombre era un genio y ella se sentía muy bien a su lado. Le gustaría mucho que volviera a llamarla. Por lo menos, si leyera el guión, tendría un pretexto para volver a verle.

–No quiero tentarte y, además, probablemente no te importa, pero el vestuario lo hemos encargado a François Brac, de París. La actriz que interprete a Eloise Martin pasará un mes en París para hacer las pruebas en su casa y luego se quedará con los modelos.

Sabina no pudo evitar que le brillaran los ojos. La oferta era muy sugestiva, eso sin hablar del dinero. Podría resolver sus problemas durante mucho tiempo. Tal vez incluso para siempre.

–No me tientes, Mel –dijo riendo mientras él ya empezaba a saborear la previsible victoria.

El solo hecho de estar con ella constituía un placer. Sabina era muy atractiva y por eso la quería para su serie. Siempre lo creyó así. Por un instante tuvo que hacer un esfuerzo para recordar que la quería para la serie y no para su disfrute personal.

–Te podría tentar muchísimo más, Sabina. Pero prefiero que leas el guión –le dijo con aquel tono burlón en el que ella era también experta.

–Y yo que he venido aquí pensando que era el amor de tu vida –replicó ella acariciándole con los ojos.

–Ha sido un placer volver a verte, Sabina –contestó Mel tras un prolongado silencio. Aunque no le gustara el guión y aunque no cambiara de postura con respecto a la televisión, Sabina también se alegraba mucho de verle–. Llámame cuando lo hayas leído.

–Lo haré.

Melvin anotó el número particular de la actriz en una tarjeta y le pidió la cuenta al camarero.

–Por cierto, ¿a qué otros actores han reclutado para el proyecto?

–A ninguno –contestó él mirándola a los ojos–. Tengo que empezar por el papel más importante antes de tratar con los demás. Pero he pensado en unos cuantos. A Zack Taylor le iría muy bien el papel del protagonista principal, y quizá le guste mucho. Ahora está libre. Se encuentra en Grecia, pero hablaré con él dentro de unas semanas, cuando regrese.

A Sabina se le iluminaron los ojos. Zack Taylor era uno de los actores más apuestos y cotizados del país. Había hecho teatro, cine y televisión. Precisamente, uno de sus mayores éxitos lo alcanzó en Broadway. No cabía duda de que sería una buena pareja, y eso a Sabina le interesaba mucho.

–Tú nunca haces las cosas a medias, ¿verdad, Mel?

–Jamás.

Melvin se levantó sonriendo y la guió hábilmente por entre las mesas hasta salir a North Canon Drive. Había una tienda de ropa infantil al lado, pero él nunca miraba estas cosas. No tenía ningún motivo para hacerlo. Se concentró en Sabina.

–Me ha encantado volver a verte –le dijo–, y no sólo por eso –añadió, señalando el guión que ella sostenía en la mano. Su Mercedes 600 le esperaba junto al bordillo, conducido por un chófer que llevaba muchos años a su servicio. Era un vehículo caro, importante y discreto como el propio Mel. Y con su mismo estilo–. Llámame, Sabina.

Ésta se quedó mirándolo ensimismada, olvidándose por completo del guión de *Manhattan.* Sólo podía pensar en Mel y en cuán atractivo era. Le hubiera gustado conocerle mejor.

–Te llamaré –contestó.

Él se ofreció a acompañarla a casa, pero Sabina rechazó el ofrecimiento con una sonrisa seductora que encendió el deseo del hombre. Aquella mezcla de sensualidad y discreción le volvía loco y le hacía experimentar el impulso de desnudar a Sabina para ver qué había debajo. Intuía que debía de ser algo extraordinario.

Ella le saludó con una mano y se encaminó hacia Rodeo Drive mientras el vehículo se apartaba del bordillo y doblaba rápidamente en una esquina.

Melvin se pasó toda la tarde pensando en ella. Ya no estaba muy seguro de lo que quería de Sabina. No sabía si la quería para la serie, para sí mismo o para ambas cosas. Sólo sabía que no podía dejar de pensar en aquella mujer.

3

La misma tarde en que Sabina regresó a casa para darse un chapuzón en la piscina antes de empezar a leer el guión de Mel, Bill Warwick se sometió a tres pruebas de publicidad. A diferencia de Sabina y Mel, su estado de ánimo no era muy bueno, sus apetitos sexuales estaban más bien apagados y no pensaba que la vida tuviera nada emocionante que ofrecerle, ya fuera un papel o una aventura amorosa. Había sido rechazado en las tres pruebas y lo que menos le importaba en aquel momento era el amor. Lo único que quería era trabajar. En cualquier cosa. Sólo tenía ochocientos dólares en un sobre del cajón del escritorio, un perro que comía demasiado y una esposa que llevaba casi un año sin trabajo, a pesar de haber hecho un buen papel en una producción al poco de casarse con él. Le despidieron seis semanas más tarde y, desde entonces, ni siquiera se había molestado en buscarse otra cosa. Nada. Se pasaba todo el día mano sobre mano. Llevaban casi dos meses sin hacer el amor y ella estaba tan delgada que casi parecía famélica. Primero empezó con las píldoras para adelgazar, después pasó a los tranquilizantes y los euforizantes, más tarde fue la heroína y la cocaína y últimamente tomaba una mezcla de ambas drogas. Su estado era lastimoso y dudaba que alguna vez pudiera verse libre de aquella esclavitud.

Bill se aflojó la corbata y se dispuso a esperar una hora el autobús. Había tenido que vender su viejo Volkswagen, y si no pagaba pronto el alquiler les echarían a la calle, lo cual quizá fuera un alivio. Puede que entonces Sandy recuperara un poco el juicio. Tenía veinticinco años y estaba rodando cuesta abajo a marchas forzadas. Cuando ambos se conocieron, era preciosa con su largo cabello negro y sus grandes ojos castaños. Parecía una chiquilla. Bill aún se emocionaba al recordar cómo la conoció en una fiesta de Hollywood. Parecía una niña perdida y Bill se conmovió al verla. Se la veía muy desamparada e incapaz de enfrentarse con los lobos que acechaban por doquier. Lo malo era que seguía en la misma situación y esperaba que Bill le resolviera todos los problemas. Por si fuera poco, ahora esperaba que ganara suficiente dinero para comprarle la droga que necesitaba.

—¿Qué esperas que haga? ¿Representaciones callejeras?

Se habían peleado aquella misma mañana y estaba harto de discutir con ella. Discutían constantemente, y Bill se preguntaba si sus padres estaban en lo cierto cuando decían que la carrera de actor era para los niños, los retrasados mentales y las personas inestables. Sandy no era una fortaleza, eso desde luego, y él tampoco tenía lo que hay que tener. La carpeta que contenía su currículo de anuncios y programas de televisión en los que había participado se había paseado inútilmente por los estudios y los despachos de todos los productores, directores y agentes de publicidad de Hollywood. Aquella tarde se peleó con su agente porque lo quería incluir en el programa concurso *El juego de las citas*.

—Maldita sea, estoy casado.

—¿Y eso quién lo sabe? Os casasteis con tanto sigilo que nadie se enteró. Además, ¿crees que a alguien le importa?

—A mí.

Pero lo que había que preguntar era si le importaría a Sandy. Empezaba a dudarlo. Parecía que todo le importaba un bledo. Ya se había gastado todo el dinero ganado en la televisión y ahora se gastaba todo el subsidio de desempleo en cocaína. Era una vida fantástica. Harry tenía razón, nadie sabía que estaban casados porque el agente de Sandy pensó que eso perjudicaría a su imagen de actriz ingenua. También la perjudicarían los pinchazos del brazo si alguien se los veía.

Como de costumbre, el autobús tardó cuarenta minutos. A medio camino de casa, Bill llegó a la conclusión de que no podía soportarlo. No podía soportar la cama sin hacer, el frigorífico vacío y las sobras de la comida de la víspera todavía sobre la mesa de la cocina. Aborrecía regresar a casa. Hasta el perro estaba triste. Y lo peor eran los remordimientos. Si consiguiera triunfar, podría ingresar a su mujer en una clínica de lujo para un programa de desintoxicación. Pero, de momento, no había posibilidades de hacerlo. Tenía treinta y dos años, se había casado con una drogadicta y estaba harto de ser un actor en paro. Se había sometido a toda clase de pruebas y nadie le quería. Afortunadamente, a principios de año hizo dos anuncios importantes, pero ya se le estaba acabando el dinero. Algo encontraría, pero no por mucho tiempo, y entretanto tendría que pedirle dinero a su agente. Ya lo había hecho otras veces y Harry jamás le negaba su ayuda. Siempre le decía que un día alcanzaría el éxito. Pero ¿cuándo? Era ahora cuando necesitaba el trabajo. Desesperadamente. La palabra le venía al dedillo. Bill Warwick se hallaba desesperado.

Desde el autobús contempló el tráfico y, poco antes de llegar a casa en Hollywood Hills, decidió bajar a tomarse una cerveza en Mike's. Frecuentaba el bar desde que se matriculó en la Universidad de California en

Los Ángeles, hacía catorce años, recién llegado de Nueva York con todas sus esperanzas intactas. Entonces estaba seguro de que iba a triunfar; ahora, en cambio, ya no tanto. El único que aún seguía creyendo en él era Harry, su agente.

Parpadeó un instante al entrar en el Mike's. El local era el mismo de siempre, sucio, oscuro, apestando a cerveza y lleno de actores en paro. Hasta los camareros de la barra eran actores, incluido Adam, el que ahora estaba de servicio. Adam había ido a la escuela con él y era amigo suyo desde hacía muchos años. También conocía a Sandy, aunque sólo de pasada. Había cuatro apuestos jóvenes jugando al billar y otros muchos sentados a las mesas, comentando los papeles que iban a interpretar o las pruebas a las que se habían sometido. Había asimismo algunas mujeres, pero casi todos los parroquianos eran hombres. Bill se sentó en un taburete de la barra, pidió una cerveza a Adam y le comentó su mala suerte en las pruebas de los anuncios. Mientras hablaba, estiró las largas piernas enfundadas en pantalones caqui. Se había cansado para nada.

—A uno le parecí demasiado joven, otro dijo que era excesivamente sexy y el tercero quiso saber si era marica. Fantástico. Estoy empezando a parecer un maricón de mierda con cara de niño.

Adam se echó a reír. Acababa de interpretar un pequeño papel en una serie y habían prometido volverle a llamar muy pronto. Nunca había sido tan ambicioso como Bill Warwick. Aunque se encontraba perfectamente a sus anchas sirviendo en la barra del Mike's, estaba muy familiarizado con los problemas del sector.

—Y encima mi agente me quería incluir en *El juego de las citas.* Creo que mi padre tiene razón y que debería haberme dedicado a los seguros.

Puso los ojos en blanco mientras Adam le servía la cerveza.

—Ten paciencia, muchacho. El papel de tu vida puede estar a la vuelta de la esquina.

—Empiezo a dudarlo —dijo Bill, tomando un sorbo—. Es como jugar a las tragaperras. Hay personas que nunca ganan. Y puede que yo sea una de ellas. Me parece que ya no hay nada para mí.

—No digas tonterías. —El camarero estaba de buen humor.

En cambio, Bill se sentía completamente exhausto y deprimido. Recordaba sus veranos en Cape Cod cuando era pequeño. Jamás logró adaptarse al calor de los veranos californianos. Sandy era de Los Ángeles y amaba su ciudad. Pero ya no sentía el calor. En realidad no sentía nada.

—¿Cómo está Sandy?

Era como si Adam le hubiera leído el pensamiento. Éste se percató de que el tema no era del agrado de Bill, que se encogió de hombros.

—Bien… como siempre, más o menos. Creo que la cosa ya no tiene arreglo.

—¿Y si probara la metadona?

Adam sabía que también era adicta a la heroína. La última vez que estuvo en el bar incluso llegó a ofrecerle cocaína en presencia de Bill. Adam se compadecía de Bill. Él había vivido una temporada con una drogadicta de Newport Beach, de la que se separó al cabo de un año. Sus padres la ingresaron en varios hospitales del estado, pero al final acabó muriendo por sobredosis en un hotel de mala muerte de la pequeña ciudad de Venice.

—Francamente, no lo sé. Se lo he aconsejado todo, pero no quiere oír hablar de nada. Sólo le interesa proteger su adicción. Ya ni siquiera acude a ninguna prueba. De todos modos, no serviría de nada. La última vez se quedó dormida y no te imaginas la impresión que le causó al director.

—Si no va con cuidado acabará teniendo mala fama —dijo Adam, muy serio.

Bill se lo quedó mirando en silencio mientras servía a otro cliente. Al final, Bill pidió una hamburguesa. A las ocho volvió a tomar el autobús y al cabo de veinte minutos ya estaba en casa. Entró, esperando encontrar a Sandy durmiendo la borrachera o alegre como unas pascuas tras haberse tomado la dosis de cocaína que le proporcionaba su enlace. Sin embargo, la casa se hallaba vacía y desordenada, la cama por hacer, los platos sin lavar, la ropa tirada por el suelo. El San Bernardo brincó de júbilo al ver entrar a su amo.

—Hola, muchacho, ¿dónde está Sandy?

El perro meneó la cola y restregó la cabeza contra las piernas de Bill, ansioso de cariño. No había ninguna nota que explicara el paradero de la joven, pero era fácil adivinar dónde estaba: con sus amigos o buscando droga por la ciudad. Era su único trabajo en aquellos momentos, un trabajo, por cierto, mucho más agotador que el de actriz. Los ojos de Bill se posaron en una fotografía de su mujer, tomada poco antes de la boda. La diferencia le dejó súbitamente anonadado. Sandy debía de haber perdido siete u ocho kilos. Ahora, tenía casi siempre los ojos vidriosos, iba despeinada y no se preocupaba por su aspecto. Era una situación patética y Bill se enfureció al pensarlo. Empezó a ordenar un poco la casa, seguido por el hambriento perro. Buscó en la alacena y vio que ni siquiera había comida para el perro. Abrió dos latas de carne estofada y las vertió en el cuenco. El enorme San Bernardo lo comió en un santiamén mientras Bill apilaba los platos en el fregadero y arrojaba a la basura unas sobras de comida que Sandy había dejado en la cocina.

—Mierda… —musitó.

Cuando entró en el dormitorio, su cólera se trocó en desaliento. Era horrible vivir de aquella manera.

Aborrecía incluso aquella casita de jardinero que tanto le gustaba al principio. La casita había formado parte de una gran propiedad y se la habían alquilado por cien dólares mensuales. Era un alquiler ilegal, pero el dueño le tenía simpatía y sabía que era un actor en apuros. Antes de su boda con Sandy, la casa era una delicia. Ahora, en cambio, estaba hecha un desastre.

Arregló un poco el dormitorio, cambió las sábanas y después se sentó junto al escritorio, buscando el sobre que había dejado en el cajón. Quería cerciorarse de que todavía estaba allí. Era el único dinero que le quedaba. Ochocientos dólares, pero no le dijo a Sandy dónde los guardaba para no tentarla. Encontró el sobre, pero el dinero había desaparecido. Se levantó con los ojos llenos de lágrimas y se encaminó lentamente al lavabo. El panorama era desolador. Lo había visto otras veces, pero ahora le produjo una repugnancia invencible. Sandy había dejado la aguja, el algodón y la cuchara en la repisa, al lado del inodoro. Ni siquiera se había molestado en esconder las pruebas de su adicción. Sintió deseos de echarse a llorar al ver dónde había ido a parar su dinero. Ya no podía soportarlo. Sandy se había gastado el último dinero que les quedaba y él no podía recurrir a nadie. No quería llamar a su padre y pedirle un préstamo. Tenía treinta y dos años y antes preferiría trabajar en una gasolinera o en el Mike's. Otros actores lo habían hecho. Aquella noche llamaría a Adam y le preguntaría si necesitaban a alguien para atender a los clientes de la barra o servir las mesas. Antes de que pudiera hacerlo, sonó el teléfono. Era Sandy.

–Hola, cariño… –le dijo arrastrando las palabras.

Bill recordó la aguja del cuarto de baño.

–No quiero hablar contigo ahora.

Se alegraba de que no estuviera en casa porque sentía deseos de matarla. No le preguntó dónde estaba ni con quién. Ya no le importaba. Era un asco y todo le daba igual. No quería saber nada de ella ni de sus amigos. Él también había probado la droga en su época de estudiante universitario y era tolerante con las aficiones de los demás. Pero lo de Sandy no era una afición sino un suicidio, y él no quería acompañarla en aquel viaje. Empezaba a pensar que la cosa no tenía remedio.

–¿Qué quieres? –le preguntó con aspereza. Estaba furioso con ella, pero Sandy no podía darse cuenta–. No me queda ni un céntimo, por consiguiente, supongo que no me llamas para eso. Por lo que veo, el último dinero que me quedaba te lo has inyectado en el brazo. No sé con qué vamos a comer, aunque no creo que eso te importe ahora demasiado. Lo que pasa es que *Bernie* y yo estamos muertos de hambre y…

–Necesito… que me ayudes… –dijo Sandy con voz pastosa y entrecortada.

Bill no quería saber nada de eso. Por lo menos no en ese momento. Y puede que nunca más.

–Llama a quien te dé la gana. Estoy harto de ti.

–Bill… no… espera… –Parecía asustada y Bill se alarmó a pesar suyo–. Me han detenido –dijo con voz de chiquilla desvalida.

–Mierda –exclamó Bill, sentándose pesadamente en una silla–. ¿Dónde estás?

–En la cárcel.

–Muy bonito. Y ahora, ¿qué? ¿Te das cuenta de que gracias a ti ni siquiera tengo dinero para pagar la fianza?

–Se lo podrías… pedir… a alguien…

Bill suspiró. Ya había pasado un par de veces por una situación parecida. En una de ellas, Sandy estuvo a punto de morir por sobredosis. Tuvo que llamar a la policía y le enviaron unos auxiliares sanitarios que la mantuvieron con vida hasta que llegó al hospital. Poco faltó para que muriera.

–¿De qué se te acusa? –Sería lo de siempre, claro. Tenencia.

–Tenencia con intento de vender y… no sé… hay otra cosa… –Sandy rompió a llorar–. ¿No puedes sacarme de aquí? Tengo miedo.

–Maldita sea –masculló Bill buscando un cigarrillo. Hacía cinco años había dejado el tabaco, pero por culpa de Sandy había vuelto a fumar. La tensión de vivir con ella era insoportable. Algunos días pensaba que no podría resistirlo. Eso, y la falta de trabajo y de dinero–. A lo mejor te sentaría bien una temporadita en el calabozo.

Sin embargo, sabía que alguien averiguaría inevitablemente quién era y llamaría a los periódicos. Ya se imaginaba los titulares: «Protagonista de *La cena del domingo* detenida por tenencia de cocaína», o algo por el estilo. Después vendrían los reporteros y empezarían a tomar fotos. No quería que alguien descubriera que estaban casados. Sandy era un estorbo para él, y su agente ya empezaba a perder la paciencia.

–Bill… ahora tengo que dejarte…

Oyó unas ásperas voces de policías en segundo plano antes de que ella colgara. Comprendió súbitamente dónde estaba su esposa y lo que eso significaría para ella. No pudo soportarlo. Estaba harto de rescatarla, pero no tenía más remedio que hacerlo. Dio una calada al cigarrillo y llamó a su agente.

–¿Qué tal fue la última entrevista? –le preguntó éste, sorprendiéndose de que le llamara a casa, aunque no demasiado. Muchos actores lo hacían y en realidad a él no le importaba.

–Fatal. Oye, siento llamarte a esta hora, pero me encuentro en un apuro. ¿Podrías prestarme un poco de dinero?

Hubo una pausa, pero el agente reaccionó enseguida. Confiaba en Bill y hubiera hecho cualquier cosa por él. Estaba seguro de que algún día compensaría sus esfuerzos con creces.

–Pues claro, muchacho, ¿cuánto necesitas?

Poco faltó para que Bill soltara un gruñido. No le había preguntado a Sandy a cuánto ascendía la fianza, pero no podía ser muy alta.

–¿Te parecería bien quinientos pavos para ir sobre seguro?

–Para ir sobre seguro ¿en qué? No se habrá metido Sandy en otro lío, ¿verdad?

Sabía lo de Sandy y no le gustaba nada. Bill Warwick no tenía por qué aguantarla. A juzgar por lo que le habían contado, la chica estaba cada vez peor. Eso en Hollywood no se perdonaba y Bill se encontraba muy deprimido desde hacía varios meses aunque no se sinceraba con nadie y mucho menos con su agente.

–No, a Sandy no le ocurre nada, pero es que al maldito perro le han tenido que hacer una operación y necesito un poco de dinero, eso es todo.

–Bueno, no te preocupes. Pasa mañana por mi despacho.

–¿No podría ir esta noche?

Por el tono de voz, Harry adivinó que se trataba de Sandy, pero de nada hubiera servido discutir con Bill. Ya habían hablado del asunto varias veces y el muchacho tenía una serie de estúpidas ideas acerca de su responsabilidad como marido. Además, todavía estaba medio enamorado de ella o, más bien, de la chica que era Sandy cuando él la conoció. Harry sabía por experiencia que era inútil discutir con los clientes a propósito de sus mujeres.

–Como quieras. Tengo un poco de dinero en casa. Ven cuando gustes.

Bill lanzó un suspiro de alivio y apagó el cigarrillo.

–Estaré ahí dentro de una hora –dijo, consultando el reloj.

Era muy difícil jugar al caballero andante cuando uno tenía que depender de los transportes públicos en Los Ángeles. Salió presuroso y se dirigió a la parada del autobús. Tardó menos de una hora en llegar a la casa de Harry, situada en las afueras de Beverly Hills, y otra media hora en plantarse en la comisaría de North Wilcox, donde comprobó que Sandy había sido detenida en compañía de dos negros y de otra chica por tenencia e intento de vender drogas. Ella y la otra chica estaban acusadas, además, de prostitución. Pálido como la cera, Bill entregó el dinero de la fianza mientras Sandy se acercaba a él dando trompicones.

Sin decir nada, Bill la acompañó fuera y llamó un taxi. Una vez en el interior del vehículo, Sandy se echó a llorar. Estaba completamente drogada y su aspecto era lastimoso. Bill la vio súbitamente tal como era en realidad: enferma, destrozada, degradada y sucia. El hecho de que la hubieran detenido por prostitución le dolía más que ninguna otra cosa. Era capaz de todo con tal de conseguir droga, hasta robarle el dinero a su marido y vender su cuerpo a desconocidos. Entraron en la casa en silencio. El perro les salió alegremente al encuentro y Sandy se desplomó en el sofá mientras su esposo le preparaba un baño. Bill tomó la aguja y los demás utensilios y los arrojó a la papelera. Volvió a salir cuando la bañera estuvo llena.

–Ve a bañarte –le dijo.

Hubiera querido que se lavara toda la suciedad que llevaba encima, pero ambos sabían que eso era imposible. Se preguntó cuántas veces lo habría hecho, cuántas se habría acostado con él tras acostarse con un fulano para obtener un poco de dinero. La miró con lágrimas en los ojos. Tendida en el sofá, parecía una muñeca rota. A Bill se le partía el corazón de sólo mirarla y se asombraba de que nadie hubiera llamado a los periódicos antes de que saliera de la cárcel. Por lo menos se habían librado del tormento de los fotógrafos.

Sin embargo, la noticia estaba al día siguiente en la cuarta plana del *Times* de Los Ángeles: SANDY WATERS DETENIDA POR TENENCIA DE DROGAS. A continuación, se enumeraban todas las acusaciones. Bill se estremeció al leerlo mientras tomaba una taza del último café que les quedaba. Aquella mañana había llamado a Adam y empezaría a trabajar enseguida. Era una suerte que uno de los camareros hubiera encontrado trabajo. Por lo menos podrían comer. De momento, que se fueran al diablo las pruebas. De todos modos, no estaba de humor para eso. Sandy le miraba desde la puerta de la cocina. Estaba mortalmente pálida y Bill la hubiera compadecido de no haber sido por lo de la víspera. Ya no quería tener más contemplaciones con su esposa. Todo había terminado entre ellos.

–¿Dice algo? –preguntó ella, acercándose con paso vacilante a la mesa de la cocina y sentándose en una silla. Parecía una niña de doce años enferma. A pesar de su palidez, sus ojos seguían siendo muy bonitos y el largo cabello negro enmarañado le caía por los hombros como un chal–. Lo siento, Bill –añadió en un susurro.

–Yo también –contestó él, evitando sus ojos–. Y respondiendo a tu pregunta, sí, el periódico lo dice todo. Lo que no dice, porque nadie lo sabe, es que estás casada con Bill.

–Dios mío, Tony me va a matar.

Tony era su agente. Bill la miró con incredulidad. ¿Era una broma o qué? La habían detenido, entre otras cosas, por practicar la prostitución y ella se preocupaba por *Tony.* Y su marido, ¿qué? ¿Y las promesas matrimoniales? Prefirió no decir nada. Encendió un cigarrillo y reanudó la lectura del periódico. Deseaba largarse cuanto antes, pero primero tenía que resolver ciertos asuntos con ella.

–¿Qué vas a hacer ahora? –le preguntó mirándola a los ojos.

–Supongo que contratar a un abogado –contestó Sandy encogiéndose de hombros.

–¿De veras? ¿Y con qué? ¿Con los ingresos de tu nueva profesión? –Sandy hizo una mueca al oír las palabras de su esposo. Por una vez, a Bill no le importó herirla–. Antes que nada, creo que tendrías que ingresar en un hospital.

–Puedo arreglármelas sola.

Era la historia de siempre y Bill ya estaba harto de oírla.

–Ya. Sandy, necesitas ayuda. Ingresa en alguna institución donde te la puedan prestar.

Ni él ni nadie podía llevarla sin su consentimiento. Tenía que hacerlo por propia voluntad, de otro modo los hospitales no la aceptarían. Se lo había dicho infinidad de veces, pero no había manera.

–¿Y nosotros? –preguntó Sandy, mirándole angustiada–. Me parece que ya te has cansado de mí.

Era la eterna ingenua. A los veinticinco años seguía siendo una niña.

–¿Qué sentirías *tú* después de lo de anoche?

–¿Te refieres a la detención?

Se la veía tan frágil que Bill tuvo que esforzarse para no compadecerse de ella.

–Me refiero a las acusaciones, Sandy. ¿O acaso lo has olvidado?

Bill la vio estremecerse, pero comprendió que los temblores no se debían exclusivamente al remordimiento. Seguramente le hacía falta una dosis. En los últimos meses solía drogarse a primera hora de la mañana.

–Eso no significa nada y tú lo sabes. Necesitaba un poco de dinero, eso es todo.

–Mira por dónde yo también, pero no por eso bajé al Sunset Strip a venderle mi trasero al primer fulano que pasara. No era ésa precisamente la idea que yo tenía del matrimonio.

Súbitamente se enfureció con ella. El solo hecho de pensarlo le revolvía las tripas. Siempre la había considerado una niña inocente, una niña con un hábito terrible. Sin embargo, era algo más que eso, era una existencia basada en una obsesión suicida.

–Perdóname –susurró apenas audiblemente sobre el trasfondo de los jadeos del perro desde su yacija del rincón–. Te pido perdón por todo.

Sandy se levantó muy nerviosa y de repente le miró como si fuera un desconocido. Bill había visto aquella mirada otras veces. Una mirada que decía: lo necesito y me importa un bledo lo que pienses. Era la mirada que había destruido su matrimonio.

–¿Adónde vas?

–Tengo que salir.

Llevaba la misma ropa de la víspera y ni siquiera se había peinado. Se limitó a tomar su maleta de mano. Bill tuvo la sensación de que se iba para siempre y se asustó.

–Por el amor de Dios, Sandy –dijo levantándose–, te detuvieron anoche. Ten un poco de sensatez.

–Necesito ver a alguien un momento.

Bill cruzó la pequeña cocina y la asió por el brazo.

–A mí no me vengas con ésas. Voy a llevarte al hospital ahora mismo. ¡Ahora mismo! Me da igual que nunca volvamos a vernos, pero no permitiré que andes de esta manera por ahí hasta que al final te tomes una sobredosis o alguien te clave un cuchillo. ¿Me has oído?

Sandy se echó súbitamente a llorar de tristeza y de angustia, y entonces Bill la abrazó, llorando también de pena por la chica que había sido y ya no era.

–Perdóname, Billy… perdóname, te lo suplico…

Nadie le había llamado jamás con aquel diminutivo, y se le encogió el corazón. Deseaba con toda su alma salvarla.

–Por favor, nena… Me quedaré contigo todo el

día… Me quedaré contigo en el hospital. Haremos todo lo que haga falta.

Sandy sacudió la cabeza mientras las lágrimas le humedecían las mejillas.

—No puedo…

—¿Por qué no?

—No tengo la fuerza suficiente.

Sus palabras eran apenas un susurro. Bill la estrechó entre sus brazos. Estaba en los puros huesos, pero a él le daba igual. Sabía que en el fondo la seguía queriendo.

—Sí la tienes. Yo la tendré por los dos.

—No podrás. —Sandy se apartó el cabello de los ojos con una pálida y temblorosa mano—. Tengo que hacerlo yo sola… cuando esté preparada…

—¿Y eso cuándo será?

—No lo sé, todavía no…

—Ya no puedo esperar más, Sandy —le dijo Bill con el corazón en un puño. Sabía que no podía ayudarla por mucho que quisiera.

—Lo sé, lo sé…

Sandy sacudió la cabeza y se puso de puntillas para besarle los labios. Cuando se apartó de él, Bill observó que ya no lucía en el dedo la alianza matrimonial. La habría vendido. Se lo quedó mirando un instante en silencio mientras el perro emitía unos gruñidos quejumbrosos y se fue sin más. Esta vez Bill no intentó impedírselo. De todos modos sabía que no hubiera podido hacerlo. No podía hacer nada. Se enjugó las lágrimas de las mejillas y fue a cepillarse los dientes, recordando lo bonita que era cuando la conoció y lo enamorados que estaban el uno del otro. Hacía apenas dos años que se habían conocido, pero ahora parecía una eternidad; una eternidad en compañía de una mujer a la que amó en otros tiempos y seguía amando ahora aunque ya no existiera. La mujer detenida la víspera por practicar la prostitución ya no era la que él conocía. No era nadie.

4

La casa de Pasadena era una blanca construcción en forma de L con tejas de madera y chimeneas de piedra a ambos extremos, rosales formando pulcras hileras ante la fachada y una vasta extensión de verde césped que conducía a una enorme piscina rectangular llena de bulliciosos muchachos. Jugaban al voleibol, llamándose jubilosamente a gritos unos a otros e insultándose sin mala intención, mientras una mujer con un cuerpo capaz de parar el tráfico tomaba el sol llevando un biquini negro con un gran sombrero de paja sobre el rostro y un montón de toallas a su lado. Tenía un busto exuberante que sobresalía del sujetador, estrecha cintura, redondas y sensuales caderas y largas y bien torneadas piernas. Poseía el cuerpo de una reina de la belleza, cosa que efectivamente había sido poco después de su llegada de Buffalo hacía casi dos décadas. Jane Adams tenía treinta y nueve años y su cuerpo no mostraba la menor huella de haber tenido tres hijos.

Abrió uno de sus grandes ojos azules y atisbó por debajo del sombrero para cerciorarse de que los chicos estaban bien. Después siguió dormitando al sol. No llevaba ninguna joya, exceptuando una alianza de matrimonio y unos zarcillos de oro; sin embargo, la casa producía una impresión de opulencia y, en el garaje, había una camioneta Mercedes y un Volvo para la criada y los niños. Su marido se había ido al trabajo en un sedán Mercedes. La piscina era enorme.

–¡Allá va, chicos! ¡Vamos!

La pelota salió volando de la piscina y aterrizó junto a su tumbona. Con gracia casi infantil, Jane se levantó de un salto y se ajustó el sujetador del biquini con una mano mientras corría tras la pelota y los chicos de la piscina se quedaban mirándola embobados. Su hijo se enfureció con ellos. Siempre le molestaba que sus amigos la miraran de aquella manera. Afortunadamente solía ir muy tapada. No tenía afición a los escotes y los cortes en las faldas. Prefería las prendas de deporte y muy a menudo calzaba zapatillas. No parecía percatarse del efecto que ejercía en los demás. Si se prescindía del cuerpo, su rostro no llamaba especialmente la atención. Era una pecosa pelirroja de grandes e inocentes ojos azules.

–¿Os apetece almorzar? –preguntó a los chicos mientras les devolvía la pelota.

Ellos se enzarzaron de nuevo en el juego sin contestarle. Siempre les preparaba bocadillos y tenía el frigorífico lleno de refrescos y helados. Tras dieciocho años dedicada al oficio de madre, conocía muy bien los gustos de sus hijos. En otoño, Jason iniciaría sus estudios en la Universidad de California, en Santa Bárbara, y, aquel año, las dos niñas asistirían al instituto superior. Alyssa empezaría primer año y Alexandra pasaría al segundo ciclo. Deseaba tener su propio automóvil. El Volvo le parecía demasiado grande y anticuado; quería algo más llamativo, como el coche que Jack Adams le había regalado a su hijo el mes pasado al cumplir los dieciocho años. Jason utilizaría un Triumph para trasladarse a Santa Bárbara, en septiembre. A Alexandra le parecía un automóvil precioso. Jane sonrió para sus adentros y volvió a tenderse al sol. Eran unos típicos adolescentes, muy distintos a ella en su juventud allá en Buffalo. Pasaba mucho frío cuando iba al instituto hasta que, a los dieciséis años, se largó a Nueva York. La gran ciudad le daba miedo y sólo trabajó allí lo suficiente para ganar el dinero que necesitaba para trasladarse a Los Ángeles. Los Ángeles… Hollywood… la tierra de sus sueños… Nada más llegar, ganó su primera corona de reina de la belleza. Tenía diecisiete años. Más tarde trabajó como modelo y fue camarera en distintas hamburgueserías hasta que, al final, le ofrecieron un pequeño papel en una película de terror. Sabía emitir unos gritos escalofriantes y se ganaba bastante bien la vida cuando conoció a Jack Adams, un típico norteamericano de quien se enamoró perdidamente. Jack tenía veintitrés años, había estudiado en la Universidad de Stanford y trabajaba en la agencia de cambio y bolsa de su padre. Era el hombre más guapo que jamás hubiera visto. Jack la presentó a su familia al cuarto día de salir con ella y la instruyó sobre cómo vestirse y comportarse. Aquello era mucho mejor que actuar en películas de terror, y por supuesto mucho más divertido. Los padres de Jack vivían en una bonita casa de ladrillo en Orange Grove. Jane se sorprendía de que Jack fuera tan serio y formal a su edad. Era el hombre más maravilloso y encantador que había conocido, pero al final él empezó a insistir en que abandonara su carrera de actriz. No le gustaban ni su casa ni sus amigos ni las películas que hacía. Lo único que le gustaba era su forma de hacer el amor. Jamás había conocido a nadie como Jane y sabía que no podría dejarla por mucho que se empeñaran sus padres en hacerle cambiar de opinión. La consideraban una fulana y su madre llegó incluso a llamarla puta, aunque sólo una vez. Jack consiguió convencerla de que dejara su trabajo. No adoptaba con él ninguna precaución cuando hacían el amor y antes de cumplir los veintiún años se quedó embarazada. Jack no quiso ni oír hablar de aborto, aunque ella ya conocía el nombre de una mujer de Tijuana. Aquella misma noche, Jack le propuso matrimonio y, dos semanas más tarde, ambos se casaron en una iglesita próxima al domicilio de los padres de Jack. Fue el final de las películas de terror y de la incipiente carrera cinematográfica de Jane, convertida de la noche a la mañana en la señora de John Walton Adams III. A los seis meses nació Jason, un precioso chiquillo pelirrojo como su madre. Era un niño tan encantador y Jack era tan bueno con ella que Jane no echaba de menos el mundo que había dejado a sus espaldas. En el transcurso de sus primeros cinco años de matrimonio apenas tuvo tiempo de recordarlo. Alexandra nació cuando Jason contaba dos años y Alyssa dos años después. Alexandra se parecía a Jack, y Alyssa no se parecía a nadie como no fuera tal vez a una tía lejana, en opinión de la madre de Jack. Formaban una familia perfecta y Jane se sentía muy a gusto cuidando de ella. Los niños la mantenían ocupada todo el día y Jack ocupaba todas sus noches. Jamás se cansaba de ella. La deseaba día y noche y, a veces, ambos hacían el amor en el cuarto de baño mientras los niños cenaban o miraban la televisión por la noche. Lo hacían todas las noches, aunque ella estuviera muerta de cansancio tras pasarse todo el día bregando con los niños. Algunas veces Jane lamentaba no tener ni un momento libre, aunque en realidad no le importaba. Quería ser una esposa y madre modelo y tener contento y satisfecho a todo el mundo. Raras veces pensaba en sí misma. Se alegraba de haber llegado tan lejos desde sus orígenes en Buffalo y estaba encantada de ser la señora de Adams. Era el mejor papel de su vida. Sólo cuando los niños fueron a la escuela empezó a sentir añoranza por lo que había dejado. Tenía veintisiete años y era exactamente la misma que hacía diez, sobre todo cuando se bañaba desnuda en la piscina. Jack la contemplaba allí por las noches y, al poco rato, apagaba las luces y se zambullía con ella. Jane no tenía que temer entonces que los niños les vieran. No tenía que preocuparse por nada. Él se encargaba de todo, de las facturas, de su vida, de quién tenía que ver y de cómo tenía que vestirse y comportarse. La moldeó a su gusto, pero jamás consiguió hacerle olvidar su antiguo trabajo. Cuando Jane hablaba con nostalgia de la posibilidad de volver, Jack no quería saber nada del asunto.

–Tú ya no perteneces a este ambiente. Jamás fue tu mundo –decía él con tono despectivo–. Está lleno de furcias y vividores.

A Jane no le gustaba oírle hablar así. Le encantaba el mundo de Hollywood y echaba de menos a algunos de sus amigos, pero su esposo jamás le permitía verlos. Todas sus antiguas compañeras de apartamento se habían ido a otros lugares. Un día en que la sorprendió escribiendo una tarjeta de Navidad a su antiguo agente, Jack se la arrebató de las manos y la arrojó a la papelera.

–Olvida esas cosas, Jane. Todo eso terminó hace tiempo.

Deseaba con toda el alma que así fuera. Quería que se olvidara de todo, incluso de los trabajos que más le habían gustado, de sus amigos y de sus sueños. Alyssa tenía apenas tres años cuando un hombre le entregó a Jane una tarjeta en el supermercado. Era un buscador de talentos y Jane creyó haber regresado a sus primeros tiempos en Hollywood. El hombre la invitó a acudir a su despacho para someterse a una prueba cinematográfica y ella se echó a reír, halagada por su interés. Sin embargo, no le llamó y al final rompió la tarjeta. Aquel hecho despertó sus dormidos anhelos. Un día llamó a su antiguo agente «simplemente para decirle hola» y él le suplicó que volviera y le aseguró que podría encontrarle trabajo. Seis meses más tarde fue a saludarle a su despacho un día en que salió de compras. Él la abrazó y le pidió permiso para tomarle unas fotografías. Unos días más tarde, Jane le envió unas instantáneas y a los cuatro meses se presentó la gran ocasión. El agente tenía un papel apropiado para ella en una serie de televisión. Jane lo rechazó, pero el agente le suplicó que hiciera una prueba en recuerdo de los viejos tiempos y del duro esfuerzo de hacía diez años. Aquella noche, en la cama, deseó poder hacerlo, pero no sabía cómo decírselo a Jack, ni cómo explicarle el vacío y la soledad que sentía cuando los niños estaban en la escuela. Sin embargo, él sólo quería hacer el amor. Ni siquiera la escuchaba. Jamás hablaba con ella y, al cabo de diez años de matrimonio, la seguía deseando tanto como al principio. Sus amigas se quejaban de que sus maridos no les prestaban atención. En cambio, Jack era insaciable y le hacía en voz baja atrevidas alusiones en presencia de los niños. Pero no conocía los secretos deseos de su corazón. Su agente los conocía muy bien. Los leyó en sus ojos el día en que ella acudió a saludarle a su despacho y decidió no dejarla escapar. Jane podía vender algo más que su atractivo físico. Combinaba el atractivo sexual con un aire maternal, era una especie de Marilyn Monroe con hijos y gustaba por igual tanto a mujeres como a hombres. Su simpatía atraía a la gente tan irresistiblemente como los ositos de peluche atraen a los niños. Y menudo osito era ella. Hubiera sido una lástima que se desperdiciaran tantas cualidades.

Finalmente, Jane decidió presentarse a la prueba, un caluroso día de junio. Insistió en llevar una peluca negra y cuando Lou la vio lanzó un silbido y después estalló en una carcajada. Parecía una Gina Lollobrigida más joven. Como era de esperar, le dieron el papel. Ni siquiera le discutieron la peluca negra. Querían que empezara a trabajar de inmediato.

—Y ahora, ¿qué voy a hacer? —le dijo a Lou entre sollozos.

—Pues volver a trabajar, ni más ni menos —contestó él, orgulloso de haberle conseguido un papel.

Sabía que podría hacer grandes cosas con ella, siempre y cuando lograra apartarla de aquel pelmazo de marido.

—¿Y qué le digo a Jack?

—Que quieres volver a trabajar.

Pero eso no era tan fácil. Jane pasó varias semanas sin poder dormir por las noches y, al final, rechazó el papel. No había modo de explicárselo a Jack, que no la escuchaba. Se limitaba a hacerle el amor y, cada vez que Jane intentaba decirle algo, la acallaba con sus besos. Era su manera de no escucharla. Sólo quería acostarse con ella, satisfacer las necesidades de sus hijos e invitar a sus clientes a cenar. Sin embargo, el productor de la serie pensó que quería hacerse de rogar. Duplicaron la cantidad de dinero que le ofrecían y Lou la llamaba cinco veces al día. Jane temía que Jack contestara al teléfono. Una vez que lo hizo, Lou tuvo la prudencia de decir que se había equivocado de número. Al final, Jane cedió, metió la peluca negra en el bolso y se fue a los estudios de Burbank para hablar con ellos. Aquella tarde, firmó los contratos, temblando de miedo al pensar en lo que diría Jack cuando se enterara. Le había dicho más de una vez que, como volviera a actuar, la echaría de casa. Y ella le creía muy capaz de hacerlo. Decía que se quedaría con los niños, con la casa y con todo. Lo único que a ella le importaba eran los niños… y el trabajo. Lo peor de todo fue que se enamoró de su papel en la serie. Se ponía la peluca negra para interpretar a Marcia en *Angustias secretas*. Trabajaba todos los días de diez de la mañana a cuatro y media de la tarde y regresaba a casa con tiempo para escuchar lo que sus hijos habían hecho durante el día. Preparaba la cena por la noche y acompañaba a sus hijos a la escuela antes de irse a su trabajo. Todo el mundo, incluido Jack, creía que trabajaba como voluntaria en un hospital. Hasta se inventaba historias acerca de lo que hacía. El «hospital» era toda su vida. Le gustaba la gente de allí, la atmósfera, la emoción. Todos estaban locos por ella. Trabajaba con el nombre de Janet Gole, el que tenía en Buffalo antes de trasladarse a Hollywood. Evitaba la publicidad y, aunque la serie alcanzaba cada año los máximos índices de aceptación, ninguno de sus conocidos se había percatado de lo mucho que se parecía a la Janet Gole de *Angustias secretas.* Los capítulos de la serie se rodaban diariamente al mediodía y Jane se sentía inmensamente feliz. Le ofrecieron otras oportunidades de trabajo, pero las rechazó. No podía permitirse el lujo de perder el anonimato y sabía que, en otros programas, le sería imposible conservarlo. No todo el mundo hubiera estado dispuesto a tolerar su aversión a la prensa, las entrevistas y la publicidad. Trabajó durante diez años en *Angustias secretas.* Incluso pagaba los impuestos bajo el nombre de Janet Gole y tenía un número distinto de la seguridad social para que Jack no pudiera enterarse. Nadie sabía nada. Era un secreto muy bien guardado.

Hasta que un día sonó el teléfono mientras se encontraba tomando el sol junto a la piscina, viendo jugar a los chicos al voleibol. Acababa de tenderse de nuevo en la tumbona, tras haberles lanzado la pelota, cuando oyó el teléfono. La serie se había tomado un descanso de dos meses, lo cual le iría de maravilla. Podría pasar más tiempo con los chicos y tenía pensado irse dos semanas a La Jolla como cada año. Entró en la casa y se puso al teléfono.

–Hola, preciosa.

Era Lou. La llamaba a menudo, a veces simplemente para decirle hola. La cuidaba con esmero. Tenía sesenta años y siempre había sido muy bueno con ella. Jane le respetaba y Lou respetaba su «locura» al ocultarle su trabajo a Jack. Procuraba andarse con mucho cuidado para no estropearle la carrera. Cosa que, de todos modos, acababa de hacer el nuevo director de la serie.

—Hola, Lou.

—¿Qué tal las vacaciones?

Jane pensó que su tono de voz era un poco raro. Debía de estar agobiado de trabajo, con sus astros y su ejército de actores en paro, acosándole día y noche.

—Nunca viene mal un descanso. Me da la oportunidad de estar más tiempo con los chicos. —Jane y su familia. No sabía hablar de otra cosa. Menos mal que no concedía entrevistas, pensó Lou. Con el cuerpo que tenía, nadie hubiera creído que hablaba en serio—. ¿Ocurre algo?

Lou guardó silencio, buscando las palabras adecuadas. Sabía que le iba a hacer daño, pero tenía que decírselo antes de que se enterara en el mismo plató.

—Nada de particular —contestó al final, decidiendo no andarse con inútiles rodeos—. Van a rescindirte el contrato cuando termine el descanso.

—¿Cómo? —Era una broma. Tenía que serlo. Jane palideció y sus grandes ojos azules se llenaron de lágrimas—. ¿Hablas en serio?

—Me temo que sí. El nuevo director quiere dar una nueva imagen a la serie. Va a eliminar a cuatro de vosotros en un accidente de tráfico el primer día. Te pagarán una elevada suma de dinero, ya me he encargado de que así sea, pero según parece…

No hizo falta que dijera más. Jane se echó a llorar en silencio. Era la peor noticia que jamás hubiera recibido. *Angustias secretas* era toda su vida, aparte de Jack y los niños. Llevaba casi once años en la serie.

—Han sido diez años de mi vida, y ahora este tipo… —Era algo habitual en aquellas series, pero Jane estaba destrozada. Se sentía allí como en familia—. Por favor, ¿no podrías hacerle cambiar de idea?

—Lo he intentado todo —dijo Lou. Pero no le explicó que iban a incluir en la serie a otra chica y a tres homosexuales amigos del director. No era necesario. Lo único que le importaba a Jane era la rescisión del contrato–. Quieren que vuelvas el primer día para eliminarte en un dichoso accidente.

–¡Dios mío! –exclamó Jane, llorando sin recato sentada junto a la mesa de la cocina.

En ese momento entró su hija mayor y la miró asombrada.

–¿Ocurre algo, mamá?

Jane sacudió la cabeza, sonriendo entre lágrimas mientras Alexandra se encogía de hombros, sacando un 7-Up de la nevera antes de salir al jardín para reunirse de nuevo con sus amigos.

–No puedo creerlo –dijo Jane con voz entrecortada.

–Ni yo. Este hombre es un imbécil, pero no hay nada que hacer. Están en su derecho y creo que puedes estar contenta de haber trabajado diez años en la serie.

Sí, pero ahora ¿qué? Sabía que no podría encontrar nada igual. En ninguna otra serie le permitirían conservar el anonimato. Y ésa era la condición imprescindible para que Jack no se enterara.

–Es como si se hubiera muerto alguien –dijo sonriendo con tristeza–. Yo, supongo.

–Que se vayan al infierno, ya te buscaremos otro papel.

–No puedo hacer otro papel –dijo Jane entre sollozos–, tú lo sabes. Ése me venía al dedillo.

–Pues te encontraremos otra serie diurna en la que se necesite a una bomba sexual con peluca negra. –Jane tenía por lo menos doce pelucas de distintas longitudes y estilos–. No sé qué decirte, nena. Lo siento de veras.

Y era cierto. Lou no soportaba verla sufrir. No se merecía aquel trato injusto.

–¿Qué voy a hacer? –preguntó Jane, sonándose la nariz con un papel de cocina que había junto al fregadero mientras las lágrimas le resbalaban por las mejillas.

–Aceptar la situación con elegancia. No puedes hacer nada más. Ve a trabajar ese día y despídete de ellos –Lou sabía que la escena iba a ser dramática. Mientras hablaba con ella, hizo una anotación en su calendario. Aquel día le enviaría un ramo de flores con carácter anónimo, tal como había hecho otras veces–. Ya me encargaré de buscarte otro trabajo.

–No puedo hacer otro trabajo, Lou.

–No estés tan segura. Déjalo de mi cuenta. Te llamaré en un par de días.

Jane colgó y volvió a sonarse la nariz, sintiéndose deshecha. Precisamente en ese momento entraron en la cocina Jason, Alexandra y Alyssa, acompañados de sus amigos. Once chicos en total.

–¿Qué hay para almorzar? –preguntó Jason sin ver en los ojos de su madre la menor huella de las recientes lágrimas.

Se parecía mucho a Jack, al igual que Alexandra, aunque ambos eran pelirrojos como su madre.

Volviéndose de espaldas para ocultar la cara, Jane sacó del frigorífico la bandeja de bocadillos que había preparado. Los había de jamón, pavo, salchichón y otras combinaciones. Los chicos los tomaron con cocacola y salieron de nuevo al jardín. Jane volvió a sentarse exhalando un suspiro. Todo había terminado. Al final, Jack se había salido con la suya sin siquiera saberlo. De repente, oyó el rumor de un automóvil en la calzada particular y, al mirar por la ventana, vio detenerse el plateado Mercedes de su marido. Jack descendió con ágil movimiento. Parecía muy joven. A sus cuarenta y tres años, se le veía atlético y en buena forma, pero en su boca y sus ojos había una extraña dureza y frialdad. Era apuesto, pero le faltaba calor. Entró en la cocina sin ver la aflicción que reflejaban los ojos de su esposa. En realidad casi nunca la miraba.

–Hola, cariño, ¿qué te trae a casa? –le preguntó Jane mientras él abría la nevera para sacar una cerveza.

–Tenía una reunión cerca y pensé venir a casa a almorzar. –Se aflojó la corbata y tomó un sorbo de la lata. Después dejó la chaqueta en una silla y Jane vio la silueta de sus músculos bajo la camisa. Jugaba al tenis casi todos los días al volver a casa. Él y Jason eran mortíferos en la pista. Jane jugaba mal y casi nunca lo hacía con ellos–. ¿Hoy no trabajas en el hospital?

–Tengo libre el verano, ¿recuerdas?

–Ah, sí, es verdad. Lo había olvidado –dijo Jack, sonriendo por primera vez. Contempló su exuberante cuerpo y pareció perder interés por todo lo demás–. ¿Has estado en la piscina?

Les proporcionaba toda clase de comodidades. Piscina, automóviles, costosas prendas para ella y los chicos, una casa alquilada en La Jolla cada año, vacaciones en Hawai por Navidad y un sinfín de lujos. Sin embargo, a Jane le parecía que siempre se reservaba algo. Se mostraba distante y jamás hablaba con ella.

–Vigilaba a los chicos.

Las conversaciones entre ambos eran siempre intrascendentes. Él no le hablaba casi nunca de su trabajo ni de sus amigos.

–¿Me has comprado las cosas que necesito para La Jolla?

Le había entregado una lista completa de todos los accesorios de pesca que deseaba cambiar.

–No he tenido tiempo. Lo haré esta tarde.

De repente, el mundo pareció detenerse. Jack se acercó a ella e introdujo dos dedos en la parte anterior de la braguita del biquini de Jane. Ésta no dijo nada.

–¿Tienes tiempo para otra cosita? –Era una pregunta retórica. Ella jamás respondía que no. Jack dejó la cerveza y empezó a sobarle el cuerpo y besarla–. ¿Te apetece hacer el amor?

Al cabo de veinte años, Jane ya estaba acostumbrada a su rudeza y falta de tacto. Al principio era más considerado y atento. Sin embargo, poco a poco empezó a cambiar y a veces parecía dominado por una furia obsesiva. Ocurrió incluso cuando ella estaba embarazada, pero no se atrevió a decirle al médico lo que hacían. Ahora la estrechó con fuerza y dijo con una sonrisa lasciva:

–Me alegro de haber venido a casa. Esto es mejor que almorzar por ahí.

Jane sonrió, pero sus ojos estaban tristes. Jack la asió por un brazo y abandonaron el amplio salón en forma de L. El dormitorio se encontraba en el extremo más alejado de la casa y Jane se preguntaba a veces si su marido lo había colocado allí a propósito para que los chicos no oyeran nada. Cerró la puerta a su espalda y corrió el pestillo. Nunca se molestaba en bajar las persianas, aunque los chicos no podían verlos desde la piscina. La tumbó sin miramientos en el suelo y le quitó el biquini. Él se limitó a bajarse la cremallera y la penetró sin ningún preámbulo, mientras la sobaba lascivamente con las manos. A veces le hacía daño. En esta ocasión la acarició con suavidad hasta conseguir excitarla y, por fin, la penetró por segunda y definitiva vez, emitiendo un grito seguido de un prolongado gemido. Después esbozó una sonrisa de satisfacción y le acarició el pecho sin ver las lágrimas que resbalaban lentamente por las mejillas de su esposa.

5

Jane se acercó al plató con el estómago encogido. Vio los rostros de los carpinteros, de los técnicos de sonido y de los supervisores a los que tan bien conocía. Les tenía mucho cariño a todos. Les preparaba pastelillos en casa y les hacía jerséis de punto para sus hijos. Se preocupaba por todos y los necesitaba a todos. Eran sus únicos amigos y los iba a perder.

El ambiente era muy tenso aquel día y nadie se le acercó. Todo el mundo sabía lo que iba a suceder. Las víctimas habían sido advertidas de antemano. Jane tuvo que hacer un esfuerzo por reprimir las lágrimas cuando el director se acercó a ella para describirle la escena del accidente sin hacer la menor alusión a lo que iba a ocurrir en la vida real. Estaban a punto de arrebatarle un papel que ella interpretaba desde hacía diez años. Aquél sería el primer día de su decimoprimera temporada en la serie. El primero y el último.

Subió al camerino del piso de arriba y metió sus cosas en la maleta que llevaba. Otras cuatro pelucas negras, un jersey y una malla de gimnasia que a veces se ponía entre escena y escena. Dejó unas zapatillas y docenas de frascos de maquillaje y laca de uñas. Rezó en silencio para interpretar la última escena sin perder la compostura. Sabía que los espectadores se llevarían una sorpresa y, al igual que Lou, pensaba que el director cometía una gran equivocación. Corrían rumores de que por Navidad todos los actores que quedaban serían sustituidos por rostros nuevos.

Los actores secundarios ya se encontraban en sus puestos y los iluminadores estaban ajustando los focos. De repente, Jane los envidió. Hubiera querido ser uno de ellos con tal de quedarse. Le pareció que era algo así como marcharse de casa por primera vez. Le fue más fácil abandonar Buffalo de lo que le iba a ser dejar la serie.

Se encontraban presentes unas veinticinco o treinta personas; los tramoyistas colocaron los tabiques en su sitio y transcurrió una eternidad antes de que sonaran los timbres de aviso. Se desconectó el aire acondicionado para eliminar el ruido y apareció la señal indicadora de que estaban en antena.

La escena fue más devastadora de lo que Jane pensaba. Cuando le enfocaron el rostro en el fatal accidente automovilístico que iba a acabar con su carrera, sus lágrimas y sollozos fueron tan auténticos como el grito que lanzó al final. Al terminar su actuación, Jane se desmayó fuera de las cámaras.

El director se esfumó mientras sus compañeros la llevaban al camerino. No hubo ninguna fiesta de despedida, sólo melancólicos adioses, últimos abrazos y promesas finales de mantenerse en contacto. Después Jane subió a su Mercedes y se pasó el trayecto llorando mientras trataba de inventarse alguna horrible historia «hospitalaria» que justificara ante su familia la tremenda expresión de su rostro. En casa la esperaba un ramo de flores de Lou. Por suerte, los chicos no estaban. Jason vivía en la Universidad de California, en Santa Bárbara, y las niñas practicaban hockey aquel día. Incluso Jack le dio un respiro. Llamó para decirle que tenía que asistir a una reunión inesperada y no regresaría a casa hasta las nueve de la noche.

Jane se tendió en la cama y se pasó varias horas llorando, sin contestar al teléfono. No le apetecía hablar con nadie. Su vida en *Angustias secretas* pertenecía al pasado, su carrera había tocado a su fin tal como siempre lo quiso Jack y su existencia se le antojaba completamente vacía y sin sentido. Afortunadamente estaba dormida cuando su esposo regresó a casa aquella noche. Había tomado unas copas de más y se sumió en un profundo sueño. La dejó en paz, transida de dolor y destrozada por los acontecimiento del día. No conocía sus sufrimientos e ignoraba quién era en realidad y qué había hecho a lo largo de los últimos diez años.

6

A las cuatro de la tarde, Bill Warwick ya estaba cansado. Había pasado toda la mañana sirviendo a las mesas en el Mike's. En aquellos momentos, el local estaba un poco más tranquilo y sólo había unos pocos clientes bebiendo en la barra o jugando a billar. Bill estaba charlando con Adam cuando sonó el teléfono.

—Es para ti —le dijo Adam.

Bill se sorprendió y, por un instante, se preguntó si sería Sandy. No recordaba haberle dicho que iba a trabajar allí. Había estado pensando en ella durante todo el día. Se preguntaba dónde estaría y si habría vuelto a drogarse. Pero no era Sandy, sino Harry, su agente.

—Hola, muchacho.

—¿Cómo me has localizado aquí?

—La centralita me dio este número.

Bill recordó que había dejado el número en la centralita.

—Estoy trabajando, para variar. Sirviendo mesas en mi bar preferido.

—Pues diles que lo dejas.

—¿Por algún motivo particular? ¿Un papel de protagonista en una película tal vez? —preguntó Bill con tono de chanza.

—¿Te conformarías con una nueva serie de Mel

Wechsler? –Hubo una pausa mientras Bill se preguntaba si sería una broma–. En este momento está escogiendo el reparto y será una producción sensacional. Me enteré la semana pasada de que buscaba a un chico de tu edad aproximadamente. Le enviamos tu currículo y quiere verte.

Bill lanzó un silbido y miró sonriendo a Adam.

–¿Crees que tengo alguna posibilidad?

No se atrevía a abrigar esperanzas. Había construido muchas veces castillos en el aire que después se derrumbaban estrepitosamente. Pero quizá al final… Eso era lo bueno de aquel trabajo. Siempre había una esperanza, una nueva oportunidad, un mañana más halagüeño.

–Creo que las posibilidades son muy buenas. Quiere verte mañana por la mañana a las diez, y me ha dado una copia del guión. Quiero que lo leas esta noche. Estoy seguro de que te encantará. –A Bill le hubiera encantado cualquier cosa en aquellos instantes, incluso un anuncio de comida para perros. Una serie de Mel Wechsler le parecía un sueño–. ¿Puedes pasarte por mi despacho?

–Trabajo hasta las diez. ¿No podría ir a recogerlo a tu casa?

–Yo mismo lo dejaré en la tuya. Prométeme que lo vas a leer. Me importa un bledo lo que haga Sandy esta noche. Enciérrate en el cuarto de baño y léelo.

–Lo leeré, no hace falta que me lo pidas por favor.

–Muy bien. Llámame cuando salgas de la entrevista.

–Descuida –dijo Bill, y colgó con una sonrisa en los labios.

–¿Alguna novedad? –le preguntó Adam.

–Era mi agente.

–Me lo suponía.

Bill no se atrevía siquiera a comentarle a su amigo lo de la serie de Wechsler. No quería poner en peligro aquella oportunidad. Temía que se enterara alguno de los actores que trabajaban en el bar y que se presentaran a las pruebas. Se pasó seis horas como caminando entre nubes, y cuando llegó a casa a las once ni siquiera estaba cansado. Experimentó una punzada de pánico al entrar, temiendo que Sandy armara una de las suyas. Quería estar tranquilo para leer el guión que Harry había dejado en el buzón. Allí lo encontró, tal como él le había prometido. La casa estaba vacía con excepción de *Bernie*, que aguardaba con ansia las sobras que le traía del Mike's. Lo sacó al jardín, le puso la comida en el cuenco y sacó una cerveza del frigorífico antes de sentarse a leer el guión. Seguía preocupado por Sandy, pero era un alivio que no estuviera en casa. No quería enfrentarse con sus problemas. Aquella noche no. Quería leer el guión y prepararse para su entrevista con Mel Wechsler al día siguiente.

A la una, cuando terminó de leerlo, el corazón le latía de emoción. Era el mejor papel que jamás hubiera leído, y le venía como anillo al dedo. Estaba seguro de que podría bordarlo, siempre y cuando pudiera convencer a Wechsler. Se acostó, pero no consiguió pegar ojo. Permaneció tendido en la cama, pensando en el guión y la serie. A las cuatro, seguía dando vueltas en la cama. Le pareció oír un rumor y pensó que era Sandy. Pero no lo era. Probablemente un mapache hurgando en los cubos de la basura. Sandy no regresó a casa aquella noche, y a la mañana siguiente, mientras se afeitaba, Bill pensó en ella con cierta inquietud. La vida era más cómoda sin Sandy, pero eso también le causaba tristeza. Recordó las cosas que ambos compartían al principio y pensó en cómo hubiera podido ser su vida. Se preguntó si las relaciones entre ambos hubieran podido ser distintas. Aún recordaba su luna de miel en el hotel Mauna Kea, de Hawai, y lo cariñosa que era Sandy. Siempre lo había sido, pero ahora eso ya no era suficiente y no compensaba las angustias y las preocupaciones. En aquel momento no podía permitirse el lujo de pensar ni en los buenos ni en los malos tiempos. Tenía que concentrarse en su entrevista con Mel Wechsler. Eso era lo más importante.

Mientras aguardaba el autobús, pensó de nuevo en el guión. El trayecto hasta el despacho de Wechsler, en Burbank, no le pareció largo en absoluto. Cuando entró en el recinto de los estudios y facilitó su nombre al guarda, estaba tan emocionado que apenas podía respirar. Era esperado y le indicaron a qué edificio tenía que dirigirse. Entró, recorrió un largo pasillo y, al final, se encontró en una antesala en la que había cuatro secretarias, toda una pared cubierta por estanterías de libros y cuadros. Dio su nombre a una secretaria y ésta le dijo que se sentara. De repente, vaciló. Jamás conseguiría el papel. Era una oportunidad demasiado fabulosa. Seguramente aún no estaba preparado para eso.

–Señor Warwick.

Se levantó como un niño a punto de entrar en el despacho del director del colegio, pero sus temores se desvanecieron en el despacho de Mel Wechsler. Éste le tendió una mano por encima del escritorio y le dirigió una sonrisa mientras sus brillantes ojos azules le examinaban de arriba abajo.

–Hola, Bill. Gracias por venir –Bill se preguntó fugazmente si estaría bromeando. Hubiera sido capaz de caminar sobre clavos ardientes a cambio de aquella entrevista–. Me gusta su currículo.

–Gracias.

Bill estaba tan asustado que apenas podía hablar. Sin embargo, Mel acudió en su ayuda.

–¿Ha leído el guión?

–Sí –contestó Bill, esbozando una sonrisa capaz de derretir los corazones de millones de mujeres.

Era exactamente la expresión que buscaba Mel para el hijo de Sabina en la serie. La principal protagonista de

Manhattan sería la directora de una gran empresa, ayudada por su hijo, detestada por su hija y adorada por su amante, un papel que Mel pensaba ofrecer a Zack Taylor. Otro importante papel femenino iba a ser el de la hermana de la protagonista, una mujer que, al principio, no sentía el menor interés por la empresa, pero que, más adelante, se la querría arrebatar a su hermana y trataría de robarle también el amante. Era una historia de luchas por el poder y de guerras internas en el seno de una gran empresa dirigida por personajes fuertes, ambiciosos y fascinantes. Mel ya se imaginaba a Bill en el papel del hijo de Sabina. El guión requería un actor de unos treinta años, más o menos la edad que tenía Bill.

—Me ha encantado —dijo Bill con sinceridad—. Son papeles muy vigorosos, sobre todo el que a mí me gusta más.

Parecía un chiquillo con zapatos nuevos y se sentía cohibido en presencia de Mel Wechsler, una especie de mago de Oz con un enorme poder en las cadenas de televisión donde siempre alcanzaba éxitos resonantes.

—Me alegro. A nosotros también nos encanta. Creo que va a ser la serie más importante que se emita por televisión el próximo otoño. Queremos empezar a rodar en diciembre —Bill le miró en silencio como si fuera el propio Dios y luego se arrepintió de no haberle dicho nada más, pero en aquel instante no se le ocurría nada. Pensaba en la serie y en lo mucho que necesitaba aquel trabajo—. ¿Podrá combinarlo con sus compromisos?

—¿Cómo dice…? ¿Mis compromisos? —Se le quedó la mente en blanco. ¿Qué compromisos? ¿El bar Mike's o *El juego de las citas*? ¿O acaso el pago de la fianza de Sandy?—. Bueno, es que… en estos momentos no tengo ningún compromiso. —Parecía un azorado chiquillo de nueve años—. En realidad, estoy libre.

Mel Wechsler le dirigió una sonrisa. Era joven y estaba muy nervioso, pero el chico le gustaba. Ya había visto en el currículo lo que era capaz de hacer y se daba por satisfecho. No quería en su serie a ningún actor de medio pelo. Para *Manhattan* quería sólo a los mejores. Y Bill era uno de ellos. Apuesto, con un vigoroso atractivo sexual, joven y buen actor.

—Es usted un excelente actor, Bill.

Le mencionó las interpretaciones que más le habían gustado y le comentó un papelito que había hecho para la televisión el año anterior. Era una producción muy barata y mal dirigida, pero Warwick tuvo en ella una actuación impecable.

—Gracias. No he tenido muchas oportunidades de demostrar mi valía. Últimamente me dedico más bien a los anuncios.

—Todo el mundo pasa por esa fase —dijo Mel sonriendo—. Es un trabajo muy duro. ¿Cuánto tiempo lleva en él?

—Diez años.

Parecía increíble. Diez largos años de pruebas y de pequeños éxitos y fracasos, de giras estivales y anuncios, haciendo cualquier papel con tal de que no tuviera que sacrificar su integridad profesional. Había sido un duro ascenso, pero, sentado en el despacho de Mel Wechsler, pensó de repente que no había sido muy largo. A veces la espera merecía la pena.

—Es un período de tiempo respetable.

—Antes fui a UCLA, y me licencié en arte dramático.

—¿Y tiene usted…?

La mayoría de actores mentían sobre su edad, pero Bill parecía muy joven y tal vez no lo hiciera. En cualquier caso, parecía adecuado para el papel y eso era lo que importaba.

—Treinta y dos años.

–Perfecto. Philip, el hijo de Eloise Martin, tiene vein- tiocho o veintisiete años. Aún no lo hemos decidido del todo, pero más o menos por ahí. Le va a usted muy bien. –Todo dependería de la edad que quisiera representar Sabina en caso de que aceptara trabajar en la serie–. Ade- más, el papel parece hecho a su medida. En cuanto salga en antena, millones de mujeres se enamorarán de usted. Adolescentes, abuelas, mujeres de su misma edad. Se producirá la locura acostumbrada. Pósters, fotografías, reportajes, ya sabe. Va usted a convertirse en un astro de primera magnitud, Bill. –Éste contuvo el aliento sin es- tar todavía muy seguro de tener el papel en sus manos–. Creo que no mantiene usted ninguna relación amorosa en estos momentos. Por lo menos, que se sepa. –Mel había hecho averiguaciones y estaba satisfecho del resul- tado. Era un muchacho serio y formal, apreciado por todos los directores que le habían tenido a sus órdenes. A Mel Wechsler no le agradaba tener en el reparto a dro- gadictos y gentes de mal vivir. No le gustaba que los ac- tores se presentaran en los estudios borrachos ni que se acostaran con todas las mujeres que se les pusieran por delante. Siempre quería que todo funcionara como una seda y *Manhattan* no iba a ser una excepción–. No está usted casado, ¿verdad, Bill?

Bill sintió que se le escapaba de las manos la opor- tunidad de su vida. Una esposa drogadicta sería su per- dición.

–No.

Rezó para que Mel no se enterara de la existencia de Sandy. Pero sus temores eran infundados. Nadie sabía que estaban casados. En caso de que Sandy se sometie- ra a una cura de desintoxicación, podrían organizar una boda por todo lo alto. Aunque su mujer no se encontra- ba en aquellos momentos en condiciones para eso, Bill se sintió un traidor por la mentira que acababa de decir.

–¿Divorciado?

–No, señor. –Eso era verdad.

–Estupendo. A sus admiradoras les encantará. –Mel sabía, además, que no era homosexual, por lo menos eso le habían dicho. Dos fuentes de información creían que tenía una amante porque no salía mucho, pero se trataba de relaciones normales y eso también era bueno. Mel Wechsler quería que Philip Martin se convirtiera en el ídolo de Estados Unidos y Bill Warwick era ideal–. Yo diría que es usted el candidato número uno. ¿Qué le parece?

A Bill se le desbocó el corazón. Ya casi lo tenía. Casi…

–Me encantaría el papel, señor Wechsler. Pienso que podría hacer un buen trabajo.

–Yo también lo creo así –dijo Mel, tendiéndole la mano–. Llamaré a su agente para darle una respuesta definitiva dentro de unos días.

Se levantó y Bill no tuvo más remedio que imitarlo. Esperaba haberle causado una buena impresión. Hubiera querido suplicarle que le diera el papel. Sabía que muchos actores salían de una entrevista convencidos de que tenían un papel y, más adelante, se enteraban de que se lo habían dado a otro.

–Espero conseguirlo, señor Wechsler.

Miró al productor a los ojos y abandonó el despacho. Al salir, no sabía qué pensar, y cuando llegó al Mike's y llamó a su agente estaba hecho un manojo de nervios. Adam le aconsejó que se tranquilizara porque, de todos modos, no podría cambiar las cosas. Al final, Bill le reveló que se había entrevistado con Mel Wechsler, pero no le dijo para qué. Temía que otro actor le arrebatara el papel. Harry le calmó con palabras de aliento.

–Relájate, muchacho, que ya es tuyo.

Sin embargo, ya se lo habían dicho otras veces y el papel había sido para otro.

—Me he comportado como un estúpido, Harry.

—¿Qué has hecho? ¿Acaso lo has besado?

—No; hablo en serio. Estaba tan asustado que apenas podía hablar. Probablemente ni siquiera se me entendía.

—¿Y qué? Eres un actor, no una jovencita que se presenta en sociedad. Tienes un guión, lo leerás, te lo aprenderás y se te entenderá muy bien. Voy a decirte una cosa: ha hecho averiguaciones sobre ti por todo Hollywood. Eso significa que le interesas.

—¿Y qué ha preguntado?

—Si te drogas, cómo trabajas, las tonterías de siempre. Estás en buena situación porque todo el mundo te aprecia.

Ambos pensaron simultáneamente lo mismo.

—¿Crees que alguien le ha hablado de Sandy?

—Eso sólo lo sabemos Tony Grossman y yo, ¿recuerdas?

—Ya.

—Pues bueno, yo no pienso decir nada y Tony nunca quiso que se divulgara la boda de Sandy. Eso fue cuando ella trabajaba en *Cena dominical,* claro, y puede que ahora le importe un bledo, pero no creo que diga nada. La próxima vez quiere buscarle otro papel de virgen.

Harry aborrecía con toda su alma a Tony Grossman, y Bill lo sabía. La cosa se remontaba a sus primeros tiempos como agentes, pero Bill no conocía los detalles de la historia. Al principio de su idilio, él y Sandy se habían convertido en una especie de Romeo y Julieta huyendo de los Montescos y Capuletos, representados por sus respectivos agentes.

—Me preguntó si estaba casado.

Harry tragó saliva.

—¿Y qué le respondiste?

—Que no.

—Buen chico. Quiere convertirte en el héroe de Estados Unidos y para eso hace falta un hombre soltero y sin compromiso.

—Eso pensé, pero pasé mucho miedo. ¿Y si se entera?

—Es imposible. Hiciste lo correcto. Ahora mantén la boca cerrada y procura relajarte hasta que te llame.

—Aún estoy trabajando en el Mike's.

—No será por mucho tiempo.

—Dios te oiga —dijo Bill, utilizando una de las frases preferidas de Harry.

—Ya te llamaré.

—Gracias.

Bill colgó e inmediatamente empezó a atender a los clientes de la hora del almuerzo. Su entrevista con Mel Wechsler se le antojaba muy lejana. A las cinco de la tarde se sentó a tomar un café y una hamburguesa mientras contemplaba el telediario por encima de la cabeza de Adam. Dejó de comer en seco en cuanto vio una fotografía de Sandy tal como era hacía tres años cuando empezó a trabajar en *Cena dominical,* y se asombró de que hubiera cambiado tanto. El locutor informó que la actriz había sido detenida aquella mañana en una redada policial contra la droga. Aquella mañana... mientras él se entrevistaba con Melvin Wechsler. Bill experimentó náuseas. Se quedó clavado en su asiento a la espera de nuevos datos, pero el locutor se limitó a añadir que Sandy se encontraba en la cárcel municipal de Los Ángeles con otros cinco sospechosos, e indicó que no era la primera vez que la detenían. Dijo asimismo que el año anterior la habían despedido de la serie por incumplimiento de la cláusula del contrato relativa al consumo de drogas. Luego pasaron a la siguiente noticia.

Adam lo vio también, pero no dijo nada. Bill se dirigió al teléfono y Adam imaginó que iba a llamarla. No se equivocó. En la cárcel le comunicaron que Sandy se encontraba en libertad bajo fianza, pero no le dijeron quién la había pagado. Las cinco horas siguientes fueron una eternidad. Bill llamó a su casa cinco o seis veces, pero no obtuvo respuesta.

Cuando por fin llegó a casa, esperaba encontrarla durmiendo en el sofá o la cama, completamente vestida y hecha una calamidad, con una jeringa a su lado. Pero sólo encontró el leve desorden que él mismo había dejado aquella mañana y a *Bernie* esperando la comida. Sandy no había vuelto a casa. Había llegado demasiado lejos y no quería regresar. Por una parte, Bill se alegró y, por otra, lo lamentó. Estaba tan acostumbrado a sacarle las castañas del fuego a su esposa que ahora no sabía qué hacer. Su ropa estaba todavía en el armario y en los cajones de siempre. El cepillo de dientes se encontraba en el lavabo al lado del suyo, y todos sus potingues del maquillaje estaban en el interior de la bolsa que Sandy solía llevarse al plató. Pero ya no utilizaba nada de todo aquello. Le daba igual. La ropa le venía grande y la mayoría de las veces no se maquillaba ni se cepillaba los dientes. Lo único que hacía era drogarse todo el día.

Bill se acomodó con aire meditabundo en el sofá, pensando en ella y preguntándose dónde estaría. En ese instante sonó el teléfono. Era casi medianoche. Debía de ser Sandy. Pero no lo era.

–¿Bill?

–Sí –contestó con aprensión. Tal vez era la policía. Tal vez Sandy había tenido un accidente o… Entonces reconoció la voz de Harry.

–Perdona que te llame tan tarde. Tenía que salir y quería llamarte yo mismo. He pensado que no te importaría.

–¿Qué ocurre? –preguntó Bill, frunciendo el entrecejo. Hubiera deseado no volver a pensar en Sandy, pero no podía evitarlo. La amaba y la odiaba a un tiempo y le tenía rabia por la desgracia que había traído a su vida.

—Ya lo tienes, muchacho —dijo Harry con júbilo.

—¿Qué es lo que tengo? —preguntó Bill, desconcertado. De repente, lo comprendió—. ¡Oh, Dios mío! ¿Quieres decir que… lo he conseguido?

—Así es, muchacho. La secretaria de Wechsler llamó a las seis. Enviarán los contratos la semana que viene y empezarás a rodar en Nueva York el seis de diciembre. Te presentarás el diecinueve de octubre para las pruebas de vestuario. Acaba de nacer un astro. ¿Qué te parece, señor Warwick?

Bill tenía lágrimas en los ojos. Habían sido diez años de duro esfuerzo y de sueños rotos, sin contar los cuatro años de esperanzas que previamente pasó en la universidad, y ahora lo tenía al alcance de la mano: el papel de su vida.

—Nunca pensé que pudiera ocurrir.

—Pues yo sí. Estaba completamente seguro. —Harry recordó otra cosa—: Por cierto, vi el telenoticias esta noche. Supongo que ya lo sabes…

Bill comprendió que se refería a Sandy.

—Sí.

—¿Está ahí contigo?

—No. Llevo dos días sin verla. Tuvimos una pelea espantosa a causa de su detención del otro día.

—Mira, Bill, hazte un favor a ti mismo y mantente alejado de ella. Sólo faltaría que perdieras esta oportunidad por culpa suya. Esta chica es una fuente de problemas.

—Lo que ocurre es que está desquiciada, eso es todo —dijo Bill, defendiéndola a su pesar.

—Ya basta, muchacho. Este asunto te podría costar el papel. ¿Es eso lo que pretendes?

—No —contestó Bill. Pero no podía traicionar a Sandy. En caso de que necesitara ayuda, se la prestaría. Con la mayor discreción, por supuesto. Recordó que había mentido a Wechsler a propósito de su matrimonio—. No te preocupes. Tendré cuidado.

—Más te vale, porque Wechsler te podría demandar por haberle mentido. Te metería tan rápidamente en chirona que no te lo creerías. Y yo no se lo reprocharía, desde luego. Manténte alejado de ella, Bill.

—De momento eso no será ningún problema.

—Procura seguir así. Y enhorabuena. Vas a triunfar por todo lo alto. Estoy orgulloso de ti —dijo Harry, emocionado.

Bill colgó sonriendo con expresión de incredulidad. Ojalá hubiera podido compartir su alegría con alguien. Pero sólo tenía a *Bernie,* meneando la cola a la espera de la siguiente ración de comida. Ignoraba qué había sido de Sandy.

7

Sabina se encontraba de pie en la terraza, en traje de baño. Acababa de subir a la piscina y quería pensar un poco. Leyó siete veces el guión que Mel Wechsler le había entregado la víspera. Si se decidía a hacer televisión, aquello sería sin duda lo más adecuado. Mel tenía razón. El papel de Eloise Martin parecía escrito a su medida. Sabina Quarles y Eloise Martin hubieran podido ser hermanas gemelas. En realidad eran la misma mujer. En caso de que Zack Taylor aceptara el papel de protagonista masculino, la serie alcanzaría un éxito arrollador. Mel contaba con eso, pero ¿sería suficiente para hacerla cambiar de opinión? Sería ridículo que ahora se retractara de lo dicho anteriormente. Sin embargo, la que más se reiría sería ella. Aquella mañana, su agente le dijo que le ofrecían tres millones de dólares por la primera temporada. Tres millones. Había otros asuntos pendientes en su vida y los tres millones podrían resolverlos. La verdad era que no podía permitirse el lujo de rechazar el papel y, en el fondo, no quería hacerlo, aunque le parecía prudente pensarlo un poco. De repente soltó una carcajada. ¿A quién pretendía engañar? Habiendo de por medio tres millones de dólares, la decisión no podía demorarse. Tenía que hacerlo.

Llamó a Mel a las cuatro y le dijeron que se encontraba en una reunión en la cadena de televisión. Él la llamó pasadas las seis, cuando Sabina acababa de salir de la ducha. Yacía desnuda en el sofá, leyendo una revista, y tenía el cabello cubierto por una toalla blanca.

–¿Sabina?

–Sí.

Mel siempre experimentaba un estremecimiento al oír la aterciopelada voz de la actriz. Ya se imaginaba lo que sentirían los telespectadores de todo el país en caso de que consiguiera contratarla para la serie.

–Disculpa que no estuviera cuando me llamaste.

–No te preocupes. –Sabina esbozó una seductora sonrisa. Todo en ella era perfecto y encajaba a las mil maravillas. No había ninguna pieza suelta ni fuera de lugar–. He leído el guión por encima.

No le había llamado para agradecerle el almuerzo. Quería centrarse en el guión y ahora ya tenía la respuesta.

–¿Puedo saber cuál ha sido tu reacción o prefieres que sea educado y espere a que me lo digas tú misma?

A Sabina se le ocurrió una idea mejor.

–¿Por qué no vienes a tomar una copa y hablamos? –Por lo menos no rechazaba en seco la propuesta, pensó Mel. Ya era algo–. ¿Qué te parece?

–Me parece estupendo. ¿Qué tal si después salimos a cenar?

Sabina se alegró. Le gustaba Mel Wechsler y le interesaba que la vieran con él. Intuyó que, en adelante, ambos se iban a ver muy a menudo.

–Magnífico. En ese caso, ¿por qué no invertimos el orden y tomamos aquí la copa después?

–De acuerdo. Te recogeré a las ocho. ¿Te parece bien?

–Perfecto. Hasta luego, Mel.

Su ronca y melosa voz aceleró la sangre de Mel, que

regresó a casa para cambiarse y le dijo a su secretaria que le reservara mesa en L'Orangerie. Recogió a Sabina a las ocho en punto. Conducía él mismo su Mercedes 600. Por la noche, lo prefería. Resultaba más discreto cuando salía con una dama. Uno no sabía nunca cómo podía acabar la cosa. Al chófer sólo lo utilizaba de día.

El restaurante estaba abarrotado de gente y Mel lo había elegido a propósito. Estaba el todo Hollywood y casi todas las cabezas se volvieron cuando ambos entraron. Muchas personas reconocieron a Sabina y muchas más a Mel. Era uno de los personajes más importantes de Hollywood. Sabina estaba sensacional y juntos formaban una pareja impresionante. Esperaron justo el tiempo suficiente para que el *maître* comprobara que todo estaba a gusto de «monsieur Wechsler» y para que todo el mundo admirara el ajustado vestido de raso blanco que lucía Sabina. Mel estaba seguro de que no llevaba nada debajo. Se le pegaba al cuerpo como una segunda piel y él sintió un impulso casi irrefrenable de acariciarla cuando la vio. Sabina completaba su atuendo con unos preciosos pendientes de brillantes y unas sandalias de raso de alto y fino tacón. Llevaba el cabello rubio recogido hacia arriba para que se le viera mejor el bronceado rostro en contraste con el blanco vestido.

–Y eso no es más que el principio –dijo Mel en voz baja mientras se sentaban, comentando las miradas de asombro que habían provocado a su paso–. ¿Te imaginas lo que podría ser dentro de un año cuando todo el mundo te hubiera visto en *Manhattan*?

Sabina esbozó una sonrisa de indiferencia, torturándole como hace un gato con su presa. Mel pidió champán para la cena, pero antes se tomaron unos martinis secos. Melvin Wechsler era un conversador muy ameno y habló con Sabina de infinidad de cosas

menos de la serie hasta que, al fin, no pudo resistirlo
más.

—Tienes que reconocer que me he portado muy
bien. Pero ya no puedo soportar la incertidumbre, Sabina. ¿Qué te ha parecido?

Por un instante, a Sabina se le antojó un chiquillo
desvalido.

—Me ha encantado —le contestó mirándolo a los ojos.
Melvin esperaba algo más, pero ella no dijo nada.

—¿Eso es todo? —preguntó.

—Es perfecto. Tan perfecto como me dijiste.

—¿Pero...?

Mel empezó a pensar que no querría hacer el papel
y experimentó una amarga desilusión. Le iba a la medida, pero Sabina no quería percatarse de ello.

—¿Pero qué?

—Es perfecto, ¿pero...?

—Pero nada —contestó ella muy tranquila.

—Sabina Quarles —dijo Mel, asiéndole suavemente
ambas muñecas mientras clavaba la mirada en sus pro-
fundos ojos verdes—, ¿quieres decirme, por favor, lo que
piensas? ¡Me estás volviendo loco!

Ella echó la cabeza hacia atrás y soltó una carcajada. Se divertía atormentándole, aunque sin mala intención. Eran unos simples juegos preliminares.

—¿Vas a hacer *Manhattan*, sí o no?

—Pues claro que sí. Estaría loca si me negase. ¿Me
crees de veras tan estúpida? —contestó, mirándole como
si la cosa hubiera sido evidente desde un principio.

Mel le dirigió una mirada asesina y después la rodeó
con sus brazos y la besó mientras varios ojos tomaban
debida nota del gesto. Luego hizo señas al camarero
para pedirle más champán, pero ella le detuvo, diciéndole en voz baja:

—¿Por qué no tomamos la copa en mi casa para celebrarlo?

Mel la miró un instante y, acto seguido, pidió la cuenta al camarero y salió con ella a la calle donde les aguardaba el Mercedes 600. Aún no podía dar crédito a sus oídos. No cabía en sí de gozo. Sabina Quarles iba a ser la principal protagonista de *Manhattan*. Su sueño se había hecho realidad.

—Aún no puedo creerlo, Sabina. ¡Eres maravillosa! ¡Extraordinaria!

—Gracias, señor Wechsler. También lo es tu guión. Por lo menos, el primero. Esperemos que los demás lo sean también.

Ambos sabían que así iba a ser. Mel sólo contrataba a los mejores guionistas y, en ese caso, estaba especialmente empeñado en que la serie tuviera éxito. Aquello era nada menos que *Manhattan*.

Una vez en el apartamento de Sabina, Mel se sentó alborozado en el sofá mientras ella iba por una de las dos botellas de champán que siempre conservaba en hielo por si se presentara alguna ocasión especial. No cabía duda de que aquélla lo era. Iba a ser el comienzo de una nueva vida para ella, y ambos lo sabían.

Sabina trajo la botella y dos copas y Mel la miró y le dirigió una sonrisa mientras descorchaba el champán.

—No te imaginas lo contento que estoy, Sabina. Va a ser una serie maravillosa.

—Sé que me va a encantar —dijo Sabina.

No se refería exclusivamente a la serie. Mel se volvía loco cada vez que la miraba. Desde la muerte de su esposa, muchas mujeres habían pasado por su vida, pero ninguna era como Sabina.

Llenó las copas y brindó por ella.

—Por ti, Sabina… y por Eloise Martin.

Sabina bebió un sorbo de champán y depositó la copa en la mesa. Estaba arrebatadora. Se sentía tremendamente atraída por aquel hombre e intuía que la atracción era mutua. La serie le iba a gustar mucho por diversos motivos. No sólo por el papel, sino también por Melvin. Éste le recordó que tendría que trasladarse a París para hacer las pruebas con François Brac.

–¿Has estado alguna vez en París?

–Sólo una. Hace mucho tiempo. Rodé allí unos exteriores. ¿Se filmará allí algún episodio?

–No lo creo. Aunque tal vez el segundo año… En una serie tan larga como ésta hay espacio para casi todo y siempre estaremos abiertos a cualquier sugerencia.

A Sabina le gustaba todo cuanto le decía, pero todavía le gustaba más su forma de mirarla, como si le tuviera cariño. Se conmovió al pensarlo y extendió un brazo para darle unas palmadas en la mano.

–Te agradezco que me hayas ofrecido esta oportunidad, Mel. Sé que suena un poco cursi decirlo, pero es verdad.

Las palabras contrariaban su imagen de estrella inaccesible, pero una ocasión semejante no se presentaba todos los días. Un primer papel en una serie como *Manhattan* podía convertirla en la mayor estrella del país. Era una oportunidad fabulosa. Era una mujer de suerte y lo sabía. Y todo, gracias a Mel.

–No me lo agradezcas, Sabina. Yo no estaría aquí si tú no fueras una persona muy especial. Será un gran aliciente que formes parte de la serie.

Sin embargo, ambos sabían que había algo más que eso. Antes de que él pudiera añadir otra cosa, Sabina se inclinó y le dio un beso. Al principio fue un beso delicado, pero enseguida intervino la pasión y Mel la estrechó fuertemente entre sus brazos. Cuando al final se apartó de ella, estaba casi sin aliento. Sabina guardó silencio, pero sus ojos lo dijeron todo. Mel volvió a besarla y se levantó con expresión pesarosa. Conocía sus límites y ya los había alcanzado. Otro beso como aquél y no hubiera podido reprimir el impulso de quitarle el vestido de raso blanco.

—Creo que ya es hora de que me vaya —dijo, mirándola con ternura.

—¿Por alguna razón especial?

—Por una razón muy poderosa —contestó Mel, esbozando una suave sonrisa bajo la matizada luz del salón—. Me vuelve usted loco, señorita Quarles, y yo tengo que comportarme. Será mejor que me vaya antes de que ataque a la estrella de mi nueva serie.

—Pensaba que íbamos a celebrarlo —dijo Sabina sonriendo con picardía.

—Creí que ya lo habíamos hecho.

—Pues yo creía que sólo acabábamos de empezar.

Sabina le tiró delicadamente del brazo para que volviera a sentarse y después se acurrucó junto a él.

—No quiero que se me acuse de utilizar el sofá con fines profesionales —dijo Mel, soltando una súbita carcajada—. Quiero que se sepa, aquí y ahora, que has aceptado el papel, Sabina Quarles, y que esto no es más que una celebración.

—Así se hace constar, señor Wechsler.

—Muy bien, pues.

Volvió a besarla con pasión y esta vez Sabina pareció derretirse en sus brazos mientras él le quitaba el vestido de raso con hábiles movimientos. Momentos después, ella se levantó en toda su esplendorosa belleza, mostrando la irresistible belleza de su cuerpo reflejada en las dos paredes revestidas de espejos del salón, y tomó la mano de Mel, indicándole por señas el dormitorio. Fue la última vez que Sabina llevó la voz cantante aquella noche. En cuanto llegaron a la cama, Mel asumió el mando y la llevó a cumbres de placer jamás soñadas. Fue una noche de pasión digna de los dos personajes más importantes de *Manhattan:* el productor y la estrella.

8

Zack Taylor regresó finalmente de Grecia al día siguiente de la celebración del día del Trabajo, el primer lunes de septiembre. Estaba moreno y extraordinariamente elegante con la nueva ropa que se había hecho confeccionar en Londres. Más parecía un jugador de polo en período de vacaciones que un astro cinematográfico. Poseía un porte aristocrático muy acorde con el principal papel masculino de *Manhattan*. Se había tomado tres meses de vacaciones una vez finalizado el rodaje de su última película, pero se alegraba de encontrarse de nuevo en Bel Air. Como todo el mundo, poseía allí una bonita casa y otra en Malibú. Además, era propietario de varios caballos de carreras en Del Mar, cerca de San Diego, y tenía múltiples intereses y aficiones. Le intrigaba lo que le estaba diciendo Mel. La serie parecía muy buena y la idea de trabajar con Sabina Quarles le encantaba. Había actuado con ella en otra ocasión y, aunque no era una gran estrella, sabía que trabajaba con ahínco y sacaba mucho partido a sus personajes. A su lado, él seguiría brillando con luz propia.

Se pasó una mano por el ondulado cabello y miró sonriendo a Mel. Estaban almorzando en el Club de Campo de Hillcrest.

—Siento curiosidad por leer el guión, Mel. Si es tan

bueno como dices, tendrás el éxito asegurado. Aunque, en realidad, tú siempre lo tienes.

–Gracias, Zack. –Mel le habló de Bill Warwick y de otros actores y actrices a los que pensaba contratar. Había otros dos que le interesaban en especial, pero Sabina y Bill eran los únicos que tenía seguros–. La cadena nos respalda en todo –añadió por fin.

Siempre trabajaba en la misma y jamás tuvo el menor problema. Los responsables de la cadena sabían que cualquier cosa que hiciera Mel era un éxito. Zack también lo sabía y no le importaba trabajar en televisión. Es más, la posibilidad de intervenir en un serial estrella le atraía mucho. Era una ocasión sin precedentes de que le vieran millones de personas. Sabina no sabía valorar convenientemente aquel hecho. En cambio, Zack llevaba varios años trabajando en la televisión.

Mel le entregó el guión en la absoluta certeza de que a Zack le gustaría, se emocionaría y sentiría deseos de empezar cuanto antes.

–Te llamaré mañana, Mel. –Zack no se hacía de rogar, no simulaba indiferencia ni se comportaba según el típico «estilo de Hollywood»–. No tengo nada que hacer esta noche. Lo leeré con atención y mañana te diré lo que pienso.

–Te lo agradezco, Zack. Creo que te gustará.

–No podría ser de otro modo, después de lo que me has dicho.

Los dos hombres intercambiaron una sonrisa y Mel se preguntó cómo era en realidad Zachary Taylor. Le tenía una gran simpatía y hubiera deseado ser amigo suyo, pero siempre tropezaba con una muralla invisible. Zack nunca intimaba con nadie y Mel se preguntaba por qué. Puede que fuera tímido o simplemente muy reservado. Parecía increíble en un hombre de tanto éxito, pero Mel no tenía ni idea de quiénes eran sus amigos.

Se despidieron en la calle y Zack subió a su descapotable Corniche azul marino. Era un automóvil tan impresionante como su propietario, enfundado en aquel momento en una chaqueta de deporte y una camisa azul con el cuello desabrochado. Zack puso en marcha el vehículo en dirección a Bel Air y saludó con una mano a Mel, mientras dos mujeres le señalaban, lanzando emocionados gritos tras haberle reconocido. Pues, ya verán ustedes lo que es bueno el año que viene, señoras, pensó Mel mientras subía a su Mercedes 600 para regresar al despacho.

Le esperaba un recado de Sabina, que leyó con una sonrisa en los labios. Llevaban dos semanas viéndose casi todas las noches y Melvin sentía por ella una pasión abrasadora. Aquella noche iban a cenar juntos. A Mel le gustaba exhibirla, pero ambos habían decidido ser más discretos durante algún tiempo. No convenía airear demasiado sus relaciones. Estaba muy bien que el productor saliera con su estrella. Sin embargo, todo cuanto rebasara este límite le crearía a Sabina muchos problemas con el resto de los actores del reparto cuando se iniciara el rodaje.

Mel se encontraba todavía en su despacho aquella tarde cuando Sabina contestó a la llamada del interfono de su apartamento. El portero le dijo que había un paquete cuyo resguardo de entrega sólo ella podía firmar. Con aire inquisitivo, Sabina recibió un paquetito envuelto en papel azul y atado con una cinta de raso blanco. Tras firmar el resguardo, cerró la puerta y se preguntó de quién podría ser. Al retirar la cinta, vio el logotipo de la joyería Tiffany's y pensó que debía de ser un regalo de Mel. Abrió el estuche y se quedó boquiabierta al ver una fabulosa pulsera de brillantes. Se la puso y le ajustaba a la perfección. Estaba tan sorprendida que apenas pudo leer la tarjeta. Decía simplemente: «Bienvenida a *Manhattan*.»

9

Cuando terminó su última actuación en el plató de *Angustias secretas,* Jane Adams creyó morir de dolor. No había ningún aliciente en su vida y, cuando los chicos reanudaron sus clases, se hundió en una profunda depresión. Leía libros, tomaba el sol al borde de la piscina y accedía a todas las exigencias de Jack con la mayor indiferencia, tal como venía haciéndolo desde hacía veinte años. Todo le daba igual. No quería leer ningún guión ni presentarse a las pruebas que su agente le buscaba. Hubiera sido inútil. No había nada interesante en los seriales diurnos, lo había comprobado minuciosamente, y no hubiera podido trabajar en series nocturnas, aunque consiguiera un papel. En tal caso no hubiera podido ocultarle sus actividades a Jack.

Se puso furiosa cuando su agente le envió por correo el guión de *Manhattan.* Se lo envió directamente a casa, donde Jack hubiera podido descubrir el sobre.

—¿Sabes lo que haría mi marido si se enterara, Lou?

—¿Qué?

El agente no podía creer que aquel tipo fuera tan intransigente como decía Jane. Lou Thurman no conocía a nadie semejante en su mundo.

—Se divorciaría de mí.

–Tú léelo, de todos modos. Es extraordinario y no sabes lo que me costó conseguirlo.

–¿Por qué? ¿Qué tiene de particular?

Hacía varias semanas que Jane se mostraba aburrida e intratable. Cuando se le agotaron las lágrimas empezó a ponerse impertinente. Sin embargo, Lou sabía cuán triste estaba y lo que había significado para ella perder el papel al cabo de once años.

–Tiene de particular que se trata de una nueva serie de Mel Wechsler y ya están preparando el reparto. Con tu permiso, quiero pasarle unos rollos de *Angustias*.

–¿Será una serie de emisión diurna? –preguntó Jane, esperanzada.

–Nocturna y en hora de máxima audiencia –contestó Lou con orgullo.

–Maldita sea, Lou. No puedo hacerlo, ya te lo dije.

–Tú lee primero el guión y ya discutiremos después.

Lou no le dijo que ya había enviado una serie de grabaciones al despacho de Wechsler, pero a la mañana siguiente le telefoneó para comunicarle que Wechsler había llamado.

–¿Por qué? –preguntó Jane sin entenderlo.

Leyó el guión la víspera, cuando Jack se acostó, y le pareció sensacional, pero sabía que no podría hacerlo porque se emitía por la noche.

–¿Por qué? Pues me llamó porque le gustan las grabaciones de tu participación en *Angustias secretas*. ¿Leíste el guión?

–Sí.

–¿Y bien?

Había que sacarle las palabras con sacacorchos.

–Me encantó, pero eso no cambia las cosas. No puedo hacerlo, y tú lo sabes.

–Déjate de tonterías. Si te dan un papel en esta serie, será la mayor oportunidad de tu carrera y te mataré si no lo aceptas.

–De todos modos, no me lo ha ofrecido.

–Wechsler quiere conocerte.

–¿Cuándo? –preguntó Jane sintiendo que el corazón le daba un vuelco.

–Mañana. A las once.

Lou ni siquiera le preguntó si podría ir. Daba por descontado que iría.

–¿Puedo ponerme la peluca?

Quería ir sólo para complacer a Lou. ¿Qué mal podía haber en ello? Jack ni siquiera se iba a enterar…

–Puedes ponerte todas las pelucas que te dé la gana y hasta un sombrero, pero hazlo por mí… te lo pido por favor.

–De acuerdo. Pero no puedo aceptar ningún papel en la serie, te lo advierto.

Sabía que no había peligro de que se lo ofrecieran, pero se moría de ganas de conocer a Mel Wechsler. Cuando Jack regresó a casa aquella noche, excitado como de costumbre, no le importaron sus malos modales ni sus exigencias amorosas. Sólo pensaba en Mel Wechsler y en la entrevista del día siguiente. Cuando por fin Jack se quedó dormido, Jane se levantó y volvió a leer el guión. Era lo mejor que jamás hubiera leído. Al terminar, lo guardó en el armario y se fue a la cama, pero no pudo dormir, pensando en la emoción de volver a pisar unos estudios, aunque sólo fuera para hacer una visita.

A la mañana siguiente, Jack se levantó a las cinco en punto como siempre y se marchó a su despacho a las seis. Jane le preparó el café y después dispuso de una hora libre antes de preparar el desayuno de las niñas. A las ocho volvió a quedarse sola y entonces se maquilló con cuidado y se puso un bonito vestido beige comprado hacía apenas una semana. No era llamativo pero resultaba elegante. No se molestó en arreglarse el cabello porque tenía la intención de ponerse una peluca. Eligió una corta peluca rizada para ponerse en el lavabo de señoras de alguna gasolinera del camino.

Estaba tan nerviosa que casi olvidó detenerse. Al final, lo hizo en una gasolinera de la autopista de Pasadena, pero cuando se miró al espejo estuvo a punto de desistir. Tenía un aspecto cansado y la peluca negra no le sentaba bien. Acarició la idea de quitársela, pero no se atrevía a exhibir su impresionante melena pelirroja. Había olvidado por completo su voluptuoso cuerpo enfundado en el vestido de casimir, sus sensacionales piernas y su talento de actriz. Había sido una intérprete magnífica en *Angustias secretas* durante casi once años. La sacaron porque no se acostaba con nadie y sólo consiguió mantenerse en la serie tanto tiempo porque su actuación era muy buena. La respuesta de los telespectadores siempre fue excelente. Cada semana recibía docenas de cartas de sus admiradores. Pero aquello le parecía distinto. Las producciones de Mel Wechsler eran otra cosa. Estaba asustada y tenía la boca seca cuando llegó a la entrada. El guardia de seguridad se quedó boquiabierto al verla. Era una mujer muy atractiva, pero el cabello negro no le sentaba muy bien. Eso mismo pensó Mel cuando la tuvo sentada delante, cruzando y descruzando las piernas y asiendo nerviosamente el bolso como si fuera un escudo protector. Se compadeció de su nerviosismo. Se la veía tan vulnerable e inocente como una chiquilla. Sintió el impulso de rodearle los hombros con un brazo y decirle que todo iría bien. Pero comprendió la previsible reacción de los telespectadores: querrían protegerla de Eloise y tomarían partido por ella. Jane Adams era el contrapunto exacto de Sabina Quarles. Justo lo que él quería, si no hubiera sido por el cabello negro. La miró fijamente mientras hablaba con ella y, de repente, se inclinó hacia adelante diciendo:

—¿Me permite que le haga una pregunta un poco grosera, Jane?

—¿De qué se trata? —Santo cielo, pensó aterrada, ahora me va a pedir que me quite la ropa.

—¿Es suyo ese cabello?

Jane ya no se acordaba de la peluca.

—¿Esto? —dijo, tocando con la mano los rígidos rizos negros. Se había ruborizado—. No; siempre me la pongo para trabajar en *Angustias secretas* porque…

¿Cómo podía explicarle que su marido no le permitía trabajar y que por eso se veía obligada a tener dos identidades?

—¿Le importaría quitársela? —preguntó Mel, temiendo que tuviera algún defecto. Al ver su preciosa melena pelirroja, se quedó de una pieza—. ¿Es ése su color natural, Jane?

—Sí —contestó ella sonriendo—. Cuando era niña lo detestaba con toda mi alma.

Se encogió tímidamente de hombros como si tuviera catorce años en lugar de treinta y nueve y Mel se llenó de júbilo. Acababa de encontrar a su Jessica. Serían unas rivales perfectas. Sabina, la sensual e impresionante rubia, y Jane, la dulce pelirroja querida por todo el mundo. Las mujeres se identificarían con aquella chica por su candorosa expresión, pese a su despampanante figura y su melena pelirroja, los hombres sentirían deseos de acostarse con ella y hasta los niños le tendrían cariño. Por si fuera poco, Mel había comprobado en las grabaciones que era una buena actriz. Había visto doce capítulos y estaba convencido de sus méritos. Jane le miró sonriendo. No era en absoluto lo que ella imaginaba. No era rudo y despiadado como había temido. Hubiera podido ser amiga suya sin la menor dificultad. Hubiera podido incluso enamorarse de él… de no existir Jack, claro. Debía de ser muy afectuoso con los niños. Jane imaginó una infinidad de cosas mientras él la miraba complacido.

—¿Sabe una cosa, Jane? Es usted una auténtica belleza.

Lo dijo con tono profesional, pero no obstante ella se ruborizó intensamente.

–Siempre me he considerado más bien vulgar.

En cierto modo lo era. Tenía una belleza típicamente norteamericana: bonitos dientes, grandes ojos azules y unas pálidas pecas que ni siquiera el maquillaje podía ocultar. A pesar de su poderoso atractivo sexual, Jane Adams parecía una chica del montón. Mel pensaba sacar partido de ambas facetas. Iba a hacer muchas cosas con ella. Incluso vestirla como una reina. François Brac sabría hacerlo a las mil maravillas. Aunque su vestuario no sería tan extenso como el de Eloise, François tenía que vestir también a las restantes protagonistas de la serie y Jane estaría preciosa con sus modelos.

–¿Qué le parece el guión, Jane? –preguntó Mel.

No abrigaba ningún temor a este respecto, pero quería conocer su opinión. Era una profesional de los seriales diurnos, cuyo carácter no difería demasiado del de las series nocturnas, como no fuera por sus tintes acusadamente melodramáticos.

–Me he enamorado de él.

–Zack Taylor interpretará el principal papel masculino –dijo Melvin–. Cerramos el trato anoche. Sabina Quarles ha aceptado el papel de Eloise. Un joven actor llamado Bill Warwick interpretará al hijo de Sabina; un chico estupendo. ¿Le gustaría el papel de Jessica? –preguntó, mirándola inquisitivamente.

No se lo podía decir, pero tenía que hacerlo. Entonces él le preguntaría por qué se había presentado a la cita. Pensaría que le quería tomar el pelo y se pondría furioso.

–Pues no sé… Me parece que no estoy preparada para ese papel –contestó.

–No es muy distinto de lo que ha hecho hasta ahora y creo que está usted perfectamente preparada. Eso me ha dicho Lou. Esta mañana mantuvimos una larga conversación.

Lou maquinaba a su espalda, el muy cabrón, a pesar de constarle que ella no podía aceptar el papel. ¿Por qué había llegado tan lejos?

—Tendré que pensarlo.

—Estamos muy interesados en usted, Jane.

Mel mencionó la suma que ya le había apuntado a Lou y Jane palideció. Medio millón de dólares. Cuántas cosas podría hacer con esa suma. Ya no tendría que soportar las protestas de Jack cada vez que gastaba unos centavos.

—Yo... me siento muy halagada, Mel.

—Tonterías. Se lo merece. —Santo cielo, pensó Jane. Su nombre quedaría completamente desacreditado cuando le dijera que no—. Ahora piénselo y ya me dirá algo.

Mel se levantó sonriendo y salió con ella del despacho, rodeándole fraternalmente los hombros con un brazo. Estaba asombrado del efecto que en él ejercía aquella mujer. Hubiera deseado decirle que se fuera a casa y que él se encargaría de todo—. Volveré a llamar a Lou —añadió al despedirse.

Cuando llamó al agente, Mel añadió a la suma otros doscientos mil dólares.

Pero eso a Jane le daba igual. Estaba tan emocionada por la experiencia que, al salir de los estudios, chocó con un automóvil aparcado allí cerca y abolló el guardabarros de su Mercedes. Con manos temblorosas dejó una nota en el parabrisas del otro vehículo y regresó a casa, alegrándose de que no hubiera nadie. Ni siquiera pensaba en el automóvil. Sólo pensaba en Mel y en la serie que no podría hacer. Cuando sonó el teléfono, supuso que era su agente y no se equivocó.

—Mel está entusiasmado contigo. Incluso ha aumentado la suma.

—No puedo hacerlo, Lou —contestó Jane casi al borde de las lágrimas—. Pero ha sido maravilloso.

—Maravilloso es poco. Es la mayor oportunidad que jamás tendrás, la serie más importante que jamás se haya rodado. Tienes que hacerlo, Jane.

—No puedo.

—¿Y por qué no, maldita sea? —Sin embargo, Lou sabía muy bien por qué y ya estaba harto de oír aquella excusa—. Lo sé, lo sé… A causa de Jack. Pues dile cuánto te pagan. Ningún hombre puede resistirse a eso, por mucho que aborrezca el ambiente de Hollywood.

—Le dará igual —contestó Jane, aunque por una vez no estaba demasiado segura de ello.

Setecientos mil dólares no se podían rechazar así como así. Jack ganaba muchísimo menos en la agencia de cambio y bolsa de su padre. Apenas unos cien mil dólares. Jane podía justificar sus anteriores ingresos, diciéndole que eran los beneficios de sus inversiones. Sin embargo, ahora no podía hacerlo. Nadie ganaba tanto dinero con las inversiones. Ni siquiera Jack.

—No permitiré que lo rechaces —dijo Lou con firmeza.

—No tendré más remedio que hacerlo —contestó Jane con lágrimas en los ojos.

—Si no lo aceptas, es que estás loca. Quiero que hables con Jack. Dile que deseas hacerlo, dile que te mataré si no lo haces. Dile lo que se te antoje y llámame mañana. Le he dicho a Wechsler que volveremos a ponernos en contacto con él a finales de semana.

Jane no podía discutir con él, pero no sabía cómo explicarle la situación a su esposo. Aquella noche, al volver a casa, Jack se puso hecho una furia al ver la abolladura del automóvil. Había bebido unas copas de más y amenazó con quitarle el Mercedes y obligarla a usar el Volvo de los chicos.

—Maldita sea, Jane, eres una auténtica calamidad.

Siempre la había humillado, pero últimamente lo hacía incluso en presencia de los chicos, lo cual era todavía más grave. Jane había intentado explicarle que con eso destruía el respeto que le tenían las niñas. Alexandra la miró fríamente y preguntó a su padre:

—¿Puedo usar el coche de mamá?

—No sería mala idea —contestó Jack. La ponía en ridículo delante de sus hijos. Antes, cuando trabajaba diariamente en *Angustias secretas,* Jane no daba demasiada importancia a esas cosas. Se sentía tan colmada que los problemas de su vida cotidiana apenas significaban nada para ella. Ahora se ofendía con más facilidad—. Conduces mejor que tu madre, Alex —dijo Jack—. Y Alyssa también —añadió, mirando a su hija menor con cariño.

Después se quejó de la cena, le preguntó a Jane si no sabía cocinar mejor y salió dando un portazo para jugar un poco al tenis con un amigo antes de que oscureciera, aunque Jane sospechaba que iba a otro sitio. Al volver, apestaba a alcohol y no llevaba puesta la ropa de tenista. A veces, Jane se preguntaba si la engañaba, aunque le parecía increíble teniendo en cuenta lo que hacía con ella. Aquella noche no la tocó. Se limitó a regañarla de nuevo por la abolladura del automóvil y la llamó «estúpida». Jane sintió que algo se rompía en su interior. Ya estaba harta de soportar sus arbitrariedades. La trataba como un objeto que pudiera utilizar a su antojo. Y ella ya no quería que la utilizara, ni él ni nadie. Tampoco quería que sus hijas la trataran como una inútil, siguiendo el ejemplo de su padre.

—No me hables así —le contestó enfurecida. Era la primera vez que empleaba aquel tono con Jack.

—¿Así cómo?

—No me insultes.

—¿No quieres que te llame estúpida? —replicó Jack—. Eso es lo que eres, ¿no?

Estaba borracho y Jane decidió no discutir. Se fue al cuarto de baño y se metió bajo la ducha, pensando en la serie, en Mel y en todo cuanto Lou le había dicho. De repente, Jack abrió la puerta y le dijo con tono autoritario:

—Sal de ahí.

Jane le miró asombrada. Jack estaba peor que de costumbre.

—Quiero ducharme —le contestó con aparente calma, pese a lo furiosa que estaba. Jack le prohibía hacer lo que más le gustaba. Durante once años, había tenido que trabajar a escondidas y ahora estaba a punto de perder por su culpa la mejor oportunidad de su vida—. Salgo enseguida.

—¡Sal ahora mismo! —gritó Jack, asiéndola de un brazo y mojándose la camisa con el chorro de la ducha.

—Suéltame —le dijo ella sin levantar la voz. Jack la sacudió entonces con tanta fuerza que estuvo a punto de hacerla resbalar—. ¡Ya basta, maldita sea!

—¡Puta de mierda! —gritó Jack fuera de sí, sacándola a la fuerza de la ducha y empujándola contra el lavabo—. Me lo debes por haberme abollado el automóvil.

—No te debo nada —contestó Jane, procurando disimular el temor que sentía—. ¡Déjame en paz!

—¡Soy tu dueño, no lo olvides, maldita zorra! —exclamó él soltando una perversa carcajada.

Tras lo cual, dio media vuelta y abandonó el cuarto de baño mientras Jane le miraba temblando. Hubiera querido gritarle, pero no se atrevió. No era su dueño. Nadie lo era. Sin embargo, Jack lo creía. Creía haberla comprado con su prestigio de agente de cambio y bolsa, pero estaba equivocado.

Jane se secó con una toalla y se puso una bata. Al entrar en el dormitorio, lo encontró sentado en la cama viendo la televisión. La ropa estaba diseminada por el suelo. Siempre hacía lo mismo. Ella se encargaba de ordenárselo todo como una perfecta esposa. Por primera vez en veinte años, Jane reconoció que estaba harta de ser una perfecta esposa, una perfecta anfitriona y una perfecta compañera en la cama.

–Tengo que hablar contigo, Jack. –Éste cambió a otro canal sin hacerle caso. Jane se sentó en un sillón lejos de su alcance y se preparó para lo inevitable–. Tengo que hablar contigo –repitió.

–¿Sobre qué? ¿Vas a pagar los desperfectos del automóvil? –preguntó él sin dignarse mirarla.

–No. Me han ofrecido un papel en una serie de televisión.

–¿Ah, sí? Vaya.

–Quiero hacerlo.

–¿Qué has dicho?

En la voz de Jack no había más que desprecio. Jane se dio cuenta de repente de que ya no era tan apuesto como antes.

–Me han ofrecido un papel en una serie de televisión. Es muy importante –le repitió Jane.

–¿Cómo lo sabes? ¿Y quién te lo ha ofrecido?

Desde hacía años, le tenía prohibido llamar a Lou.

–Eso no importa –contestó Jane, temblando de miedo–. Quiero hacerlo, Jack. Significa mucho para mí.

–¿Te has vuelto loca? Ya te dije que todo había terminado cuando te casaste conmigo. ¿O acaso quieres volverte a acostar con todos los directores y productores que se te pongan por delante?

Era un golpe bajo; Jack sabía que su esposa jamás había hecho semejante cosa. Por lo menos, lo sabía Jane. Nunca supo lo que de veras pensaba Jack al respecto.

–Nunca lo hice.

–Pues bueno, no vas a volver. No puedes hacer esa basura y seguir casada conmigo.

–No es una basura. Será una serie importante. La produce Mel Wechsler.

—¿Y cuándo te enteraste? ¿Qué demonios has estado haciendo, Jane?

La trataba como si fuera una chica traviesa, pero por lo menos hablaba con ella.

—Hoy mismo.

—¿Y cómo sabes tantas cosas?

—Me llamó mi agente —contestó ella sin atreverse a decirle que había acudido a ver a Mel.

—Te dije que no hablaras con él. Olvídate de todo eso. Diles que se vayan al infierno.

No había forma de razonar con él, pensó Jane. En ese momento, llamaron a la puerta y entró Alexandra con un montón de ropa que arrojó con aire despectivo en el regazo de su madre.

—Hoy no me has planchado mis cosas —le dijo.

—He estado ocupada —contestó Jane, doblando la ropa antes de devolvérsela a su hija. Algo en ella había empezado a cambiar. No quería que siguieran explotándola—. Lo haré cuando pueda.

—No tengo nada que ponerme —dijo Alexandra con tono quejumbroso.

La paciencia tenía un límite, pensó Jane por primera vez en muchos años.

—Tienes un armario lleno de ropa. Estoy segura de que algo encontrarás.

—¿Por qué no le planchas la ropa a la niña? No tienes nada que hacer en este momento.

Eran las once de la noche y Jane hubiera deseado seguir hablando con él, aunque no tenía la menor esperanza de convencerle.

—Lo haré mañana —repuso con aire cansado.

A veces tenía la sensación de vivir rodeada de enemigos, especialmente cuando todos se confabulaban contra ella. ¿Por qué la trataban de aquella manera?

—Hazlo ahora —le ordenó Jack mirándola con rabia contenida.

—Gracias, papá. —Alexandra le miró con adoración—. ¿Puedo usar mañana el automóvil de mamá para ir a la escuela?

—Primero lo llevaré a arreglar —contestó Jack, mirando con expresión de hastío a su mujer—. Pero lo podrás usar en cuanto lo saque del taller.

Era darle otro bofetón a Jane, que tomó la ropa de Alexandra y se fue a la cocina. Sacó la tabla de planchar y la plancha. Tenía una mujer de la limpieza tres veces a la semana, pero no sabía planchar tan bien como ella. Jane había mimado con exceso a su familia y ahora pagaba las consecuencias, pero ya estaba harta. De todo y de todos.

Tardó una hora y, cuando volvió al dormitorio, encontró a Jack durmiendo con el televisor encendido. Apagó el aparato y permaneció largo rato contemplando a su marido. Después se acostó cuidadosamente a su lado, pensando en Mel y en lo amable que había sido con ella.

A la mañana siguiente, Jack se fue antes de que Jane despertara y Alexandra tomó el Volvo para ir a la escuela. Jack llevó el automóvil a arreglar, pero no dejó las llaves del suyo, por lo que Jane se quedó encerrada en casa como una niña mala. Estaba hasta la coronilla de todo. De repente, el dinero que le ofrecía Wechsler le pareció muy apetecible y decidió llamar a Lou. No podía perder aquella ocasión. ¿Por qué iba a hacerlo? ¿Para que su familia siguiera explotándola? Cuando superaran el golpe inicial, tal vez la respetaran un poco más. Siempre cabía esta posibilidad. Lou tenía razón. Jack lo aceptaría. Ante el hecho consumado, no tendría más remedio que hacerlo.

Tomó el teléfono con manos temblorosas y marcó el número de Lou. Estaba tan nerviosa que apenas podía hablar.

—¿Y bien? —le dijo Lou, conteniendo la respiración.

—Dile a Wechsler que acepto.

—¡Albricias, nena! —exclamó Lou Thurman—. Me tenías sobre ascuas.

—También lo estaba yo —contestó Jane sonriendo.

—Vas a ser la más grande. Lo sabes, ¿verdad? —preguntó excitado Lou.

—Estoy deseando empezar.

—Te llamaré esta tarde.

No tuvo tiempo de hacerlo, pero le envió un ramo de flores. Mel le envió a su vez dos ramos impresionantes. Uno lo colocó en el comedor y el otro lo puso en el recibidor. Eran preciosos y Jane ya imaginaba lo que diría Jack; pero, por primera vez en su vida, se sentía fuerte y completamente segura de sí misma.

como
o que
enua

dos

cho

e-
de
ad
os
e

nto oyó el sonido del dictáfono, Mel consul-
Esperaba una visita y se encontraba de muy
nor. Se alegraba mucho de que Jane Adams
aceptado trabajar en la serie y estaba seguro de
ella chica también sabría hacer muy bien su
No tenía mucha experiencia porque sólo había
anuncios y algún que otro papel secundario,
con un ligero esfuerzo, sabría estar a la altura de
uación. Por si fuera poco, su aspecto coincidía ple-
ente con el de Tamara, la hija de Sabina y sobrina
ane. En cuanto la vio entrar en el despacho, se que-
de una pieza. Era una preciosidad de largo y sedo-
o cabello negro y grandes ojos verdes. Lástima que
fuera un poco baja. Aun así, resultaba espectacular. Según su currículo, tenía veinticuatro años, lo cual estaba
muy bien porque Tamara Martin tenía diecinueve.
Había nacido por un descuido de Eloise, odiaba a su
madre con toda el alma, vivía con su tía y, al final, acabaría causándoles muchos problemas a todos. El papel
le iría a la chica de maravilla. Aunque estaba muy emocionada, se la veía mucho más tranquila que a Jane. Mel
pensó que llegaría muy lejos y decidió echarle una
mano, dándole el mejor papel de su carrera.

–Señorita Smith, hábleme un poco de usted.

No hacía falta que fuera tan delicado con ella
con Jane. La chica tenía mucho aplomo y sabía l
quería. Mel pensó que podría ser perversa o ing
según lo exigieran las circunstancias.

—Soy hija única, vengo del Este y llevo aquí
años.

Mel pensó que para tan poco tiempo había he
muchas cosas.

—¿Qué preparación tiene?

—Estudié arte dramático en Yale.

Mel siempre había admirado a las personas que
nían títulos de importantes universidades del Este y,
repente, empezó a preguntarse quién sería en realida
aquella chica, aparte la Universidad de Yale y los do
años que llevaba en Los Ángeles. Se intuían en Gabriell
Smith muchas otras cosas y Mel hubiera querido cono
cerlas, pero la chica se mostraba muy circunspecta y
apenas facilitaba información personal.

—Y antes, ¿en qué lugar del Este vivía?

—En Nueva York —contestó la chica tras vacilar un
instante—. Allí fui a la escuela.

No le dijo que también había ido a la escuela en
Suiza, que hablaba el francés a la perfección y que había estudiado en una de las mejores escuelas secundarias
de Nueva Inglaterra antes de matricularse en Yale. Fueron muchas las cosas que no le dijo a Mel y que jamás
le había dicho a nadie en Los Ángeles.

—¿Qué tal es su familia?

—Muy simpática —contestó la muchacha, sorprendiéndose de la pregunta—. Me llevo muy bien con ellos.

—Estarán muy orgullosos de usted.

Gabrielle esbozó una sonrisa evasiva. Sus padres se
llevaron un disgusto tremendo con su elección. El padre quería que estudiara derecho y la madre quería que
se casara. Pero ella tenía sus propios sueños y se mantuvo firme en sus trece.

—¿Ha leído el guión, Gabrielle?

—Sí. Es lo mejor que jamás he leído —respondió la chica sonriendo—. Y me alegro de que me haya llamado a mí en lugar de a otra. —Cuando Mel le dijo quiénes serían los restantes actores del reparto, Gabrielle se impresionó visiblemente—. Una vez hice un anuncio con Bill Warwick y es un buen profesional.

—Usted también. Me gustó mucho su currículo.

—Gracias, señor.

Su forma de hablar resultaba curiosa y Mel trató por segunda vez de averiguar algo más acerca de ella.

—Gabrielle, ¿quién es usted realmente? Tengo la sensación de que me oculta algo. No encaja en el típico molde de aquí.

Aunque eso le gustaba mucho, deseaba conocerla más a fondo.

—¿Importa eso?

—Tal vez. ¿Hay algún secreto que quiera compartir conmigo?

Sólo en caso de que el trabajo dependiera de ello. Eso era lo malo del asunto. Gabrielle jamás se lo había dicho a nadie. Y tampoco pensaba decírselo a Mel en ese momento.

—No, señor —contestó con aplomo.

Mel pensó que era una chica muy atractiva y muy simpática. Quedaría muy bien en la serie. Como todos. Ya tenía un reparto perfecto. Sabina, Zack, Bill, Jane y ahora Gabrielle. La miró sonriendo mientras ella rezaba en silencio para que le diera el papel.

—Empezaremos a rodar los exteriores en Nueva York el seis de diciembre. ¿Supondría eso para usted algún problema?

—Ninguno en absoluto. —Sus padres estarían encantados porque podría pasar las Navidades con ellos, siempre y cuando consiguiera el papel—. ¿Cuánto tiempo estarán ustedes allí?

–De cuatro a seis semanas –contestó Mel, sonriendo. Después decidió darle la buena noticia sin más dilaciones–. Estaremos «todos», Gabrielle. Confío en que venga usted también.

–¿Quiere decir que me dará el papel? –preguntó la chica, levantándose de un brinco y abriendo los ojos de par en par. Le parecía increíble.

–En efecto –repuso Mel–. Es usted una excelente actriz, Gabrielle, y le voy a dar el papel.

–¡Hurra! –exclamó la muchacha, rodeando el escritorio y arrojándole los brazos al cuello al tiempo que le daba un enorme beso en la mejilla–. Gracias, señor Wechsler. ¡Muchas gracias!

Mel le estrechó una mano y la acompañó a la puerta, asegurándole que llamaría a su agente al día siguiente. La vio bajar corriendo la escalera y no pudo oírla cuando, al salir a la calle, dio en la acera un salto de ballet y lanzó un triunfal grito de júbilo. ¡Lo había conseguido! ¡El mejor papel de su carrera! Gabby Smith acababa de iniciar la escalada hacia la cumbre.

11

–¿Quién las ha enviado? –preguntó Jack Adams al entrar, contemplando con recelo las flores del recibidor.

Jane le miró en silencio. Se había pasado toda la tarde ensayando lo que iba a contestarle y ahora no lo recordaba. Sabía lo que tenía que decirle, pero le resultaba muy difícil pronunciar las palabras.

–He preguntado quién te las ha enviado.

El único que le mandaba flores era él y llevaba diez años sin hacerlo.

–Lo ha hecho Lou.

–¿Por qué? ¿Le dijiste que se fuera al infierno con ese papel de mierda?

Jane meneó lentamente la cabeza. Era la situación más comprometida con que jamás se hubiera enfrentado, pero sabía que, a partir de aquel instante, todos la iban a tratar de otra manera. Ahora la respetarían. Estaba segura de ello. Pero, sobre todo, se respetaría a sí misma.

–Eso es lo que le has dicho, ¿no?

–Pues no. –Estaba preciosa, pero Jack no parecía darse cuenta–. Le he dicho que quiero hacer el trabajo.

–¡Cómo! –exclamó Jack furioso.

–Le he dicho que acepto el papel –replicó Jane con firmeza–. Sé lo que piensas al respecto, Jack, pero es muy importante para mí.

Jack la miró como si no diese crédito a sus oídos.

—¿Recuerdas lo que te dije? —Se encontraban todavía en el pequeño recibidor, envueltos por el perfume de las flores. Jane contuvo el aliento, presa del pánico—. Te dije que o Hollywood o yo. ¿Lo recuerdas?

Le hablaba como si fuera una imbécil.

—Lo sé, pero esto es otra cosa, Jack. Es un papel importantísimo en una serie de primera...

—¿Con quién te acostaste para conseguirlo, Jane? —repuso Jack con fría cólera.

—Con nadie —contestó ella, ofendida—. Me llamaron inesperadamente.

Casi era verdad, pero sabía que algún día tendría que revelarle su participación en *Angustias secretas*. Ya habría tiempo para eso.

—¿Por qué te llamaron? ¿Porque sabían que te acuestas con cualquiera?

Jane se echó a llorar y ocultó el rostro.

—No digas eso, Jack. Por favor, déjame hacerlo.

Le miró con ojos suplicantes, pero él la apartó de un manotazo para dirigirse al salón. Desde allí, pudo ver otro enorme ramo de flores en el comedor. Se fue al dormitorio hecho una furia, abrió el armario y arrojó una maleta sobre la cama mientras Jane corría tras él.

—Jack, escúchame, por favor...

Para que se calmara, hubiera tenido que decirle que renunciaba al papel, pero eso no era justo. Hubiera sido un precio demasiado alto a cambio de la seguridad que él le daba.

—Por favor —repitió entre sollozos.

Al oír los gritos del padre, las niñas salieron de sus habitaciones para ver qué ocurría.

—Vuestra madre vuelve a Hollywood para acostarse con todos los productores y directores de allí —les dijo Jack—. Y yo me voy porque me niego a seguir casado con una puta de Hollywood.

Sin embargo, durante veinte años de brutalidades y humillaciones, había pretendido que se comportara con él día y noche como una prostituta porque creía que estaba en deuda por la preciosa casa, los tres hijos y todas las comodidades que le ofrecía. Bueno, pues, que se fuera al diablo.

Lívida de rabia, Jane cerró la puerta del dormitorio para que las niñas no pudieran oírla, pero la oyeron de todos modos.

—¡Deja de decir idioteces! ¡Te he sido fiel durante veinte años y nunca me acosté con nadie, para que lo sepas! Quiero reanudar mi carrera para que se reconozcan mis méritos y se me respete antes de que tú me mates a disgustos. ¿Es mucho pedir? ¿Tan mal te parece?

Jack no se molestó en contestarle. Metió en la maleta unas cuantas corbatas, camisas y mudas, tomó dos pares de zapatos y la ropa de jugar a tenis, cerró la cremallera de la maleta y sacó unos cuantos trajes del armario antes de abrir de nuevo la puerta del dormitorio. Luego, la miró con desprecio y Jane se preguntó si habría bebido más de la cuenta.

—Voy a llamar a mi abogado, Jane. Y, puesto que tienes tu propia carrera, no vas a necesitar nada de mí.

¿Cómo era posible que pensara en eso en aquellos momentos?, se preguntó Jane. Quería arrojar por la borda veinte años de matrimonio y toda una vida en común. Las niñas se abrazaron a él en el pasillo y le suplicaron que no se fuera. Alexandra llegó incluso a pedirle que la llevara con él.

—¿Ves lo que piensan de ti? —dijo Jack, volviéndose con furia asesina—. Ellas tampoco quieren vivir con una puta.

—¡Ya basta! —gritó Jane, acercándose a su esposo con gesto amenazador.

Las niñas se interpusieron en su camino, y Alex le dijo entre lágrimas:

–¡Apártate de él! ¡Apártate de todos nosotros! ¡Te odio! ¡Te odio!

Jack salió dando un portazo y se alejó en su automóvil. Al cabo de unos instantes, las niñas volvieron a encerrarse en sus dormitorios y Jane se quedó sola con sus pensamientos, sus sueños rotos y todo un reguero de corbatas y calcetines que Jack había dejado en el pasillo. Lo recogió todo y regresó lentamente a su habitación, pensando en todo cuanto allí había ocurrido durante tanto tiempo. Jack la había sometido constantemente a sus caprichos y ahora la abandonaba por culpa de aquel papel en *Manhattan*. ¿O acaso había algo más? A lo mejor, llevaba mucho tiempo esperando la ocasión.

Aquella noche, las niñas no volvieron a salir de sus dormitorios, pese a las súplicas y las insistentes llamadas de su madre. Jane les dejó la cena envuelta en papel de aluminio en el calientaplatos y se fue a su habitación. No tenía a nadie con quien hablar ni a nadie a quien llamar, y las niñas no querían consolarla. Ya se había encargado Jack de predisponerlas en su contra. Se preguntó si merecería la pena pagar aquel precio. Pensó en la posibilidad de llamar a Lou y decirle que no podía aceptar el papel. Pero tenía derecho a hacerlo. ¿O no? Se tendió vestida en la cama y se pasó mucho rato llorando hasta que, por fin, se durmió sin haber hallado respuesta a su problema.

12

La invitación les llegó a todos el mismo día. La tarjeta color crema impresa en Tiffany's con un sencillo reborde dorado decía simplemente: «Mel Wechsler tiene el honor de invitarle a... a las...»; la dirección era en Bel Air. La secretaria había escrito cuidadosamente cada nombre y la hora de la recepción –ocho de la tarde–, añadiendo como corolario: «para presentarle a sus compañeros de reparto».

Al mismo tiempo, llamó al Chasen's y encargó el menú preferido de Mel: bistecs, enchilada, patatitas asadas, espárragos en salsa holandesa, con entremeses primero, y montones de caviar. Para postre, pastel de chocolate y helado. Eran platos sencillos que seguramente gustarían a todo el mundo. En total, serían seis personas: cinco invitados y el propio Mel. Al principio, éste pensaba invitar a unos cuantos amigos, pero después decidió no hacerlo. Era preferible que los actores empezaran a familiarizarse entre sí sin la presencia de terceros. Eran los cinco protagonistas de la serie y Mel quería que se hicieran amigos. Ello sería beneficioso para la buena marcha del rodaje. Se había pasado toda la semana organizando las cosas en la cadena y todo estaba preparado. Los contratos se habían firmado y no había ningún problema pendiente con los actores,

François Brac ya esperaba a Sabina en París, y no quedaba ningún cabo suelto. Ya se estaba contratando a los actores secundarios y se había facilitado información a la prensa acerca de los astros que iban a intervenir en *Manhattan*. Mel estaba muy contento cuando aquel día abandonó el despacho. Quería volver a casa para supervisar personalmente los detalles de la cena. Quería que la atmósfera resultara agradable. Pidió a su secretaria que se incluyera en la invitación el ruego de vestir de etiqueta. Eso les gustaría a todos, especialmente a las chicas.

Cuando llegó a casa, comprobó que Chasen's había hecho un buen trabajo y que su ama de llaves lo había organizado todo a la perfección. Hasta tendría tiempo de nadar un poco en la piscina y tenderse a descansar un rato. En caso de que se durmiera, María le despertaría con tiempo suficiente para vestirse.

No fue el único en quedarse dormido aquella tarde. Bill se pasó todo el día tan nervioso que, al final, se fue a practicar el *jogging* por las colinas y, al volver a casa, se tomó una ducha y se tendió en la cama completamente desnudo. Al poco rato se durmió mientras *Bernie* montaba guardia a su lado, jadeando de calor en aquella tibia tarde de septiembre. Cuando vio entrar a Sandy, el perrazo se limitó a menear la cola. Nunca la saludaba con el mismo entusiasmo que a Bill. Sin embargo, no ladró porque la conocía y sabía que era bien recibida en la casa a pesar de haberse pasado semanas sin volver por allí. Sandy se los quedó mirando a los dos en silencio hasta que, por fin, Bill se agitó en la cama y se incorporó de golpe sin saber si estaba despierto o dormido.

–Hola… –le dijo Sandy tímidamente.

Su aspecto era espantoso y Bill la compadeció. Tenía una magulladura en la mejilla y una cicatriz en la frente.

–¿Dónde has estado? –En ningún sitio bueno, pensó, temiendo que alguien la hubiera golpeado–. ¿Te encuentras bien?

Era una pregunta estúpida. Saltaba a la vista que no, aunque no estuviera tan drogada como de costumbre. Sandy se sentó sonriendo en la cama. Bill se preguntó dónde viviría y, de repente, se dio cuenta de que estaba desnudo y tomó una toalla para cubrirse.

–Tengo entendido que acaban de ofrecerte la gran oportunidad que esperabas –Él asintió, mientras la miraba preocupado–. Me alegro mucho por ti, Bill.

–Gracias. –Ella también había tenido su oportunidad, pero la arrojó por la borda–. ¿Dónde vives ahora?

–Con unos amigos, en South La Brea. Estoy muy bien.

Por su aspecto, nadie lo hubiera dicho. Se la veía sucia y desaliñada y aparentaba más años de los que tenía.

–Te convendría ingresar en un hospital –le dijo Bill, empeñándose en salvarla. Creía estar en deuda con ella en recuerdo de los felices tiempos pasados. Además, se sentía culpable porque las cosas le iban mucho mejor.

–Lo haré un día de éstos, cuando tenga ocasión.

–¿Por qué no lo haces ahora?

Él mismo la hubiera acompañado a cualquiera de los centros de desintoxicación que ambos conocían. Le hubiera gustado saber que Sandy estaba bien antes de seguir adelante con su vida. Al fin y al cabo, había sido su mujer.

–Tengo que ir a un sitio dentro de un rato. –Bill comprendió que mentía, pero era inútil discutir con Sandy. Ya no ejercía ningún control sobre ella. En realidad, nunca lo había ejercido–. Sólo quería decirte que me alegro mucho por ti. ¿Te irás a Nueva York?

—Rodaremos exteriores allí durante cuatro o seis semanas, pero por ahora me quedo aquí –contestó Bill sacudiendo la cabeza.

Hubiera querido decirle que podía seguir llamándole siempre que le necesitara. Tenía miedo por ella. Sandy se había adentrado en un mundo en el que podía ocurrirle cualquier cosa.

—Supongo que el día menos pensado pedirás el divorcio.

Bill no tenía la menor intención de hacerlo por temor a la publicidad.

—No hay prisa. No me voy a ninguna parte, ¿comprendes?

—Claro –contestó Sandy mirándole con tristeza. Parecía una niña asustada, pero él ya no podía ayudarla. Nunca pudo hacerlo–. Pensé que ahora… con eso de la serie…

—No tiene nada que ver.

—No quería arrastrarte conmigo en mi caída. Pensé que estarías mejor sin mí. Por eso no te llamé.

Era lo que Bill suponía.

Al poco rato, se anudó la toalla alrededor de la cintura y se levantó de la cama. El contraste entre ambos era tremendo. Sandy estaba pálida, delgada y ojerosa. En cambio, Bill era la viva imagen de la salud y el vigor.

—¿Quieres que te prepare algo para comer?

Sandy sacudió la cabeza. Vivía a base de caramelos y cigarrillos, pero ya no tenía apetito. Lo único que necesitaba era droga, lo demás le daba igual. La comida le era indiferente. Y lo más curioso era que Bill tenía el frigorífico lleno. El primer año, le iban a pagar un cuarto de millón de dólares. Jamás imaginó poder ganar tanto dinero. Su frigorífico estaría lleno durante muchísimo tiempo. Se entristeció al pensar que Sandy no podría compartir su buena suerte. Ya todo había terminado entre ellos, pensó con angustia.

—¿Necesitas algo? Si quieres, puedo…

Quería ofrecerle dinero, pero entonces recordó que le serviría para inyectarse droga. Ella sacudió la cabeza a regañadientes y se levantó despacio.

—Te he dicho que estoy bien…

—Sandy, quédate conmigo –le dijo él con lágrimas en los ojos–. Te ayudaré a desintoxicarte –añadió, extendiendo los brazos hacia ella–. Te lo juro. Si quieres hacerlo, podrás.

—No, no puedo –contestó Sandy con tristeza–. Ahora es imposible. Demasiado tarde para mí. Ha llegado la hora de tu triunfo, no del mío.

Tenía apenas veinticinco años, pero hablaba y se comportaba como si su vida estuviera tocando a su fin. Bill tuvo que apartar el rostro para que ella no le viera llorar. No quería que se sintiera culpable de su aflicción. Sandy tenía su propia vida. La había elegido libremente y tal vez esto fuera lo mejor.

—También podría ser la del tuyo si tú quisieras. Nunca lo olvides. Lo único que tienes que hacer es desintoxicarte.

«Lo único que tienes que hacer.» Como si la cosa fuera tan fácil. Sin embargo, no era imposible y ella lo sabía muy bien. Lo malo era que ya no deseaba desintoxicarse.

Sandy se acercó y le tocó con suavidad; fue como si un pajarillo se posara en su brazo.

—Cuídate mucho –dijo, poniéndose de puntillas para darle un beso.

Después se marchó presurosa y Bill oyó sus pisadas en la acera de la calle. Tuvo que hacer un esfuerzo sobrehumano para no salir corriendo tras ella. Se quedó solo en la casa y temió no volver a verla jamás.

—Adiós, amor mío –dijo en voz baja mientras las lágrimas le resbalaban lentamente por las mejillas.

Ya no le apetecía ir a ninguna parte.

En Pasadena, Jane pasó toda la tarde en la peluquería. Era un gran día para ella. Iba a conocer a los demás actores del reparto. Aguardaba el momento con ansia desde que había recibido la invitación. Fue a Saks y se probó un precioso vestido de noche blanco con adornos de lentejuelas, pero después le pareció que sería demasiado llamativo. Sin embargo, le caía tan bien que la dependienta consiguió convencerla de que lo comprara.

Las niñas aún no habían regresado de la escuela cuando volvió a casa con el cabello impecablemente peinado y las uñas pintadas de rojo brillante. Sacó el vestido del armario y de nuevo la asaltaron las dudas. Al final, decidió ponérselo y abrió el grifo de la bañera. Aún le quedaban varias horas por delante y ni siquiera tendría que tomarse la molestia de sacar el automóvil porque Mel enviaría a un chófer a recogerla. Aquello no era más que el principio. Era como ser reina por un día, sólo que durante un año y tal vez más en caso de que los índices de audiencia se mantuvieran altos. Era tan emocionante que apenas podía creerlo. Lo único que empañaba su alegría era la actitud de Jack. Estaba envenenando las mentes de las niñas y, no contento con eso, un día se fue a la Universidad de California, en Santa Bárbara, y le dijo las mismas cosas a Jason. Éste le telefoneó para rogarle que no aceptara el papel en la serie porque papá estaba muy disgustado. Jack llamó a su abogado y no sólo presentó una demanda de divorcio, sino que, además, le ofreció la compra de su mitad de la casa, señalando que lo menos que podía hacer era comprarla después de los años que ambos llevaban juntos. En caso de que no quisiera, tendría que marcharse. Le daba noventa días de plazo según la carta que le envió. Jane le llamó varias veces, pero él no quiso ponerse al aparato. Al final, decidió contratar los servicios de un abogado. Jack hablaba en serio. Si ella se empeñaba en hacer la serie, él pediría el divorcio. Jane pensó más de una vez en dejarlo todo, pero comprendió que su matrimonio estaba irreparablemente roto. Ya no quería seguirle la corriente a su marido, deseaba empezar una nueva vida y confiaba en que los chicos comprendieran que ella también era un ser humano con sentimientos y necesidades. Todas las cosas que Jack contaba de ella eran mentira.

No oyó el rumor de la puerta principal al abrirse ni las pisadas en el pasillo. Se encontraba en ropa interior, en el cuarto de baño, esperando a que se llenara la bañera cuando de repente le vio en la puerta en el instante en que se inclinaba para cerrar el grifo.

—Jack… ¿qué haces aquí?

Llevaba varias semanas sin verle, desde el día en que él había regresado para recoger sus cosas.

La miró como si tuviera algo muy importante que decirle.

—He venido a recoger una cosa.

Sin embargo, Jane sabía muy bien que ya no quedaba nada.

—¿Todo va bien? —le preguntó, mirándole con inquietud. Tenía una cara muy rara.

—Supongo. De todos modos, iba a telefonearte para hablar contigo.

—Te llamé varias veces.

—Estaba ocupado —contestó Jack, clavando los ojos en el busto de su esposa.

—Aunque tengamos que hablar de ciertas cosas… —No hubiera querido decírselo, pero necesitaba tiempo para arreglarse con tranquilidad antes de que volvieran las niñas—. Esta noche no es el momento más adecuado para hacerlo.

—¿Por qué no? —preguntó él, mirándola de soslayo.

—Esta noche ceno con los demás actores del reparto —repuso Jane a regañadientes. Hubiera preferido no decírselo, pero no había razón para mentirle.

—¿Qué vas a hacer? ¿Probarlos uno a uno para ver cuál es el mejor?

En sus ojos había un brillo perverso y Jane comprendió que estaba un poco bebido. Por lo visto, últimamente le daba por emborracharse. En semejantes circunstancias, prefería no tener tratos con él.

—Sólo es una cena. ¿Quieres que te llame mañana al despacho?

—¿Para qué? ¿Para decirme cómo fue? Y eso a mí qué me importa. Sé muy bien lo que eres…

Jack se acercó con gesto amenazador y ella retrocedió, tropezando con los zapatos que había dejado sobre la alfombra del cuarto de baño.

—Jack… por favor… no empecemos otra vez. Tenemos que hablar.

—Yo no necesito hablar contigo. No tengo por qué hablar con una furcia.

Jane comprendió por primera vez que Jack no estaba en su sano juicio. Su obsesión con las putas ya pasaba de la raya.

—¿Por qué no te vas ahora? —le dijo con calma.

De nada hubiera servido hablar con él. Sin embargo, Jack no quería irse.

—¿Por qué? ¿Esperas a alguien?

—Sólo a tus hijas. Y tengo que vestirme.

—No te molestes. Ya lo he visto todo otras veces.

—Pues, entonces, ¿por qué no te vas?

—Quiero quedarme para ver a las niñas —contestó con tono beligerante.

—Ya las verás otro día.

—No puedes echarme. Ésta es *mi* casa. Todavía me pertenece. Igual que tú —añadió adelantándose sin que ella retrocediera—. Puedo tomarte cuando se me antoje.

—No hablemos de eso ahora.

De repente, Jane tuvo miedo de estar a solas con su esposo. Parecía un loco. Jack se acercó y la asió por los brazos.

—Es cierto, ¿sabes? Soy tu dueño... como siempre lo fui, mi putilla de mierda...

Jane lo odiaba cuando hablaba de aquella forma. Odiaba todo lo suyo desde hacía mucho tiempo. Él la arrastró hacia el dormitorio...

—Oh, Jack, por favor...

—Por favor, ¿qué? ¿Me estás pidiendo lo que siempre te di, ramera asquerosa? Eso fuiste siempre, un pedazo de carne que yo tenía para mi uso personal. Nunca te tuve el menor cariño, ¿te enteras? ¿Te enteras, bruja del demonio?

Jane se preguntó por qué la odiaría tanto. Jack la arrojó sobre la cama y se le echó encima con todo su peso, mientras le quitaba el sujetador y le bajaba las bragas. Era absurdo, llevaba veinte años casada con él y ahora quería violarla.

—¡Ya basta, Jack! —gritó con todas sus fuerzas sin apenas poder respirar a causa del peso.

Él empezó a manosearla con lascivia y luego se bajó la cremallera de los pantalones y la penetró. Jane siempre se sorprendía de que pudiera hacerlo. Tal vez su resistencia lo excitaba.

—Por favor... —suplicó mientras él le mordía los labios hasta hacérselos sangrar.

Después le mordió un pezón y un hilillo de sangre brotó de la herida. Empujaba con todas sus fuerzas y le hacía daño. De repente, le propinó una bofetada y empezó a pegarle hasta que al final lanzó un rugido de éxtasis y se apartó de ella. Tendida en la ensangrentada cama, Jane sollozaba incontenblemente.

Jack se levantó, se subió la cremallera y la miró con desprecio.

–Puta –fue lo único que le dijo antes de marcharse. La dejó llorando en la cama.

Jane oyó el ruido del automóvil alejándose a toda velocidad, pero ya nada le importaba.

13

Bill Warwich fue el primero en llegar, tan guapo como Mel lo recordaba, pero un poco cabizbajo, como si estuviera preocupado por algo. Iba impecablemente vestido con un esmoquin alquilado y su rubio cabello resplandecía como el oro. Sin embargo, tenía la mirada triste. Empezó a conversar animadamente con Mel junto al bar, pidió un whisky con hielo y miró a su alrededor visiblemente impresionado. Era una casa preciosa y Mel se sentía muy a gusto en ella. Se encontraba situada en lo alto de una colina desde la que se podía admirar una espectacular vista de Los Ángeles. El espacioso salón tenía columnas y baldosas de piedra. Había cuadros de pintores modernos por todas partes, una piscina grandiosa en el jardín y un comedor cuyo techo se podía levantar eléctricamente en las noches templadas como aquélla.

—Esto es una maravilla —dijo Bill, pensando en su modesta vivienda y en la visita que le había hecho Sandy aquella tarde. Se preguntó a dónde habría ido y dónde viviría su esposa, quién le habría producido la magulladura y la cicatriz. Era todo tan triste y desagradable... Mientras conversaba con Mel, tuvo que hacer un esfuerzo por contener las lágrimas.

—Le veo muy serio esta noche.

Mel era un hombre muy perspicaz y sus actores eran enormemente importantes para él.

—Es que estoy muy emocionado —dijo Bill, escurriendo el bulto—. Tengo muchas cosas en que pensar últimamente —añadió sonriendo.

Mel pensó en los millones de mujeres que se volverían locas por aquel joven cuando se estrenara la serie, al cabo de un año.

El segundo en llegar fue Zack Taylor, al volante de su Rolls Royce descapotable. Estaba muy elegante y parecía muy tranquilo y relajado. Su casa era mucho más grande que la de Mel y no menos bonita. Bill se dedicó a contemplar el panorama mientras Zack y el productor hablaban de jardineros, albañiles y contratistas de obras.

Gabrielle llegó enfundada en un vestido de gasa color melocotón que realzaba su sedoso cabello negro peinado hacia atrás. Mel la besó en la mejilla e inmediatamente la presentó a Zack. Ambos actores hicieron unos breves comentarios sobre Grecia y después Mel acompañó a la chica al jardín para presentarla a Bill. Cuando éste se volvió, Mel vio en sus ojos una angustia infinita. Gabrielle se parecía mucho a Sandy antes de drogarse, pero era mucho más guapa y sofisticada. Al verla, Bill experimentó un dolor casi insoportable.

—¿Cómo estás, Bill? —dijo Gabrielle sonriendo con simpatía. Su rostro parecía un camafeo. Tenía la nariz respingona, unos grandes ojos verdes y una boca perfectamente dibujada. Todo en ella era hermoso y delicado—. Creo que vamos a ser hermanos en la serie.

Bill se limitó a contestarle en monosílabos y después entró en la casa para tomarse otro whisky. Gabrielle no pareció tomarse a mal el desaire. Regresó al salón y empezó a conversar con Zack acerca de un hotel de los Dolomitas que ambos conocían. Al final, llegó Jane. Permaneció inmóvil un instante en lo alto de la escalera mientras Mel charlaba con Bill, y Gabrielle lo hacía con Zack. Parecía una hermosa ave a punto de alzar el vuelo y su luminosa melena rojiza formaba un fuerte contraste con el traje blanco bordado con lentejuelas. Sin embargo, lo que más llamaba en ella la atención era la expresión de sus ojos. Mel volvió a experimentar el inexplicable impulso de rodearle los hombros con un brazo y decirle que todo iría bien. Era tímida y sensual a un tiempo, pero Mel casi se avergonzaba de mirarla con deseo. Jane bajó lentamente los peldaños, buscando a Mel con los ojos. Al verle, exhaló un secreto suspiro de alivio. Su cuerpo no mostraba la menor huella de los recientes tormentos, salvo la magulladura del pecho a la que había aplicado hielo antes de cubrirla con el espectacular vestido que tanta inquietud le causó al principio.

Intercambió unas cordiales frases con Gabrielle y Mel se felicitó, una vez más, por el acierto de su elección. Al ver a Jane, Zack se quedó casi sin habla.

–Lleva un vestido muy bonito –le dijo por fin.

–Gracias –contestó ella, ruborizándose–. Yo no sabía si... No estaba muy segura de...

–Está usted fabulosa, Jane –terció Mel, rodeándola con un brazo–. Pero echo de menos la peluca negra.

Los tres rieron; después, Mel la presentó a Bill. Jane estuvo tan simpática con él que, al final, incluso consiguió que saliera un poco de su caparazón. Poco a poco, los componentes del grupo se fueron familiarizando unos con otros, sentados en los confortables sofás tapizados de blanco; todos tomaron champán, menos Bill. Cuando volvió a abrirse la puerta, ya no cupo la menor duda sobre quién iba a ser la estrella de la fiesta. Sabina bajó los peldaños, luciendo un vestido de raso gris, con el rostro enmarcado por la rubia melena, unos ojos de tigresa al acecho y la nueva pulsera de brillantes que Mel le había regalado en una muñeca.

–Buenas noches –dijo mirando alrededor. Ya estaba completamente metida en su papel, pero era algo más que eso. Era la mismísima encarnación del personaje de la serie. Miró sonriendo a Zack y le tendió una mano.

–Señorita Quarles...

Zack sabía cómo tratarla porque ya la conocía.

–Hola, Zack –dijo Sabina, volviéndose a mirar a Bill–. Creo que no nos conocemos. Soy Sabina Quarles.

No necesitaba a Mel para nada porque dominaba perfectamente la situación. Jane se sentía una palurda a su lado y Gabrielle la miraba embobada. Sabina no prestó la menor atención a Gabby y añadió, dirigiéndose a Jane:

–O sea que usted va a ser la hermana a quien odiaré con toda mi alma.

–Admiro mucho su trabajo –dijo Jane, esbozando una tímida sonrisa.

–Me temo que yo no conozco el suyo –contestó Sabina, aceptando la copa de champán que le ofrecía Mel.

Su mirada era cálida, pero no traicionaba nada. No tenía un pelo de tonta y no quería que nadie supiera que se acostaba con el productor. Era demasiado importante para ella y le convenía actuar como una consumada actriz.

La cena empezó a las nueve en punto. Mel sentó a Sabina a su derecha y a Jane a su izquierda al lado de Bill; puso a Gaby a la izquierda de éste y a Zack a la derecha de Sabina. Zack estuvo encantador con su oponente, pero Mel observó que no apartaba el ojo de Jane en toda la noche. Ambos se miraban mutuamente con enorme curiosidad y Jane fue la única que consiguió animar un poco a Bill, el cual no prestó la menor atención a Gabrielle, tal como hicieron casi todos los demás. Sólo Zack le dirigió la palabra de vez en cuando en los momentos en que Sabina hablaba con Mel. Formaban un grupo interesante y Mel deseaba conocer la opinión de Sabina. A pesar de ciertas tensiones, la velada resultó muy agradable. Al final, tomaron más champán al borde de la piscina sobre el refulgente telón de fondo de las luces de la ciudad. Sabina charló por los codos con Zack, miró de vez en cuando a Bill y apenas habló con Gabrielle. Cada vez que Gabby intentaba conversar con Bill, éste la rechazaba. Sólo Jane parecía llevarse bien con todos. A pesar de su nerviosismo, su innato instinto maternal le granjeó la simpatía de todo el mundo, menos la de Sabina, la cual hizo un irónico comentario acerca de su vestido. Zack salvó hábilmente la situación, felicitando a Sabina por su impresionante pulsera. Mel estaba satisfecho de la velada, pero intuyó que Gabrielle no lo iba a pasar muy bien. Era la ingenua, la más inexperta del equipo y, como niños perversos, los demás se lo harían pagar caro. Melvin no estaba especialmente inquieto por las tensiones que existían entre Sabina y Jane. Sabía que, con el tiempo, Jane adquiriría más confianza en sí misma. Zack era un caballero y sabría limar las asperezas entre ambas. Tenía ciertas dudas en cuanto a Bill, pero el muchacho sabía actuar y eso era lo más importante. Afortunadamente, Sabina parecía tenerle simpatía y Jane no tendría problemas con nadie.

Sabina fue la primera en marcharse pasada la medianoche. Después del postre, Mel le susurró al oído que acudiría a su casa en cuanto se fueran los demás. Ella le besó con indiferencia en la mejilla, intercambió un comentario intrascendente con Zack, le dirigió una sonrisa a Bill, saludó con la cabeza a Jane e hizo caso omiso de Gabby. Después se fue en el automóvil de Mel, envuelta en una soberbia estola de zorro plateado. Era la estrella indiscutible. La reina siempre es la primera en marcharse y la última en llegar. Y ella hizo ambas cosas a la perfección.

—Santo cielo, qué maravilla —murmuró Jane a Mel—. Parece una emperatriz.

Mel se echó a reír. Sabina había interpretado muy bien su papel y la pobre Jane no tenía mucha confianza en sí misma.

—De eso se trata precisamente. Los telespectadores se quedarán tan boquiabiertos como usted. Habrá personajes para todos los gustos.

Mel les miró a todos sonriendo y pensó que Gabrielle parecía un ángel. Le sorprendía el desinterés de Bill. Si él hubiera tenido su edad…, pero, a cada cual lo suyo, pensó para sus adentros.

El segundo en marcharse fue Zack, no sin antes haberse ofrecido a acompañar a Gabrielle y a Jane. Sin embargo, Mel había puesto un automóvil a la disposición de cada una de ellas y ambas se fueron al poco rato, seguidas de Bill, el cual estrechó efusivamente la mano de Mel y le agradeció la oportunidad que le brindaba de trabajar en su serie.

—Relájese y procure pasarlo bien, Bill. ¿Va todo bien? —le preguntó Mel.

Bill le aseguró que sí y se sentó al volante del Porsche comprado con el primer cheque del anticipo de la serie, lanzando un suspiro de alivio. Fue una velada interminable durante la cual sólo pudo pensar en Sandy y en su lamentable aspecto de aquella tarde. La maldita chica de la serie se le parecía horrores. De no haber sido por la droga, Sandy hubiera podido ocupar su lugar e irse con él a Nueva York. El solo hecho de pensarlo le deprimió. Hubieran podido tenerlo todo.

Jane apoyó la cabeza en el asiento del automóvil que la llevaba a casa, pensando en sus compañeros de reparto. Sintió un pulsante dolor en la herida del pecho y recordó la cariñosa mirada de Mel. Era un hombre de mundo y estaba segura de que se harían muy íntimos. Quería ser amiga de todo el mundo. Gabby le gustaba mucho, Bill era un chico muy simpático y Zack parecía estupendo, aunque probablemente se enamoraría como un loco de Sabina. Qué mujer tan increíble, qué cuerpo, qué ojos. Cerró los párpados y cuando llegaron a Pasadena y el chófer le abrió la portezuela del automóvil, Jane estaba profundamente dormida en el asiento de atrás.

14

–Bien, ¿qué te han parecido? –preguntó Mel, senta-do en el blanco sofá del salón de Sabina.

Era la una de la madrugada y, tras pagar el servicio de la cena, se fue a Linden Drive donde vivía su amante.

–Son un grupo interesante –contestó Sabina, tendida en el sofá todavía con el vestido de raso puesto–. La pobre Jane parece una mosquita muerta –añadió–. Que se ande con cuidado porque me la voy a comer viva. Grrrrr…

Mel sonrió mientras Sabina le mordisqueaba el cuello.

–Sé buena con ella. Te tiene un miedo espantoso –le dijo, agitando paternalmente un dedo.

–Lo sé. –Sabina soltó una carcajada perversa–. Des-de luego, su figura es preciosa. ¿Cuántos años tiene?

–Treinta y nueve.

–Reconozco que es una auténtica belleza. ¿Qué ha hecho hasta ahora?

–Lacrimógenos seriales diurnos. Trabajó durante diez años en *Angustias secretas*.

–Oh, no –exclamó Sabina, haciendo un gesto de rechazo con una mano–. Bill Warwick es interesante. Sospecho que tiene el corazón roto. Debe de ser uno de esos tipos apasionados que resultan tan bien en la cama.

—Mel hizo una mueca de desagrado y ella le dio un pellizco en la mejilla–. No te preocupes, los niñatos no son lo mío. Es demasiado joven para mí, pero esta damita joven me parece que se ha enamorado de él y creo que oculta algo.

—Lo dudo –dijo Mel, sacudiendo la cabeza.

Estaba seguro de que se equivocaba.

—Pues ya puedes jurarlo. Algo le pasa. Puede que se haya acostado con alguien que no debía. Más te vale no ser tú, cariño –añadió, mirando a Mel con el ceño fruncido.

—Yo tampoco soy aficionado a las guarderías infantiles, amor mío –dijo Mel, echándose a reír.

—Ya. Y Zack Taylor es marica.

Al oír sus palabras, poco faltó para que Mel se cayera del sofá.

—¿Quieres decir que es homosexual?

—Exacto –contestó Sabina con tono relamido.

—Pues estáis todas locas por él.

—Que te crees tú eso.

—Es el actor más atractivo de Hollywood y jamás oí habladurías sobre él.

—Porque es discreto. Te aseguro que no me equivoco. Aquí no hay química ni vibración de ninguna clase. Nada de nada. Es educado, encantador y marica.

—Sabina, todo eso es absurdo.

—Tal vez –dijo ella, encogiéndose de hombros y sonriendo–, pero apostaría cualquier cosa a que no. Lo que ocurre es que tiene mucho cuidado.

—En esta ciudad no es posible. Si lo fuera, *todo el mundo* lo sabría.

—Puede que me equivoque, pero no lo creo. –En realidad, el asunto no le importaba. Era muy feliz con Mel.

—Espero que estés en lo cierto con respecto a Bill. Esta noche me ha preocupado un poco. Parecía un volcán a punto de estallar y no quiero problemas en el plató.

—Gabrielle le pondrá en cintura. O le volverá loco.
Por cierto, ¿quién es esa chica? Parece que ha hecho un
montón de cosas para ser tan joven. La he oído hablar
de viajes, Europa, Palm Beach…

—Probablemente quiere presumir, aunque quizá tengas razón. A lo mejor, ha viajado con alguien.

A Mel le divertían los análisis de Sabina.

—¿Sabe interpretar?

—¿Crees que la hubiera contratado si no supiera?

—Claro que no, cariño —contestó Sabina, besándole
generosamente en los labios—. Y yo, ¿qué? ¿Cómo en-
cajo en todo eso? —preguntó.

—Tú eres la estrella. Les has deslumbrado a todos
esta noche. —Mel estaba acostumbrado a halagar a las
actrices. Sabina no necesitaba tantos halagos como
otras, pero aun así…—. Cuando entraste, pensé que se
iban a desmayar —agregó con una sonrisa.

—Pues yo creí que aquella pobrecita se lo iba a hacer encima —dijo Sabina, echando la cabeza hacia atrás
y soltando una carcajada.

Mel comprendió que se refería a Jane.

—Sabina —la reprendió dulcemente—, sé amable con
ella. No te hará ningún daño. Puedes permitirte el lujo
de ser magnánima.

—No tengo paciencia con las personas como ella.

—Podría ser como cualquiera de nosotros. Está inse-
gura de sí misma, es muy tímida y siente una desespe-
rada necesidad de agradar a los demás.

—Ya te lo he dicho, es una mosquita muerta —contestó Sabina, sacudiendo la dorada melena—. Y me la
voy a comer. Entre otras cosas —añadió, besándolo
nuevamente.

—Eres una niña mala. —Sin embargo, le gustaba tal
como era, provocándole con sus labios, su cuerpo y sus
ojos.

—Te eché de menos esta noche —dijo Sabina, posando la copa en la mesa para desabrocharle la camisa.

—¿A qué te refieres?

—Me sentí una estúpida, fingiendo que apenas te conocía. —Ambos sabían que era mejor así.

Sabina le recorrió el pecho desnudo con la lengua y él cerró los ojos, vencido por el deseo, mientras le desabrochaba el vestido de raso gris.

—Qué guapa eres… —dijo, abriendo los ojos.

Nunca se acostumbraría a ella, la deseaba constantemente. Cuando Sabina se levantó y el vestido le cayó al suelo, Melvin comprobó que no llevaba nada debajo. Al ver su exquisita carne desnuda, se excitó de repente y empezó a acariciarle todo el cuerpo hasta que ella no pudo más. Entonces se desnudó a toda prisa y se tendió al lado de la mujer sobre la mullida alfombra de pelo del salón. Permanecieron allí el uno al lado del otro mientras él la acariciaba con los dedos y la lengua. Cuando por fin la penetró, Sabina lanzó un grito y fue como si ambos se perdieran juntos en el espacio infinito. Después, ella se quedó exhausta en los brazos de Mel, que la contempló arrobado, acariciándole entre tanto el largo cabello rubio.

—Si no nos comportamos un poco, van a pedirme que me vaya de aquí —dijo Sabina al fin, con la voz más ronca que de costumbre.

—En tal caso podrías venirte a vivir conmigo —contestó Mel sonriendo.

Permanecieron largo rato tendidos sobre la alfombra. Eran una pareja perfecta. Él no quería nada de ella y ella apenas quería nada de él. Ya tenía lo que más le interesaba, el principal papel de la serie. Sin embargo, ambos eran felices con lo que se daban el uno al otro y no deseaban más. Ni promesas, ni sueños, ni nada que durara una eternidad. Sólo el ahora.

—¿Vendrás a París conmigo? —preguntó Sabina, volviéndose de lado para mirarle.

Se la veía extraordinariamente joven y hermosa.

—Lo intentaré. No podré estar contigo las tres semanas, pero haré cuanto pueda.

—Estupendo —repuso ella, cerrando los ojos y sonriendo.

Últimamente, la vida se estaba portando muy bien con ella. Permanecieron tendidos el uno al lado del otro hasta el amanecer; luego Mel regresó a su casa de Bel Air.

15

Mel la envió a París en el Concorde y Sabina tomó el vuelo en Washington en medio del previsible revuelo. Fotógrafos, periodistas y un nuevo abrigo de visón colgado de un brazo, regalo secreto de su amante. En París la esperaba un Rolls Royce que la condujo al hotel Plaza Athénée de la avenue Montaigne donde habían reservado una suite de varias habitaciones para ella. Al día siguiente, se celebró una rueda de prensa internacional y, a continuación, la llevaron a la casa de François Brac para efectuar las primeras pruebas. El modisto era un hombrecillo de bigote y cabello canoso que llevaba más de treinta años vistiendo a duquesas y actrices cinematográficas. El vestuario que le había preparado a Sabina era digno de una reina. La actriz se mostró encantada con todo y las pocas cosas que no le gustaron las hizo cambiar. Mel llegó al cabo de una semana, también en un Concorde. Tenía reservada una suite de varias habitaciones, pero pasaba todas la noches con ella. Sólo las camareras lo sabían, pero no dijeron nada porque estaban acostumbradas a esas cosas.

Almorzaban en el Relais-Plaza o el Fouquet y cenaban en el Maxim's o el Tour d'Argent. Dos noches seguidas se quedaron en la cama haciendo el amor y pidieron que les subieran la cena a la habitación. Fueron las tres semanas más fabulosas de toda la vida de Sabina, quien por nada del mundo hubiera deseado regresar a Los Ángeles. Sin embargo, las pruebas habían terminado y Mel tenía que volver. Le quedaban muchas cosas por hacer lo mismo que a ella. Faltaba una semana para el comienzo de los ensayos y un mes para que todo el equipo se trasladara a Nueva York. La cosa se estaba poniendo muy interesante, sobre todo para Sabina.

Jane, en cambio, se aburría mucho. No podía creer que estuviera a punto de convertirse en una de las protagonistas de una gran serie televisiva. Hasta que empezaran los ensayos, no tenía casi nada que hacer. Un ayudante de François Brac se desplazó a Los Ángeles para tomarle las medidas, hacer bocetos y sacarle fotografías con vistas al vestuario que iba a crear para ella en París. Sin embargo, las pruebas se efectuarían en Los Ángeles una vez iniciados los ensayos y, entretanto, Jane se pasaba los días sin hacer nada como no fuera cuidar la casa. Trató inútilmente de volver a ganarse la amistad de sus hijas. Pero las niñas no querían saber nada de ella ni de la serie y amenazaban con irse a vivir con Jack. Sin embargo, eran sus hijas y Jane las quería a su lado. Deseaba hacer las paces con ellas y calmar a Jack, cosa harto difícil en aquellos instantes, después de su última visita. Cuando, un día, éste acudió a la casa, Jane le recibió tal como se merecía. Encontró la pistola que él guardaba «por si acaso» en el cajón del escritorio y le apuntó con ella nada más verle.

–Si vuelves a tocarme, te mato. ¿Me has oído? –lo amenazó entre lágrimas.

Jack se puso hecho una furia, pero ya no volvió a aparecer por allí. De todos modos, Jane hizo cambiar la cerradura de la puerta. El papeleo ya se había puesto en marcha y disponía de tres meses para abandonar la casa. Jane se negó a comprársela. No quería nada suyo. No le necesitaba para nada y estaba harta de que la tratara como a una prostituta. No lo era y nunca lo había sido, les repetía una y otra vez a las niñas, pero él había envenenado sus mentes y no la creían. Su hijo se negaba incluso a hablar con ella. Cuando les reveló su participación durante casi once años en la telenovela diurna, sus hijos se escandalizaron. ¿Cómo pudo mentir a su padre de aquella manera? Jane trató de explicarles las razones que la habían inducido a hacerlo, pero ellos no quisieron ni escucharla. Apenas le dirigían la palabra y todas las noches, después de cenar, se encerraban en sus habitaciones. Jane se sentía una extraña en su propia casa y un día en que Zack Taylor la invitó a almorzar, exhaló un suspiro de alivio. Fue como una tregua y un recordatorio de que existía una vida mejor en un mundo distinto. Zack le sugirió el restaurante La Serre, en el valle, y Jane se mostró encantada. Se compró un precioso vestido verde de punto y se puso zapatos de tacón alto. Se había cambiado recientemente el peinado y se sintió una nueva mujer cuando entró en el restaurante y saludó a Zack con un beso en medio de las miradas de curiosidad de los demás clientes. Todo el mundo conocía a Zack y deseaba saber quién era ella. Zack la presentó al *maître* como su nueva oponente y ambos tomaron vino blanco en lugar de un aperitivo mientras comentaba animadamente los distintos detalles de la serie. Jane hizo reír a Zack, hablándole de las rarezas del ayudante del modisto Brac, su acento y sus quejas a propósito de los norteamericanos.

—No sé cómo le habrán ido las cosas a Sabina con el mismísimo Brac en persona —dijo Zack, soltando una carcajada—. Aunque sospecho que sabe cuidarse muy bien.

Zack era un hombre tan de mundo que a Jane le parecía increíble que la hubiera invitado a almorzar. Era encantador y elegante y conocía a todo el mundo. Se sentía como la Cenicienta de un cuento de hadas. Ella que siempre se había dedicado a fregar los suelos y planchar la ropa de sus hijos se encontraba de repente en compañía de uno de los más rutilantes astros de Hollywood.

—A veces, me parece imposible que todo eso sea verdad.

—Te mereces eso. ¿Sabes que yo seguía a veces aquella telenovela tuya tan disparatada? Nunca hubiera imaginado que la protagonista eras tú.

—¿De veras? —preguntó Jane, asombrada.

—Jamás te hubiera reconocido sin la peluca.

—Ésa era justamente mi intención —dijo Jane, comentándole la prohibición de Jack de que trabajara.

—¿Cómo ha encajado ahora la situación? ¿Bien?

—Me abandonó en cuanto acepté el papel —contestó Jane tras una leve vacilación.

—¿Hablas en serio?

—Sí. —Aunque estaba triste, Jane comprendía que estaría mejor sin él—. Al cabo de veinte años de matrimonio. Confío en que todo sea para bien. Lo malo es que las relaciones con mis hijos se han deteriorado. Me consideran responsable de la situación y a veces siento remordimiento, pero ya no podía vivir más con la mentira. Además, hay otras cosas...

—Siempre las hay —dijo Zack. Era un hombre comprensivo y Jane le agradecía mucho que fuera tan amable con ella.

—¿Estás divorciado, Zack? —En Hollywood todo el mundo lo estaba, por lo menos una vez.

—Pues no —contestó él, sacudiendo la cabeza—. Nunca me casé. Soy virgen a los cuarenta y seis años. —Jane soltó una carcajada. Era el hombre más deseable de la ciudad y no necesitaba ninguna atadura—. ¿Cuántos años tienen tus hijos?

—Jason tiene dieciocho y estudia en la Universidad

de California, en Santa Bárbara. Las niñas tienen catorce y dieciséis años y últimamente están insoportables. Jack las ha azuzado contra mí.

—Todo se arreglará. Cuando empieces a ser una primera figura de la televisión, se verán asediadas por los amigos y volverán a quererte. Los muchachos son muy sensibles a estas cosas.

Jane confiaba en que así fuera. Era un tormento vivir con las niñas de aquella manera, pero no quería renunciar a ellas.

Cuando Zack le comentó su almuerzo de la semana anterior con Gabby, Jane sufrió una decepción. Comprendió que no sentía por ella ninguna simpatía especial y que sólo pretendía hacer amistad con todos sus compañeros de reparto. Sin embargo, a la semana siguiente Zack volvió a invitarla y le preguntó en qué hotel de Nueva York se alojaría. A él le habían dado a elegir entre el Carlyle y el Pierre, pero le gustaba más la parte alta de la ciudad y quería conocer su opinión al respecto.

—A mí me da igual una cosa que otra —contestó Jane, riendo.

Las niñas pasarían las vacaciones con ella. Pero Jason se iría a esquiar con su padre.

—En tal caso, elige el Carlyle.

—¿Tú te quedarás también a pasar las Navidades allí?

Dispondrían de cuatro días libres y no había razón para volver, pero Zack se mostró evasivo e indicó que probablemente regresaría a casa. Jane le miró, pensando que era guapísimo. No sabía si la había invitado simplemente para hacer amistad con ella o por algo más. Sin embargo, aquella noche, Zack no la invitó a salir. De repente, todo empezó a cambiar. Mientras preparaba el equipaje para su traslado a Nueva York, Jane recibió el vestuario de Brac y fue visitada en su casa por Mel y Sabina aunque en días distintos. Por fin, las niñas decidieron irse a casa de Jack durante la ausencia de su madre.

En total, se trasladaron a Nueva York sesenta personas entre ayudantes de producción, técnicos, actores, cámaras y demás. En Nueva York, se incorporarían al equipo otras personas. A bordo del avión bebieron vino, cantaron y charlaron animadamente y empezaron a intimar unos con otros. Sabina conversó con Mel y Zack sin prestar atención a los demás, y Jane habló con Bill. Gabby se mantuvo apartada a pesar de los esfuerzos de Jane. Bill estuvo casi grosero con ella. Por fin, Sabina tomó una guitarra y empezó a cantar canciones subidas de tono que hicieron las delicias de todo el mundo. Al llegar, estaban todos medio borrachos. Había dos autocares para los del equipo de rodaje y tres automóviles para los demás. Jane se alojaría en el Carlyle al igual que Zack, Gabby y Bill. Mel y Sabina habían optado por el Pierre.

Zack cenó en el comedor del hotel en compañía de Jane y Gabby. Bill prefirió cenar en la habitación; dijo que estaba cansado. Después de la cena, se fueron los tres al Benelman's Bar y estuvieron charlando hasta casi la una de la madrugada, hora en la que se retiraron a descansar a instancias de Zack. El rodaje empezaría a las seis y cuarto de la mañana.

Gabby dijo que necesitaba tomar un poco el aire y salió a dar una vuelta por la manzana. Zack y Jane tomaron juntos el ascensor.

–¿Cansada? –preguntó Zack, solícito.

Jane le apreciaba muchísimo. No se atrevía a esperar otra cosa. Estaba claro que debía haber otras mujeres en su vida. Ella se conformaba con ser tan sólo una buena amiga suya. Por primera vez en veinte años, un hombre se preocupaba por ella y la llenaba de atenciones.

–La emoción me impide estar cansada. Creo que no podré pegar ojo en toda la noche.

Para ellos, sólo eran las diez, pero, como no se acostaran pronto, a la mañana siguiente iban a lamentarlo.

Durante el vuelo, les distribuyeron las hojas en las que se especificaban las escenas que se rodarían al día siguiente y los actores que en ellas intervendrían. Jane estaba muy nerviosa porque jamás había rodado exteriores.

—Creo que actuaremos en la primera escena —dijo Jane a Zack.

Ambos habían ensayado varias veces la escena en Los Ángeles y estaban bien preparados.

—Sí, y después saldréis tú y Bill. En la otra actuaremos Sabina, yo y Gabby... —repuso Zack, inclinándose para acariciarle suavemente la mejilla—. Puedes estar tranquila. Tratándose de una producción de Mel, eso va a durar mucho tiempo. Es un creador de éxitos.

—Confío en que no te equivoques.

—Ya sabes que no. —El ascensor se detuvo en el piso de Jane y Zack salió con ella y la acompañó hasta la puerta de su habitación—. Eso no es más que el principio de la nueva vida que te mereces más que nadie, Jane.

—Eres el hombre más amable que he conocido, Zachary —le dijo ella, mirándole muy seria.

—No, no es cierto —contestó tristemente Zack.

—Sí lo es. Estuviste a mi lado cuando más necesitaba a un amigo —dijo Jane, preguntándose cuál sería la causa de su aflicción.

—Me alegro mucho —respondió Zack, abriendo la puerta con la llave que ella le dio—. Ahora procura dormir un poco, preciosa. De lo contrario, mañana la Mujer Dragón te comerá viva —añadió sonriendo. Sabina le causaba pánico a Jane.

—No digas eso, que te va a oír desde el Pierre.

—No hay cuidado. Tiene cosas más importantes que hacer. —Zack sospechaba que Sabina mantenía relaciones con Mel, pero nunca lo comentó con nadie porque era muy discreto. Bastante tenía con sus propias preocupaciones. Además, ¿por qué no? Si eso era lo que Sabina quería, allá ella–. Buenas noches, encanto.

Besó a Jane en la mejilla y volvió a tomar el ascensor, pensando en personas lejanas y en la opción que tomó hacía mucho tiempo. Sin embargo, no podía apartar a Jane de su mente y, al llegar a su habitación, pidió por teléfono que le subieran una botella.

16

El primer día de rodaje estuvo lleno del nerviosismo habitual en tales casos. La gente leyó sus horóscopos y se entregó a toda clase de supersticiones. La víspera, Sabina se negó a hacer el amor con Mel por miedo a estar cansada al día siguiente. A su debido tiempo, todo el mundo se relajaría.

La víspera se distribuyeron las hojas de las escenas. Aquel día sólo se rodarían cuatro. Otros días, en cambio, se rodarían seis, siete e incluso ocho. Algunas escenas se filmarían en el vestíbulo y en el piso veintisiete de la sede central de IBM, desde el que se podía contemplar una impresionante vista de Nueva York. La primera escena, protagonizada por Zack y Jane, se rodaría en el vestíbulo. Jane estaba asustada y quiso ensayarla por última vez a pesar de conocérsela al dedillo. Temía ponerse nerviosa y olvidar las frases.

—Tranquilízate —le murmuró Zack mientras se dirigía a una de las caravanas para que le retocaran el maquillaje.

Eran las seis y media y todos se presentaron puntuales a bordo de tres automóviles. Sabina tenía un aire muy profesional, enfundada en un jersey negro y unos pantalones vaqueros. Todo el vestuario de sus escenas se encontraba en una caravana aparte. Disponía de camerino propio a diferencia de Jane, cuya ropa se hallaba colgada de un palo tendido entre dos ventanas de una caravana común. En la primera escena Jane luciría un elegante vestido blanco. Ya la habían peinado y llevaba puesto un holgado guardapolvo de plástico para proteger el vestido mientras la maquilladora le daba los últimos toques. Zack asomó la cabeza un momento para darle ánimos y Jane se relajó sólo con verle. Aquel hombre siempre estaba dispuesto a echarle una mano a cualquiera, cosa insólita en un astro. Aunque era amable y cortés, mantenía en todo momento las distancias. A pesar de haber almorzado varias veces con él en Los Ángeles, Jane apenas le conocía.

–¿Más café, señorita Adams? –preguntó un ayudante de producción que acababa de entrar para cerciorarse de que todo iba bien.

Jane miró por el rabillo del ojo a Gabby y Bill. Gabrielle estaba muy seria y Bill se mostraba tan enfurruñado como de costumbre. Jane se preguntó cuál sería su problema.

Los actores figuraban en la hoja con su nombre y número correspondiente. Jane volvió a estudiar la hoja. Era el número tres e intervendría en dos de las cuatro escenas, una con Zack y otra con Sabina y Gabby. Esta última sería la más difícil porque habría un enfrentamiento en cuyo transcurso se establecería quiénes eran las tres mujeres. Todo lo que rodaran aquel día se incluiría en el especial de tres horas de la primera noche. A medida que transcurrieran las semanas rodarían escenas de distintos capítulos, sin ningún orden de sucesión. En *Angustias secretas* todo tenía sentido y se rodaba en orden cronológico. Al cabo de tantos años de trabajar en la serie, cuando olvidaba alguna frase, Jane improvisaba sin la menor dificultad. Allí, en cambio, todo tenía que ir como la seda y cada toma se tenía que repetir cuantas veces fuese preciso hasta que resultara perfecta.

Fuera, en una enorme caravana, estaban preparando más café y se había dispuesto una gigantesca mesa para que todo el mundo desayunara lo que más le apeteciera. Jane estaba muy nerviosa y no probó bocado. Mel y Gabby entraron en la caravana en compañía de unos técnicos. La comida la servía una de las mejores empresas especializadas de Nueva York. Mel nunca reparaba en gastos cuando se trataba de los actores y del equipo de rodaje. No había más que ver la suite que Jane tenía en el Carlyle y el exquisito vestuario de François Brac. Jane se puso el abrigo blanco a juego con el vestido y encendió un cigarrillo, pero lo apagó casi enseguida.

–¿Preparada? –le preguntó Zack, que acababa de entrar vestido con traje de calle y gabardina, llevando en la mano una cartera.

Ambos salieron juntos de la caravana.

Fuera, había por lo menos ochenta personas, entre ellos miembros del personal sanitario, supervisores, tramoyistas y técnicos de iluminación. Jane vio varias sillas de director, cinco de ellas con los nombres de los principales actores del reparto. Esbozó una trémula sonrisa y le dijo a Zack:

–Me siento como una niña en su primer día de escuela. –Y se echó a reír.

Temía haber olvidado las frases y estaba medio mareada. Entraron a través de la puerta giratoria y permanecieron de pie en el vestíbulo mientras los dobles ocupaban sus lugares y los técnicos de iluminación preparaban la escena. A las siete y media, el director les dijo que todo estaba listo para rodar. Era un inglés extremadamente educado con quien Mel ya había colaborado otras veces.

–Ya han ensayado ustedes la escena –dijo, acercándose a Zack y Jane–. ¿Se encuentran a gusto con las frases? –Aquél era el mejor momento para introducir cambios, no después de cinco tomas. A Jane le habían dicho que aquel director a veces era capaz de hacer hasta veinte tomas. Ambos asintieron en silencio–. ¿Preparados para empezar?

–Sí –contestó tímidamente Jane.

Zack asintió de nuevo con la cabeza.

–Muy bien –dijo el director, complacido–. Vamos a ver cómo sale. Lo ensayaremos una vez y marcaremos con esparadrapo las posiciones.

Ya había en el suelo unas tiras de esparadrapo correspondientes a las posiciones de los dobles, pero, en cuanto se empezara a rodar la escena se introducirían sutiles variaciones. En la escena, Zack abordaría a Jane junto a las puertas de los ascensores, la agarraría del brazo y le preguntaría qué estaba haciendo allí. «He venido a ver a mi hermana –contestaría Jane–. Quiero hablarle de su hija.» Zack intentaría convencerla de que no subiera, pero ella se zafaría de su presa y entraría en el ascensor. La escena terminaría cuando se cerraran las puertas del ascensor. La siguiente escena, programada para otro día, se rodaría arriba, donde Jane se encontraría con Bill.

La ensayaron una vez a entera satisfacción del director, sólo se cambiaron dos esparadrapos y se ordenó a todo el mundo que dejara el sitio libre y no hiciera ruido. En el vestíbulo había mucha gente. Fuera hacía frío y muchos componentes del equipo habían entrado para calentarse un poco. Además, todo el mundo quería ver cómo rodaban la escena. Los miembros del equipo de rodaje vestían vaqueros y botas o zapatillas de gimnasia, gruesas chaquetas y gorros de punto o gorras de béisbol. Zack y Jane se distinguían fácilmente de ellos debido a sus elegantes atuendos.

Una voz gritó desde la zona de la cámara:

–¡Silencio, por favor! ¡Acción!

Jane cruzó el vestíbulo, se detuvo junto a las puertas de los ascensores, vio a Zack y apartó el rostro mientras éste se acercaba y la asía del brazo.

—¡Jessica! —le preguntó Zack—. ¿Qué estás haciendo aquí?

Jane le miró como si no supiera qué decir y después contestó con tono levemente desafiante:

—He venido a ver a mi hermana, Adrian.

La escena prosiguió sin contratiempos hasta que, al final, se cerraron las puertas del ascensor y la misma voz gritó:

—¡Corten! Muy bien, estupendo.

El director estaba muy contento. Se abrieron las puertas del ascensor y Jane salió muy emocionada. Ya estaba un poco más tranquila. El director les hizo algunas indicaciones y volvieron a rodar la escena cuatro veces más.

—Se puede imprimir —dijo el director al final.

Hicieron una pausa mientras los dobles ocupaban sus correspondientes lugares en otra escena y Jane comprobó con asombro que ya eran más de las ocho. Llevaban en el plató más de una hora y el tiempo había pasado volando. Aunque no actuaba en la siguiente escena, quería ver trabajar a Bill y Zack. Jamás había visto trabajar al primero y sentía curiosidad por verle. Se situó a un lado y empezó a hablar con Zack mientras los técnicos preparaban la iluminación de la escena, cuyo rodaje exigió otra media hora. En los estudios se tardaba en ocasiones el doble de tiempo, pero en exteriores todo iba más rápido.

—¿Café, señorita Adams? —le preguntó alguien.

Jane sacudió la cabeza y se dirigió a Zack.

—¿Qué te ha parecido? —le preguntó con inquietud.

—Muy bien.

Sin embargo, aún era pronto para decirlo. Ambos sabían que, a lo largo de las siguientes semanas, lo que habían hecho algunas veces les parecería bien y otras mal. Lo único que les tranquilizaba era el récord de éxitos de Mel. Todo el mundo daba el éxito por descontado, pero cada cual estaba dispuesto a arrimar el hombro y poner su granito de arena.

Bill entró en el vestíbulo enfundado en un elegante traje gris que realzaba el color dorado de su cabello bajo la luz de los focos. Mientras le miraba, Jane se percató súbitamente de lo guapo que era.

Bill se acercó a Zack y Jane se apartó a un lado mientras los dos hombres conversaban. Los técnicos tardaron media hora más en preparar la iluminación de la escena. Después, Zack y Bill volvieron a ensayarla, se modificó ligeramente la posición de las tiras de esparadrapo, se repitió la escena y, al final, se oyó nuevamente una voz:

—Silencio, por favor... ¡Silencio! ¡La próxima escena es crucial! Mucho silencio, por favor... Preparada la cámara. ¡Luces! ¡Acción!

Jane volvió a experimentar la misma emoción que al principio. Se sentía inmensamente feliz y pensó que merecía la pena haber pagado aquel precio. Antes no se daba cuenta de lo desdichada que era. Lo único que la sostenía era su papel en la telenovela. Ahora, en cambio, era como si hubiera vuelto a nacer. Echaba de menos a sus hijos, pero se lo pasaba muy bien. A quien no echaba de menos para nada era a Jack. Allí la trataban como a una persona, tenía un papel importante en *Manhattan* y la confianza de Mel en el éxito de la serie resultaba contagiosa. Todos lo daban por descontado y querían que la serie fuera la gran sensación de la temporada.

La escena entre Bill y Zack fue más complicada que la de Jane, y el director la hizo repetir ocho veces antes de darse por satisfecho. Fue interesante ver actuar a Bill porque su interpretación era extraordinariamente apasionada y vehemente en contraste con su habitual retraimiento en la vida real. Jane comprendió por qué razón le había contratado Mel y tuvo la absoluta certeza de que todas las mujeres del país se volverían locas por él en cuanto le vieran. Luego, regresó a la caravana para cambiarse de vestido con vistas a la siguiente escena. Su primera escena con Sabina. Se rodaría arriba, en un despecho cuyo alquiler costaba mil dólares diarios. Era un lugar fabuloso, colgado como un cubo de cristal en una esquina del edificio con una impresionante vista de Nueva York. Sin embargo, Jane no pensaba en aquellos momentos en la vista, sino en Sabina y Gabby. Le daba un miedo espantoso trabajar con una chica tan guapa y con una estrella tan bella y sensual como Sabina. Como si hubiera adivinado sus temores, Zack se presentó mientras la ayudante le subía la cremallera del vestido azul marino que le realzaba el busto y la fina cintura, envolviéndole las sinuosas caderas. François Brac se había lucido mucho con ella.

—Estás fabulosa, Jane —le dijo Zack, asomando la cabeza por la puerta y lanzando un silbido de admiración que no estaba muy en consonancia con su elegante atuendo.

—Pues me muero de miedo —respondió ella, muy seria.

—Lo harás estupendamente. Serás la mejor —comentó Zack con el pulgar hacia arriba.

—En momentos como éste, me pregunto por qué me dio Mel este papel —comentó Jane, dirigiéndole una sonrisa de gratitud.

Necesitaba que le dieran ánimos y Zack lo sabía.

—No digas eso. Este hombre sabe lo que se hace. Las mujeres se encariñarán contigo y a los hombres les entrará el tembleque. Sabina es otra cosa. Es una bomba explosiva. En cambio, tú... —Zack hizo una pausa y, mirándola con tristeza, añadió—: Tú eres toda una mujer, Jane.

—Gracias, Zack. ¿Subirás a verme?

—Prefiero dejarte sola. Habrá mucha gente. Y, además, tengo que cambiarme para mi próxima escena con Sabina.

La escena correspondía a otro día y Zack llevaría otro traje. Mel se había gastado una fortuna en el vestuario de los actores, pero sabía que era una buena inversión porque ello confería a la serie una clase y una sofisticación de las que otras carecían. En las producciones de Mel Wechsler nunca se escatimaba nada.

Zack tenía razón. Cuando Jane subió, el despacho estaba abarrotado de gente, cámaras y equipos diversos. La maquilladora y la peluquera la estaban aguardando y le retocaron el maquillaje y el peinado mientras los dobles ocupaban sus puestos y se cambiaban varias veces los ángulos de la cámara. Jane vio a Gabby de pie en un rincón con un precioso vestido gris de lana diseñado especialmente para ella por François Brac. Era un modelo juvenil, caro y elegante a un tiempo. La principal protagonista tardó casi una hora en aparecer. Cuando todo estuvo a punto, un hombre la avisó a través de un transmisor y Sabina subió vestida con un impresionante traje chaqueta rojo. Su presencia provocó un revuelo.

—¡Silencio! —pidió una voz—. ¡Silencio, por favor! Ocupen sus puestos...

Jane se abrió paso entre la gente. Esta vez no hubo ensayo. Sabina no creía necesitarlo y el director respetaba su opinión. Gabby se colocó en su sitio y permaneció inmóvil, con gesto expectante, mientras Jane la miraba sonriendo. Sabina estaba encantadora. Iba perfectamente maquillada y llevaba un peinado precioso, grandes pendientes de oro, un collar de gruesas perlas y, en la mano derecha, una enorme sortija de brillantes, todo prestado por la joyería Harry Winston. Mel no quería utilizar joyas falsas.

—Silencio, por favor... ¡Luces! ¡Acción!

Sabina se situó detrás del escritorio como una reina y miró a Jane, que acababa de entrar seguida por Gaby.

–¿Qué estáis haciendo aquí las dos?

Los ojos de Sabina semejaban verdes esmeraldas y sus palabras eran como látigos. Parecía que las frases formaran parte de su persona y Jane le contestó con análoga vehemencia. Por su parte, Gabby pronunció sus frases como si de verdad fuera Tamara Martin y no Gabrielle Smith. Las tres actrices se transformaron de repente en los personajes de *Manhattan*. Sabina miró con rabia a sus compañeras de reparto, les dijo que se marcharan y rodeó el escritorio para pulsar un botón. Era el botón con el que llamaría a Zack en la siguiente escena. Aturdida, Jane oyó la voz del director viniendo de muy lejos.

–¡Fantástico! Lo habéis hecho estupendamente las tres. Otra vez, por favor…

Rodaron la escena otras tres veces y, al terminar la última, el director exclamó:

–¡Ha quedado magnífico! Adelante.

Los presentes empezaron a lanzar vítores. Jane hubiera deseado saltar y gritar de alegría. Vio a Zack a lo lejos y se le llenaron los ojos de lágrimas. Sabina también estaba muy contenta y Gabby no cabía en sí de gozo. Todo el mundo comprendió instintivamente que la escena había salido a las mil maravillas.

Tardaron una hora en preparar la iluminación de la siguiente escena. Los empleados del despacho que se había alquilado para el rodaje se apretujaban en los rincones para ver a los astros. Pero, en aquellos momentos, no se podía ver más que a los técnicos de iluminación, los supervisores y los tramoyistas. A las doce y media en punto hicieron una pausa para el almuerzo. Había que cumplir las exigencias de los sindicatos y, además, en aquella fase inicial, no había necesidad de hacer horas extra. Todo el mundo regresó a las caravanas. Disponían tan sólo de una hora. Se rodó otra escena y la tarde pasó volando. Al final, se distribuyeron las hojas de actuación del día siguiente. Por la tarde, Mel se presentó en el plató para felicitar a todo el mundo. Se marchó antes de que finalizara el rodaje de la escena y Sabina regresó sola al Pierre en el vehículo que habían puesto a su disposición. Zack ocupó otro vehículo y dijo que quería ir a ver a un amigo antes de regresar al hotel. Jane subió al tercer automóvil en compañía de Gabby y Bill.

—Estoy agotada —dijo, sorprendiéndose de que hasta ese instante no hubiera notado el cansancio—. ¿Qué os ha parecido?

—Yo necesito pulir todavía un poco el personaje —dijo humildemente Gabrielle.

Bill la miró por primera vez con cierta simpatía.

—Pues has estado muy bien —le dijo—. La escena que habéis rodado vosotras tres ha sido tremenda.

—Gracias —contestó Gabby—. Tú también has estado muy bien en la escena con Zack.

Los tres actores comentaron los acontecimientos del día y echaron un vistazo a las hojas de actuación de la jornada siguiente. Iban a rodar seis escenas, tres de ellas muy importantes, y tenían que volver a estudiar el guión.

—¿Quieres que trabajemos juntos esta noche? —preguntó Gabby, mirando a Bill, esperanzada.

—Trabajo mejor solo —contestó él.

Gabby le miró decepcionada.

—Yo trabajaré contigo, si quieres —le dijo Jane.

Pero sólo tenían una escena juntas y era muy corta.

—Gracias, nunca me viene mal una ayuda —contestó Gabby.

Deseaba hacer bien las cosas y Jane quería ayudarla. Cuando se ponía sus pantalones vaqueros y sus zapatillas de gimnasia, Gabby parecía una niña. Bill no le hacía el menor caso y, durante el camino de regreso al hotel, evitó mirarla y habló sobre todo con Jane. Al llegar al Carlyle, subió corriendo a su habitación y Jane invitó a Gabby a cenar y ensayar con ella en su habitación.

—Pero primero quiero darme un baño caliente y tenderme a descansar un poco.

—Yo también —dijo Gabby sonriendo.

Tomaron juntas el ascensor y luego, mientras avanzaban por el pasillo, Gabby miró a Jane y le dijo, exhalando un suspiro de desaliento:

—Qué antipático es Bill. Resulta difícil trabajar con él.

—Lo sé. Debe de estar muy nervioso.

—¿Y quién no lo está? —replicó Gabby encogiéndose de hombros—. Todos lo estamos. Es una serie importante y representa una gran oportunidad para todos nosotros, excepto para Sabina y Zachary, que ya deben estar acostumbrados a estas cosas. Pero no tiene por qué ser tan desabrido. Parece un erizo.

Jane sonrió, recordando a sus hijas.

—Dale tiempo. Aún no nos hemos acostumbrado los unos a los otros. Al final, seremos como una gran familia. Así ocurrió en la serie que yo hacía.

—¿Cuál era? Ya no me acuerdo —preguntó Gabrielle.

—*Angustias secretas.*

—Mi abuela era una entusiasta de esta serie —dijo Gabrielle, echándose a reír.

—Ahí está lo malo —replicó Jane, esbozando una triste sonrisa—. Querían cambiar la imagen de la serie para atraer a los telespectadores más jóvenes. Por eso me despidieron.

—¿Lo lamentas ahora? —le preguntó Gabrielle, mirándola con simpatía.

—Qué va —exclamó Jane, extendiendo las manos—. Sólo he perdido un papel en una telenovela y he echado a pique mi matrimonio.

—¿Lo dices en serio? —Gabrielle la miró asombrada—. ¿Por culpa de la serie?

—Es una larga historia. Ya te la contaré algún día. Cuando tengamos unas diez horas libres y una botella de coñac a mano.

Ambas se echaron a reír y Gabrielle entró en su habitación, prometiendo reunirse con ella al cabo de una hora. Era como si estuvieran en un internado y necesitaran repasar juntas las asignaturas del día siguiente.

Más tarde se reunieron y charlaron hasta las doce a pesar de que tenían que levantarse a las cuatro y media. Se olvidaron por completo de sus compañeros de reparto y se concentraron exclusivamente en sus papeles. Mientras ellas trabajaban, Bill llamó a su agente, muy nervioso porque se había pasado horas y horas tratando inútilmente de localizarle. Cuando mejor le iban las cosas, más culpable se sentía con respecto a Sandy. Por fin, pudo hablar con Harry y éste le preguntó:

—¿Qué tal van las cosas?

—Bien.

—¿Sólo eso? Estás rodando exteriores en Nueva York con Sabina Quarles y Zachary Taylor por cuenta de Mel Wechsler, ¿y sólo se te ocurre decirme que bien?

—Pues, fabulosamente bien, si lo prefieres. Oye, Harry, ¿me puedes hacer un favor? —Se encontraba tendido en la cama con la chaqueta de cuero todavía puesta. Enloquecía de angustia cuando pensaba en Sandy. ¿Y si muriera y Wechsler se enterara de que estaban casados? Al llegar a Nueva York, comprendió que tendría que hacer todo lo posible para que se desintoxicara. Llamó incluso a sus padres y a sus amigos, pero nadie sabía dónde estaba su esposa–. ¿Podrías averiguar el paradero de Sandy?

Harry pensaba que Bill tenía una absurda obsesión y no comprendía ni su temor ni su sentido de la responsabilidad.

–Mira, muchacho, ¿por qué no la olvidas?

–No puedo. Tiene que desintoxicarse.

Aunque ya no la amara, no podía olvidarla.

–¿Por qué no llamas a la policía? –repuso Harry en tono sarcástico–. Seguramente allí saben más cosas que nadie.

–No tiene gracia –replicó Bill, haciendo una mueca de desagrado.

–No era ésa mi intención. Si la arrastras de nuevo a tu vida, serás un insensato. Ya verás si Mel se entera de que estás casado con una drogadicta…

De eso precisamente se trataba. Si por lo menos se desintoxicara, podría divorciarse discretamente de ella.

–No te he pedido que llames a mi agente de prensa, sino sólo que la busques.

–¿Cómo? ¿Saliendo por ahí con una bolsa de monedas para ver si la quiere?

–¡Maldita sea! –estalló Bill, levantándose de un brinco con el teléfono en la mano–. No me saques de quicio, Harry.

–Bueno, veremos qué se puede hacer. Pero, por Dios bendito, Bill, procura calmarte. Tienes un trabajo que hacer. Y muy importante, por cierto. Y ahora, en serio, ¿cómo fue lo de hoy?

–Muy bien, pero, si quieres que te diga la verdad, Harry… –Tenía que decírselo a alguien, ya no podía soportarlo más–. Estoy muy preocupado por Sandy.

Se distraía constantemente pensando en el posible escándalo y en la situación en que se encontraba la mujer a la que tanto amó en otros tiempos.

–Haré lo que pueda, pero hazme un favor: concéntrate en tu trabajo. —Harry confiaba en que Bill se enamorara de su joven compañera de reparto, pero al parecer no había nada de eso, de momento—. Te llamaré en cuanto sepa algo.

Pero Bill se enteró primero. Le llamó la madre de Sandy y aquel mismo día se publicó la noticia en los periódicos. Sandy había tomado una sobredosis en una pensión de mala muerte en el Sunset.

17

Los servicios sanitarios de urgencia llegaron justo a tiempo y esta vez se temía que hubiera sufrido daños cerebrales. Cuando Bill llamó al hospital, no le permitieron hablar con Sandy. Dos días más tarde, tras haber llamado una infinidad de veces, le comunicaron que la habían dado de alta. Su madre le dijo que había desaparecido sin dejar rastro. Al parecer, vivía con un traficante de droga por la zona de Inglewood, pero nadie lo sabía con certeza y sus padres ya habían desistido de seguir buscándola. No se presentó al juicio para responder de las acusaciones que pesaban sobre ella desde finales de agosto y se había dictado orden de arresto. Era una pesadilla y Bill ya no sabía qué hacer. La angustia le impedía concentrarse en su trabajo. Al día siguiente del descubrimiento de Sandy en el hotel, tuvieron que rodar dieciocho veces una escena en la que él intervenía.

–¿Puedo ayudarte en algo? –le preguntó amablemente Jane mientras regresaban juntos al hotel al término de la jornada.

Bill sacudió la cabeza y apartó la mirada para que ella no adivinara el dolor que experimentaba. Sin embargo, estaba clarísimo que le ocurría algo.

–No, pero gracias de todos modos –contestó por fin, mirándola con ojos cansados.

Era una buena chica, aunque él no tuviera muchas cosas en común con ella. No sabía hablar de otra cosa más que de sus hijos. Sin embargo, la que le sacaba de sus casillas era Gabrielle, siempre tan alegre y cariñosa como un cachorro. Le pedía que ensayara con ella cuando tenían algún momento libre y él no quería ni verla. Le recordaba demasiado a Sandy.

Hasta Mel se dio cuenta de que estaba más apagado que al principio, pese a que, en las primeras copias que pasaban todas las noches, su actuación era impecable.

—Es un intérprete estupendo —reconoció el director—, y todavía será mejor cuando se calme un poco. Se le ve constantemente en tensión, pero conoce su oficio, es un auténtico profesional.

Eso le salvaba e inducía a los demás a perdonarle su mal humor. Con quien peor se portaba era con Gabby, pero ésta tenía asimismo sus problemas, aunque no se lo confesara a nadie. Su madre la llamaba cinco veces al día, suplicándole que pasara las Navidades con ellos.

—Cariño, dame una buena razón.

La voz típicamente París-Palm Beach-Newport se mostraba cada día más insistente y Gabrielle tenía que esforzarse por no perder los estribos. Estaba harta de explicárselo.

—Trabajo dieciocho horas diarias, mamá, y tengo que levantarme a las cuatro y media todos los días.

—Pero tienes que comer. ¿Por qué no comes con nosotros?

Y con doscientos íntimos amigos de sus padres vestidos de etiqueta. A Charlotte le parecía perfectamente natural, pero no así a Gabrielle.

—Como en mi habitación y generalmente ensayo con mis compañeros de reparto.

De momento, sólo lo hacía con Jane, pero aún no había perdido la esperanza de hacerlo con Bill en sus ratos libres. Tenía el convencimiento de que con ello mejoraría su actuación.

—Eso no es sano, cariño. Necesitas salir un poco.

—Ya te lo he dicho. Iré el día de Navidad.

—Llevas aquí tres semanas y aún no te hemos visto el pelo. Te espero sin falta mañana por la noche. Vendrán todos tus amigos. Todos se mueren de ganas de verte.

Era mentira. Les importaba un bledo a todos y ella los aborrecía con toda su alma. Los grandes apellidos de Nueva York, los apellidos que uno encontraba en las lujosas revistas *Women's Wear Daily* y *Town and Country*, donde las fotografías mostraban sus preciosas vajillas de porcelana y cristal y sus mesas puestas para la cena de veinte invitados vestidos de etiqueta. Era una vida que odiaba desde su infancia y que ahora odiaba todavía más porque ya no era la suya, sino la de sus padres. Aquellas personas nunca habían sido amigas suyas. Siempre había sido «la hija de Charlotte y Everett».

—Mamá, te aseguro que no puedo. Y, además, no tengo nada que ponerme. Me lo dejé todo en California.

No era enteramente cierto. Hubiera podido lucir alguno de los vestidos de noche de François Brac. Nadie se lo hubiera prohibido. Sabina ya se había puesto dos o tres para salir con Mel y a nadie le importaba, siempre y cuando estuvieran en buen estado para el rodaje.

—Mandaré que te envíen algo de Bendel's.

—No quiero nada de Bendel's —contestó Gabby—. Es que no me apetece ir.

—Te esperamos a las siete y media —le dijo la madre, colgando sin más.

Gabrielle se quedó sentada, contemplando en silencio el teléfono.

167

Mierda, pensó. Su madre siempre sería la misma. Y ahora esperaba que ella asistiera a su maldita fiesta de Navidad. Lamentaba tener que rodar los exteriores en Nueva York por aquellas fechas. Era como volver a ser una niña a la que todo el mundo daba órdenes, tal como le ocurrió cuando fue a la Universidad de St. Paul's e incluso a la de Yale. Jamás aceptaron que fuera una mujer adulta. Ni siquiera en aquellos momentos en que vivía en la costa Oeste y tenía su propia profesión. Eso, para ellos no existía. Hacían caso omiso de su profesión de actriz.

A la mañana siguiente se levantó de mal humor, cosa que le fue muy bien para la escena que tenía que rodar con Bill. El guión exigía una tormentosa pelea entre ambos y la escena resultó tan auténtica que no hubiera podido salirles mejor ni que la hubieran ensayado durante varias semanas. Cuando abandonaron el plató, Bill estaba muy contento, pero no dijo nada. Gabrielle regresó a su camerino y eligió a regañadientes un vestido de noche de terciopelo negro. Firmó un resguardo, metió el vestido en una bolsa de plástico y se lo llevó al hotel aquella noche cuando regresó en compañía de Jane.

—¿Vas a algún sitio? —le preguntó Jane con tono afable.

Era tan cariñosa con todo el mundo que a veces Gabby la compadecía un poco. Se la veía muy sola, y al parecer se había enamorado de Zack. Por su parte, éste le tenía simpatía, pero nada más.

—Salgo con unos amigos. Yo antes vivía aquí —contestó Gabby, casi con tono de disculpa.

Jane se alegró por ella.

—Mis hijas llegan mañana de Los Ángeles —dijo—. Quiero llevarlas al plató para que vean un poco todo eso antes de las vacaciones de Navidad.

—Les gustará mucho.

Gabrielle no estaba muy animada. La Avenida Madison, con sus tiendas de multicolores iluminaciones, no le causó la menor impresión. Sabía que el apartamento de sus padres estaría lleno de adornos como de costumbre, con árboles navideños especialmente decorados cuyo precio ascendía a varios miles de dólares. De niña, los odiaba. ¡Todo era tan artificial y perfecto! La espontaneidad y el calor propios de la Navidad brillaban completamente por su ausencia. Ella no tenía ningún árbol con divertidos monigotes y palomitas de maíz como los demás niños. Su casa parecía un reportaje fotográfico de la revista *Town and Country*.

Ambas actrices se despidieron en el pasillo del hotel y Gabrielle se fue a vestir, furiosa consigo misma por haber cedido una vez más a las exigencias de sus padres. A las siete y cuarto pidió un automóvil y, con el cabello recogido hacia arriba y vestida con el precioso vestido de François Brac, salió del ascensor hermosa como una princesa y se tropezó en el vestíbulo con Bill, el cual llevaba un montón de revistas bajo el brazo. Gabby le dirigió una sonrisa y le comentó la escena de aquella tarde.

—Creo que nos ha salido estupenda.

—Eso dice todo el mundo —contestó Bill con indiferencia.

—¿Tú no lo crees?

—Todo se puede mejorar.

Bill lo criticaba siempre todo. Jane lo atribuía a que era un hombre muy desgraciado, pero eso a Gabby no le parecía una excusa.

—No te juzgues con tanta dureza.

—No lo hago, pero sé que podría haberlo hecho mejor. ¿Vas a una fiesta esta noche?

—Sólo voy a visitar a unos amigos —contestó Gabby, sorprendiéndose de su interés, ya que casi nunca la saludaba y apenas hablaba con ella.

–Bonito vestido. ¿Se lo has pedido prestado a la serie? –le preguntó Bill en tono levemente burlón.

–Sí, pero no te preocupes que ya he firmado un resguardo –replicó Gabby con el rostro arrebolado.

–No estoy preocupado. Tengo entendido que Sabina utiliza constantemente su vestuario. En su contrato dice incluso que se podrá quedar con él. A lo mejor, tú también podrías llegar a un arreglo parecido.

Se lo dijo en tono tan sarcástico que Gabrielle experimentó el impulso de pegarle un bofetón.

–Lo tendré en cuenta –le contestó, echándose sobre los hombros la capa de terciopelo a juego.

Bill la contempló un instante y luego le musitó un buenas noches, y entró inmediatamente en el ascensor.

La joven actriz trató de olvidarse de sus comentarios, pero comprendió que iba a estar de mal humor toda la noche por culpa de Bill. La casa de sus padres estaba situada en la confluencia entre la Quinta Avenida y la calle Setenta y cuatro. Al salir del ascensor, vio al mayordomo que aguardaba en el rellano para indicar a los invitados dónde dejar los abrigos. Al verla, el mayordomo la abrazó efusivamente mientras un fotógrafo de la publicación *Women's Wear Daily (WWA)* tomaba un instantánea. De repente, Gabrielle se percató de su error. Había puesto en peligro su anonimato bajo el nombre de Gabrielle Smith. Se pasó toda la noche procurando infructuosamente evitar las cámaras, pero había cuatro cronistas de sociedad, cada uno con su propio fotógrafo, aparte los de *WWA* y *Town and Country*.

–Cariño, estás encantadora. ¡Bienvenida a casa! –exclamó su madre, dándole un leve beso para no estropearse el maquillaje. La morena belleza de madre e hija fue inmediatamente captada para la posteridad y para los lectores de la prensa dominical. La madre de Gabrielle estaba preciosa, con un modelo de Galanos color azul marino y un impresionante collar de zafiros y pendientes a juego–. Tu padre te espera en la biblioteca –añadió, señalándole la dirección de la estancia preferida de su padre mientras los invitados la empujaban en medio de las bandejas de caviar y champán.

Gabrielle reconoció aproximadamente a la mitad de los sirvientes y a dos tercios de los invitados. Casi no distinguía a su padre en medio de la gente que le rodeaba. Estaba bebiendo un vaso de vodka Stolichnaya con hielo y, al ver a Gabby, se le iluminaron los ojos.

–Aquí está mi chiquilla. Pero qué guapa vienes. Tu madre se pondrá celosa.

Everett Thornton-Smith adoraba a su única hija; demasiado, en opinión de su mujer. Ésta era más fría en sus relaciones con Gabrielle, aunque también la quería mucho. Sufrió una gran decepción cuando Gabby se empeñó en seguir aquella ridícula carrera de actriz en Hollywood. No le apetecía oír hablar de la serie. En cambio, Everett le contaba a todo el mundo que Gabby iba a ser una de las «principales protagonistas» de una serie producida por Mel Wechsler. A cada vaso de vodka que se tomaba, su entusiasmo iba en aumento.

–¡Os aseguro que oscurece el brillo de la mismísima Sabina Quarles! –exclamó, rodeando cariñosamente los hombros de su hija con un brazo.

Los fotógrafos captaron la escena y los reporteros tomaron debida nota de sus palabras.

–¿Quién produce la serie, señorita Thornton-Smith… y cómo dice que se va a llamar? –En Hollywood, todo el mundo le conocía, pero en las crónicas de sociedad de Nueva York el nombre de Melvin Wechsler no aparecía con mucha frecuencia–. ¿Dice que será una de las principales protagonistas?

Gabby repitió una y otra vez que el suyo era un papel secundario y se arrepintió de haber acudido a la fiesta. Sabía que ocurriría un desastre. Llevaba dos años en Hollywood sin que nadie supiera quién era y ahora lo había echado todo a perder.

Fue peor de lo que había pensado. Las fotografías no sólo se publicaron en el *Women's Wear Daily* y el *Town and Country* del mes siguiente, sino también en la prensa local de la mañana. Eran unas fotografías de gran tamaño en las que se veía a su padre brindando con ella con champán y al mayordomo de su casa abrazándola afectuosamente. «Everett Thornton-Smith, orgulloso padre de Gabrielle, una de las principales protagonistas de la nueva serie televisiva de Mel.» Las instantáneas eran insólitamente claras e iban acompañadas de la información que ella tanto aborrecía: quiénes eran sus abuelos, Benton Thornton-Smith por parte de padre, fundador de seis bancos, de los más importantes laboratorios farmacéuticos del Este y de varias compañías ferroviarias, y Harrington Hawkes IV, su abuelo materno, a cuyo lado Benton Thornton-Smith era un indigente. Aquella mañana, tras leer el periódico, Gabby se puso furiosa con ellos, y sobre todo con su madre, por haberla convencido de que asistiera a la fiesta. No comprendían su deseo de ser simplemente Gabby Smith ni lo importante que ello era para su profesión. Prescindió del Thornton en Yale, sintiéndose incapaz de soportar el peso de un edificio y una biblioteca bautizados con el apellido de su abuelo.

Cuando, poco antes de las seis, llamaron a su puerta, fue a abrir presa de inquietud. Era Jane. Sonreía como si acabara de recibir un regalo y Gabby se dispuso a afrontar una descarga de artillería. Ya estaba harta de los comentarios que siempre había tenido que soportar. La gente no se la tomaba en serio en cuanto sabía quién era. Parecía increíble que, siendo quien era, quisiera trabajar y, encima, lo hiciera bien.

—Hola —dijo Gabby, preparándose para lo peor. Jane entró en su habitación, vestida con pantalones vaqueros, zapatillas de gimnasia y un cálido chaquetón de lana con capucha. El día era muy frío y tenían que rodar tres escenas en el parque y otras cuatro en el despacho de IBM. Pese a ello, Jane estaba muy animada–. ¿Ocurre algo? –le preguntó.

–Simplemente estoy contenta de ver a mis hijas. Me parece que llevo siglos sin verlas.

La víspera había comprado un árbol de Navidad y lo adornó especialmente para ellas.

–Ya –se limitó a decir Gabby.

Temía que Jane y el resto del mundo hubieran visto el periódico o, peor todavía, que lo hubieran visto sus compañeros de reparto y los miembros del equipo de rodaje.

–¿Te encuentras bien? –preguntó Jane mientras Gabby se ponía un grueso abrigo.

–Sí.

No era propio de ella mostrarse tan taciturna y ambas lo sabían.

–¿Te divertiste anoche?

–No.

La respuesta fue tan lacónica que Jane no se atrevió a insistir. Tomando la bolsa de plástico en la que llevaba el vestido, Gabby bajó con Jane para subir al automóvil que las aguardaba en la calle. Zack y Bill solían utilizar el segundo vehículo, y Sabina, que se alojaba en el Pierre, iba sola.

–Gabby, ¿te pasa algo? –preguntó Jane, preocupada por el silencio de su compañera mientras se dirigían en automóvil al parque.

Gabby repitió que no. Cuando descendieron del vehículo hacía un frío glacial y un viento que les arrancó lágrimas de los ojos. Iba a ser terrible trabajar con aquel tiempo. Las caravanas ya aguardaban en la oscuridad y ni el café, el chocolate y el té calientes conseguían hacer entrar en calor a los técnicos y los actores.

Como de costumbre, sólo Zack y Jane se mostraban

de buen humor. Todos los demás refunfuñaban y se quejaban. Bill esbozó una sonrisa sarcástica mientras se tomaba un café y arrojó la primera piedra.

—Hoy te lo estarás pasando bomba, ¿verdad, Gabrielle?

Ésta le dirigió una mirada de odio y temor.

—¿A qué te refieres? —Pero lo sabía muy bien. Maldita sea. Bill debía de haberlo leído.

—Disfruté mucho con el periódico de esta mañana. No tenía ni idea de que tuviéramos entre nosotros a semejante celebridad.

—¿Y eso? —preguntó Zack, arqueando una ceja.

Gabrielle hubiera querido que se la tragara la tierra. A la hora del almuerzo, todo el mundo se habría enterado de todo y su vida sería un infierno. Era la historia de su vida y ya estaba cansada de ello.

—Lamento que estas estupideces le impresionen tanto, señor Warwick —contestó, regresando a la caravana y cerrando la puerta de golpe.

—¿Qué pasa? ¿Algún chiste privado? —preguntó Zack.

Bill no pudo resistir la tentación de informarle. Los chismorreos acerca de la señorita «Thornton-Smith» eran de lo más sabrosos.

—¿Sabes quién es?

—Yo creía que sí. ¿Es acaso el estrangulador de Boston disfrazado o alguien a quien debiera conocer?

—¿Has oído hablar alguna vez de los Thornton-Smith?

—¿Los del laboratorio farmacéutico?

—Entre otras cosas.

—Creo que tengo acciones en sus empresas.

—Pues en tal caso eres propietario de un trocito de la señorita Gabby.

—¿Pertenece a la familia Thornton-Smith? —preguntó Zack, lanzando un silbido—. ¿Estás seguro?

—Echa un vistazo a la última plana del periódico de esta mañana. Un poco más arriba de las notas necrológicas.

—Por supuesto.

Zack no pudo resistir la tentación de pedirle el periódico a alguien y de pasárselo a Jane cuando ésta salió para intervenir en su primera escena. Jane leyó el reportaje boquiabierta de asombro.

—Una chica tan encantadora, quién lo hubiera dicho...

—Imaginaos —añadió Bill, soltando una risita maliciosa—, detrás de nuestra pequeña y encantadora Gabby Smith se oculta nada menos que una ricachona.

—Yo no la llamaría así —dijo Zack, saliendo en defensa de su compañera.

—¡Desde luego que no! —terció Jane, molesta por la actitud de Bill.

De repente, comprendió el motivo del mal humor de Gabby. Debía de haber leído el periódico. Era admirable que no alardeara de su fortuna, pensó Jane, y así se lo dijo más tarde:

—Me pareces una persona extraordinaria.

—No todos opinarán lo mismo —contestó Gabby, sonriendo tristemente—. Me van a odiar en cuanto se enteren. En Hollywood, siempre tuve mucho cuidado de que no se supiese y ahora, por culpa de esta estúpida fiesta, todo el mundo se va a enterar. Intenté decírselo a mi madre —añadió con lágrimas en los ojos—, pero no entiende nada. Ella cree que es algo de lo que debo sentirme orgullosa. Pero no lo consigo. Siempre ha sido un inconveniente para mí y ahora destrozará mi carrera después de haberme pasado dos años intentando abrirme camino.

—Y lo has conseguido. ¿Por qué preocuparte? —le dijo Jane con tono filosófico mientras le rodeaba los hombros con un brazo.

–¿No oíste lo que dijo Warwick, esta mañana? Me preguntó si me lo estaba pasando fenomenal. Y eso no es más que el principio.

–Se comporta como un chiquillo maleducado, Gabby. Seguramente está celoso y no sabe cómo reaccionar. Tampoco sabrán hacerlo los demás, a menos que tú les enseñes. Dales a entender que lo importante para ti es eso y olvídate de lo demás. De todos modos, me parece bonito que tengas este respaldo. –Jane pensó en lo sujeta que estuvo ella a Jack Adams en el transcurso de veinte años y en el pánico que le tenía. Eso jamás le ocurriría a Gabby–. Tienes que estarle agradecida a tu posición social y no ocultarla. No es un deshonor pertenecer a semejante familia –añadió, echándose a reír–. Todo el mundo se avergüenza de algo. Mucha gente se avergüenza de que su familia no sea lo bastante fina. Tú, en cambio, piensas que la tuya lo es en exceso. Nadie está contento con lo que tiene, ¿verdad?

Gabrielle se echó a reír y Jane le apretó cariñosamente un brazo; pero ello no la salvó de los malévolos comentarios que le llovieron encima a la hora del almuerzo. Cuando, al terminar la pausa del mediodía, todos regresaron al despacho de IBM, no había nadie que no hubiera visto la fotografía de Gabrielle con su padre y no hubiera leído el reportaje. Muchos le gastaron bromas bienintencionadas, aunque la mayoría de los comentarios fueron desagradables. Los de Sabina superaron con creces a todos los demás.

–No me extraña que consiguieras el papel, Gabby –le dijo poco antes de que se iniciara la escena del vestíbulo–. Por cierto, ¿Mel conoce a tu padre?

Gabby tuvo que apartar el rostro para ocultar sus lágrimas. Sentía deseos de matar a Bill Warwick por habérselo contado a Zack. Aunque seguramente los demás se hubieran enterado, de todos modos. Ya se hubiera encargado Sabina de divulgarlo. Incluso se lo comentó aquella tarde a Melvin con una risita perversa y él lo sintió por la chica. Aquella noche la llamó al regresar al hotel. Gabrielle tardó mucho en ponerse al teléfono y cuando lo hizo, tenía la voz apagada.

–¿Sí?

–Hola, Gabby, soy Mel. Siento lo ocurrido. Ha sido una canallada.

–Sí, pero qué remedio –contestó la joven sin apenas poder hablar a causa de las lágrimas. No era la primera vez que le ocurría, pero aun así le dolía mucho. Sabía que, a partir de aquel instante, sería la señorita Ricachona–. Ya estoy acostumbrada.

–Pero duele. Siento lo de Sabina. Lo que pasa es que todos están celosos. Les gustaría pertenecer a una familia como la tuya y contar con semejante respaldo económico. Pero no aciertan siquiera a imaginar lo que es eso, porque ellos sólo tienen su trabajo.

–Lo sé. Pero yo me esfuerzo tanto como ellos –contestó Gabby lloriqueando.

Melvin deseó poder rodearle los hombros con un brazo. Era algo más joven de lo que hubieran sido sus hijas. Y era una buena chica. No le parecía justo que la atormentaran. Al término de la jornada, ciento treinta personas debían de haberlo comentado y probablemente un tercio de ellas, si no la mitad, lo habrían hecho en términos desfavorables. Era una pesadilla. Y todo porque había asistido a una fiesta en casa de sus padres, de la que la prensa se había hecho eco.

–Seguramente tú te esfuerzas más que ellos, Gabby. Y eso les molesta todavía más. No tienes por qué hacerlo, pero lo haces. Piensan que, si tuvieran unos padres como los tuyos, se pasarían el día holgazaneando, comiendo bombones y divirtiéndose por ahí, y a lo mejor te tienen rabia porque tú no lo haces. Quizá les moleste el hecho de que no encajes con la imagen que ellos tienen de una princesa de cuento de hadas. En su lugar, prefieres trabajar en una mina de carbón junto con el resto de los mortales. Y ellos preferirían verte sentada en el trono con un tutú de color rosa. –Muy a su pesar, Gabby no tuvo más remedio que echarse a reír–. En cualquier caso, son como niños. Dentro de dos semanas, se olvidarán de eso y empezarán a comentar el nuevo contrato o la aventura amorosa de alguien y les importará un comino tu apellido. Puedes creerme, su capacidad mnemónica es semejante a la de los insectos. Más o menos como la de los escarabajos. –Gabby volvió a reír y agradeció aquellas palabras de aliento. Jane se había ido al aeropuerto a recibir a sus hijas y no tenía a nadie que la animara. El muy hijo de puta de Bill. Sentía deseos de matarle–. Por cierto, ¿me permites invitarte a cenar? Podríamos ir a comer un plato de pasta en Gino's.

–Sería estupendo. Pero pensaba acostarme temprano. Ha sido un día muy duro.

–¿Has comido? –le preguntó Melvin.

–No, pero no tengo apetito.

–Tonterías. Tienes que comer, de lo contrario te pondrás enferma. Te recogeré dentro de media hora.

–No, Mel, de veras…

–Te habla tu productor. Baja al vestíbulo. Estaré allí a las ocho y cuarto.

Mel colgó el teléfono y se volvió justo en el momento en que entraba Sabina, luciendo una bata de terciopelo verde del mismo color de sus ojos y unas chinelas de tacón alto bordeadas de plumas.

–¿Quién era? –preguntó, echando un vistazo al reloj de diamantes que Mel le había regalado.

Aún no sabía dónde iban a cenar.

–Era Gabby –contestó Mel, admirando la exquisita belleza de Sabina, tan hermosa de día como de noche, e incluso a las cuatro de la madrugada–. Pobre chiquilla. Le han hecho pasar un mal rato.

No acusó directamente a Sabina, pero ambos sabían que ésta se había ensañado con ella más que nadie.

—Se lo merece —contestó Sabina encogiéndose de hombros.

—¿Cómo puedes decir semejante cosa? Es una muchacha encantadora y una excelente actriz que nunca se mete con nadie.

—Le quita el trabajo a otras personas que lo necesitan.

—Puede que ella también lo necesite —dijo Mel, sorprendiéndose de la dureza de Sabina—. Para su espíritu. Para su amor propio. No es sólo una cuestión de dinero. Tú lo sabes. Le gusta lo que hace y lo hace muy bien.

—Pues que vaya a hacerlo a otro sitio. Aquí está de más.

—Lo dices en serio, ¿verdad? —Mel estaba asombrado y se preguntaba cuántos actores pensarían lo mismo. Probablemente, demasiados.

—Lo digo en serio —contestó Sabina sin ambages—. Muchos de nosotros nos hemos esforzado durante mucho tiempo para llegar a donde estamos, nos hemos muerto de hambre, hemos sobrevivido y hemos hecho de todo. Y nos tenemos bien ganado el triunfo. Gabby lleva dos años jugando a ser actriz y, dentro de otros dos, se casará con algún ricachón apellidado Courtney o Funston, se irá a vivir a Park Avenue o a Palm Beach y tendrá hijos. Entretanto, se habrá quedado con una parte de lo que nos corresponde y no veo por qué tiene que hacerlo.

Sabina se dirigió al bar y se preparó un martini, mirando a Melvin de soslayo.

—La tuya no es una actitud muy generosa —le dijo Mel, decepcionado.

—Es que no siempre soy generosa —contestó Sabina con sinceridad—. Y no me gustan las impostoras.

–Yo no la llamaría así –dijo él, levantándose–. Es una magnífica actriz.

–¿Adónde vas?

Sabina se preguntó si lo habría ofendido. En tal caso, peor para él. Ella era así y nunca pedía disculpas.

–Voy a llevarme a cenar a esta deslumbradora muchachita porque, cuando la llamé, estaba llorando en su habitación.

–Envíale una caja de pañuelos de papel. Ya se le pasará.

–No seas tan despiadada. Gabby no constituye ninguna amenaza para ti. Es una principiante y tú, una estrella de primera magnitud.

Mel sabía cómo tratar a ambas actrices y Sabina le miró sonriendo.

–Gracias. ¿Y yo qué voy a a hacer mientras tú juegas a voluntario de la Cruz Roja con la señorita llorona?

–Lo que tú quieras, mi amor –contestó él, dándole un beso en la mejilla y perdiéndose en aquellos ojos verdes que tanto le fascinaban–. Dijiste que no querías salir porque estabas cansada. Por eso la invité a cenar.

Sabina se encogió de hombros. Mel tenía razón. Pero a ella no le hacía mucha gracia que cenara con Gabby. Al fin y al cabo, la chica no estaba nada mal. Y, por si fuera poco, era dueña de una cuantiosa fortuna. Aunque Mel también era muy rico, el dinero lo había ganado con su esfuerzo personal y, por consiguiente, ambas situaciones eran distintas.

–A ver cómo te portas –le dijo Sabina burlona. Sin embargo, no estaba preocupada. Sus relaciones con Mel eran extraordinarias.

–Por cierto –dijo Melvin, volviéndose a mirarla mientras tomaba el abrigo–, olvidé decirte que he alquilado un barco para pasar nuestras vacaciones navideñas en las Bahamas. –Se sorprendió al ver la expresión de los ojos de Sabina. No parecía contenta y él no comprendía la razón–. ¿Ocurre algo?

Ella vaciló y posó el martini sobre la mesa.

–Tengo que volver a California –dijo.

–¿Los cuatro días?

–Ya lo tengo todo organizado.

–Comprendo. –Al llegar a la puerta, Mel se volvió a mirarla–. Yo creía que estas últimas semanas lo habían borrado todo, Sabina. Pero veo que me he equivocado.

–Lo siento, Mel –dijo mirándole con tristeza y sin darle ninguna explicación.

–Yo también.

Mel estaba muy abatido cuando subió a la parte alta de la ciudad para recoger a Gabby.

18

A la mañana siguiente, las hijas de Jane bajaron con su madre y con Gabrielle al centro de la ciudad, y se quejaron de lo temprano de la hora. Para ellas lo era todavía más porque aún no se habían adaptado al horario de Nueva York. Gabby se sorprendió de lo desabridas que eran las hijas con su madre. La trataban casi con grosería y hablaban constantemente de su padre como si éste fuera un dios.

Se mostraban exigentes y desconsideradas y se veía bien a las claras que su padre las había programado de antemano. Gabrielle jamás había visto a unas niñas más antipáticas aunque, en realidad, apenas tenía contacto con los adolescentes en su vida cotidiana.

Alexandra y Alyssa cambiaron por fin de actitud cuando Zack Taylor les firmó un autógrafo. Después, se pasaron toda la mañana mirando embobadas a Bill y susurrando. Sin embargo, Gabrielle seguía pensando que eran una niñas malcriadas, aunque no quiso decírselo a Jane por temor a herir sus sentimientos.

Bill volvió a disgustarla con otro de sus comentarios sarcásticos durante el almuerzo. Le preguntó si iría a almorzar a algún lujoso restaurante como, por ejemplo, La Grenouille, el Côte Basque o tal vez el Colony Club o el Quo Vadis. Gabrielle perdió finalmente los estribos y le asió por el brazo y le miró con los ojos encendidos de rabia.

–Me sorprende que te hayas olvidado de tus penas el tiempo suficiente como para fijarte en lo que hacen los demás. Cuando necesite consejo sobre mi forma de actuar o sobre mi vida social, ya te lo pediré. De momento, apártate de mi vista y déjame en paz si no quieres lamentarlo.

Bill esbozó una sonrisa de desconcierto mientras Zack y Mel contemplaban la escena asombrados. Mel se alegró de que sus palabras de aliento de la víspera hubieran surtido efecto. Después, Gabrielle se fue con paso decidido a su caravana y Mel comprendió que se sentía más segura de sí misma. Estuvo con ella hasta casi la medianoche y, tras cenar en el restaurante italiano, la llevó a ver a Bobby Short. Cuando regresó al hotel, Sabina estaba profundamente dormida. A la mañana siguiente, no le hizo ningún comentario sobre sus planes navideños y decidió no anular el alquiler del barco. Si Sabina quería verse con alguien, allá ella. No se habían hecho ninguna promesa el uno al otro, aunque él hubiera deseado una mayor fidelidad por su parte. Era como si Sabina pretendiera demostrar que era libre. Mel quería que le acompañara, pero no pensaba pedírselo y ella no parecía dispuesta a cambiar sus planes.

El rodaje transcurrió sin incidentes y, dos días más tarde, se inició la desbandada de Navidad. Mel se fue a Nassau para hacerse cargo del barco alquilado, y Zack y Sabina se trasladaron en sendos vehículos al aeropuerto. Volvieron a reunirse junto a la puerta de salida del vuelo de Los Ángeles e intercambiaron unas palabras, pero después se acomodaron en dos asientos separados de primera clase. Ambos tenían muchas cosas en que pensar. Al llegar a Los Ángeles, Sabina observó con curiosidad que a Zack le aguardaba un hombre de aproximadamente su misma edad. Zack Taylor le inspiraba mucho recelo.

Por su parte, Sabina pasó la noche en su casa y, a la mañana siguiente, tomó un vuelo con destino a San Francisco.

Los componentes del equipo de rodaje se quedaron a pasar las Navidades en Nueva York. Hubiera sido demasiado costoso y complicado enviarlos a todos a casa. Antes de marcharse, Mel les organizó una fiesta en el Maxwell Plum, donde Gabby se tropezó con Bill a pesar de sus esfuerzos por evitarlo.

—Otra vez pasándolo en grande, ¿eh?

Estaba ligeramente bebido y tenía la cara muy pálida; Gabrielle ignoraba el motivo de la inquietud de Bill, pero ya estaba hasta la coronilla de sus sarcasmos.

—¿Por qué no te largas con viento fresco? —le dijo entre dientes antes de perderse entre los invitados.

Bill se había pasado toda la tarde tratando infructuosamente de localizar a Sandy a través del teléfono. Nadie sabía dónde estaba.

—Feliz Navidad, princesa.

Gabby temía trabajar con él. En caso de que la serie tuviera una buena acogida, tendría que soportarle otra temporada. Sin embargo, la velada que pasó con Mel le hizo mucho bien. No quería soportar más impertinencias de Bill, pensó mientras se dirigía al bar para reunirse con Jane y sus hijas. Alexandra estaba muy impresionada por el ambiente, aunque no quisiera reconocerlo, y Alyssa se había ablandado un poco. Gabby no sabía cómo Jane podía soportarlas. Hablaban constantemente de su padre como si fuera la misma perfección. Dijeron que se había ido a esquiar con su hermano a Sun Valley y Alex tuvo la desfachatez de lamentar en voz alta no haberse ido con ellos.

–¿De veras? –le preguntó Gabby–. Me sorprende que lo digas. Sun Valley es un sitio muy aburrido. Y muy cursi, además.

Que se fueran las dos al diablo, pensó Gabby, esbozando una sonrisa de complacencia. Jane era demasiado buena con ellas.

–¿Vienes a menudo a Nueva York? –preguntó con ánimo de herir a la chica. Alex reconoció, turbada, que era la primera vez–. Pues me parece que tu mamá va a venir mucho porque es una gran estrella. Probablemente rodaremos exteriores en Europa el año que viene.

Aunque se había hablado de aquella posibilidad, nada estaba decidido todavía.

–¿De veras? –terció Alyssa–. Mamá, ¿podríamos ir contigo?

Jane la miró sonriendo. Estaba claro que adoraba a sus hijas.

–Ya veremos, cariño. Todo dependerá de si vas a la escuela o no.

De repente, a Gabby se le ocurrió una idea.

–¿Os gustaría celebrar la Nochebuena en mi casa? –preguntó, mirando a Jane.

Aquella tarde, había cedido a los ruegos de su madre. Era absurdo luchar con ellos y, además, no tenía otra cosa que hacer y su padre se alegraría mucho. Llevaba tres años sin pasar las Navidades en casa. Sólo habría unos cuantos amigos y Gabby sabía que esta vez «unos cuantos» no serían más de diez. Habría sitio de sobra para otras tres personas. Si la querían a ella, tendrían que aceptar asimismo a sus amigos. Gustosamente hubiera invitado también a Bill, si éste no hubiera sido tan estúpido.

–¿Estás segura de que a tus padres no les molestará? –preguntó Jane.

–En absoluto. Además, vuestra presencia será un alivio para mí. No me gusta ir a casa. Estoy siempre en tensión –añadió, bajando la voz.

Jane la envidió. Sus padres habían muerto hacía años y aquellas Navidades no tendría ni a Jack ni a su hijo. Menos mal que las niñas estaban con ella.

–Nos gustaría mucho venir, pero, ¿estás segura de que a tus padres no les importará?

–Estarán encantados.

No era enteramente cierto, pero Gabby se sentiría más tranquila en compañía de Jane y las niñas. Caía una ligera nevada cuando se trasladaron en automóvil al apartamento de la Quinta Avenida. Jane empezó a cantar por el camino el villancico *Navidades blancas* y Gabby y las niñas se contagiaron de su espíritu y se unieron en seguida a sus cantos.

Una de las camareras se encontraba de pie junto a la puerta, tomando los abrigos de los invitados. Gabby se estremeció un poco por dentro al ver la mirada de asombro de Jane ante la lujosa decoración del apartamento. Una cosa era leer reportajes sobre los Thornton-Smith y otra muy distinta visitar su residencia. Había un árbol de Navidad profusamente adornado en colores plata y verde, con angelotes alemanes antiguos y pequeños racimos de fruta. El espacioso salón amueblado con piezas de estilo Luis XV era de una magnificencia indescriptible. Allí las recibió la señora de la casa, que besó a Gabrielle y estrechó la mano de Jane, a quien presentó como «una de las actrices de la serie de Gabby». Ésta se ruborizó, pero después se alegró ante la acogida que les dispensó su padre y los obsequios que les hicieron a todas. La mesa estaba puesta para catorce comensales y se hallaban presentes los amigos más íntimos de la familia, es decir, los Armstrong, los Marshall, la anciana señora Hampton, los Proctor y William Squire Hunt. Todos ellos eran famosos y a Jane le parecía un sueño estar a su lado. Charlotte lucía un vestido de noche de raso rojo con bordados de lentejuelas y Gabby se había puesto el vestido verde oscuro que su madre le había comprado en Bendel's. Por su parte, Jane estaba preciosa con un modelo de gasa gris perla de Brac. Las niñas llevaban unos candorosos e inocentes vestidos. Fue una noche de fábula, en cuyo transcurso los invitados cantaron villancicos sentados alrededor de la chimenea. El padre de Gabby leyó un fragmento de Cuento de Navidad, como todos los años, y los invitados tomaron coñac, ron y ponche de huevo. Fue una velada muy hermosa y, al final, Jane se marchó casi a regañadientes. Se hizo muy amiga de Charlotte, con quien habló largo y tendido sobre el ambiente de Hollywood.

—Tendrá que venir a vernos un día al plató –le dijo Jane.

—Me encantará –contestó Charlotte, prometiendo hacerlo a la semana siguiente.

Ambas mujeres se besaron afectuosamente y Gabrielle se despidió de sus padres con un beso. Al subir al automóvil que las aguardaba en la calle, Gabrielle bostezó y se reclinó contra el respaldo del asiento, al lado de Jane.

—Por una vez, no ha estado del todo mal –dijo, esbozando una pícara sonrisa.

—Debería darte vergüenza. Son maravillosos y tú eres una chica muy afortunada.

Gabby miró sonriendo a las niñas. Ellas la admiraban mucho, lo mismo que a Jane. Su madre no debía de ser una mujer tan despreciable si conocía a personas como aquéllas.

—Ya verás cuando se lo cuente a papá… –dijo Alyssa.

Jane rió, pensando que eran unas niñas muy curiosas. Cuando aquella noche besó a sus hijas y se acostó, se acordó de Zack y se preguntó dónde y con quién pasaría las fiestas de Navidad. No le había llamado desde su partida y ella no podía apartarlo de su mente. Se durmió, pensando en la fiesta en casa de Gabby.

19

A la vuelta de las vacaciones, las relaciones entre Mel y Sabina se enfriaron un poco. Los primeros días, él durmió en su propia suite por primera vez desde que salieron de California. Sin embargo, Sabina no dijo nada y no dio ninguna explicación sobre el porqué de su viaje a casa. Al fin, Mel intentó hacer las paces, y la acompañó una noche al hotel al finalizar el rodaje.

—Siento haber estado un poco brusco contigo —dijo mirándola con dulzura.

—No había para menos —contestó ella amablemente—. Pero no podía cambiar mis planes, Mel, por mucho que lo deseara.

Él no le preguntó por qué ni quién significaba tanto en su vida. No acertaba a imaginar que pudiera haber alguien. Sabina era una persona egoísta y malcriada que sólo pensaba en sí misma, aunque con él era muy cariñosa. Ambos se llevaban muy bien y tal vez el hecho de pretender algo más de ella fuera pedirle demasiado. Había que aceptarla tal como era. ¿Qué derecho tenía él a esperar algo más?

—¿Mantienes relaciones serias con alguien?

Era lo único que le interesaba saber. No quería hacer el ridículo por su culpa. Ya era demasiado mayor para eso.

–No en el sentido que tú crees. Es una obligación que tengo cada año. –Estaba claro que no quería darle más explicaciones–. Una cuestión familiar.

Mel no sabía si creerla, pero sin duda era una mentira cómoda.

–No sabía que tuvieras familia.

Sabina no contestó y aquella noche Mel se la llevó a cenar y después fue a su habitación.

Mientras tomaban champán tras hacer el amor, Sabina le dijo, mirándole dulcemente con sus ojos verde esmeralda:

–Temía que no quisieras volver a hablar conmigo.

Mel se enterneció al oír esas palabras y se sorprendió de lo mucho que la quería.

–¿Me crees tan insensato como para eso?

–No, pero a veces soy muy independiente –contestó ella dirigiéndole una mirada felina.

–Eso, desde luego. ¿Has querido ser de otro modo alguna vez? Por ejemplo, ¿estar atada a alguien?

Sabina sacudió la cabeza y le ofreció un sorbo de su copa de champán mientras ambos yacían desnudos en la cama.

–No –contestó con sinceridad–. O puede que una vez… cuando era muy joven, pero la cosa no duró mucho tiempo. Desde entonces, creo que nunca. No creo que pudiera soportar estar atada a alguien. –Lo estaba en otro sentido, pero no a un hombre–. Hace años estuve locamente enamorada de un hombre, pero nunca pensamos casarnos. En realidad, él ya estaba casado. Lo cual me parecía muy bien.

Mel se sorprendió al oír esas palabras. Aún recordaba lo feliz que había sido con Liz.

–A mí me gustaba mucho la vida de casado –dijo, mirando con tristeza a su amante.

–Lo sé. Debió de ser horrible para ti –repuso Sabina–. Me refiero a cuando…

No terminó la frase para no causarle dolor a Mel.

—Lo fue. Pensé que no podría resistirlo. Pero lo superé y nunca quise volverlo a repetir. Querer tanto y luego perderlo todo… —Los recuerdos de su dicha pasada le producían una angustia insoportable—. Ahora estoy tranquilo. Me he acostumbrado a vivir solo.

Y se sentía muy a gusto al lado de Sabina. Quería darle toda la libertad que quisiera y ella se lo agradecía. Como también le agradecía que no le hiciera preguntas sobre sus planes navideños. Sabía muy bien que otro hombre no hubiera tolerado aquella situación.

—¿Te volverías a casar? —le preguntó, picada por la curiosidad.

—No estoy seguro. Nunca he pensado en ello. Y no quisiera tener más hijos. Ya soy demasiado mayor para volver a empezar.

—Tonterías.

—No me refiero a la cuestión física —dijo él sonriendo—. Hablo de otra cosa. No quisiera volver a hacerlo porque amar y educar a los hijos requiere mucho tiempo y energía y ahora todo eso lo aplico a mi trabajo. —Se volvió de lado y le besó en un brazo. Era un hombre fuerte, juvenil y lleno de vitalidad—. Pero espero que me sobre un poco de energía para ti. Y mucho amor. Porque te quiero demasiado, ¿sabes? —añadió en voz baja.

—Gracias, Mel —contestó Sabina, dándole un beso. Al cabo de un rato, susurró las palabras que tanto la asustaban y que evitaba decir siempre que podía. Sin embargo, esta vez no pudo contenerse—. Yo también te quiero a ti…

Entonces Mel la besó con lágrimas en los ojos, la estrechó entre sus brazos y volvió a hacerle el amor.

20

Al llegar la Nochevieja, Mel organizó una impresionante fiesta para los actores y los componentes del equipo de rodaje en la discoteca Le Club. Se lo pasaron de
maravilla bebiendo champán, bailando toda la noche y
entonando la popular melodía *Auld Lang Syne* al dar las
doce campanadas. Mel abrazó y besó a Sabina en medio
de los vítores de los presentes y después Sabina abrazó
a Zack, que estaba bailando con Jane.

–Feliz Año Nuevo, amigo mío… Te deseo un año
maravilloso. Para ti y para todos.

Zack miró a Jane con una expresión entre dulce y
amarga que ella no supo interpretar, mientras Sabina se
lo llevaba. Jane besó a uno de los cámaras y después a
Gabrielle. En aquel instante, se acercó el director y les
felicitó el año con un beso. Casi nadie tenía pareja oficial, excepto Bill. Formaban una familia muy bien avenida, tal como quería Mel. Gabby se alegraba de no
tener que tratar con Bill. Jane acudió a la fiesta acompañada de sus hijas. Las niñas habían pasado unas vacaciones inolvidables y tenían que emprender viaje de
regreso a Los Ángeles al día siguiente. Los actores y los
miembros del equipo de rodaje de la serie aún tardarían
dos semanas en regresar a la costa Oeste.

Zack volvió a bailar con Jane, y la estrechó con

fuerza entre sus brazos. Apenas se habían visto desde que él había regresado de la costa porque Jane estaba muy ocupada con sus hijas y se habían introducido muchos cambios de última hora en los guiones. La fiesta terminó a las cuatro de la madrugada y todos regresaron a sus hoteles en unos autobuses de dos pisos alquilados por Mel. Zack se sentó al lado de Jane, y Mel y Sabina se acomodaron en el asiento posterior. Los componentes del reparto les veían juntos muy a menudo, pero nadie decía nada. Parecían hechos el uno para el otro. Cuando Zack dejó a Jane y a las niñas junto a la puerta de su habitación, Alyssa miró a su madre con una extraña expresión en los ojos.

—¿Estás enamorada de él, mamá?

—¿De quién? —preguntó Jane, ruborizándose—. ¿De Zack? Pues claro que no. Sólo somos amigos.

Sin embargo, Alexandra tenía sus dudas. Vio la mirada de Zack y estaba un poco mosqueada, aunque el actor le inspiraba mucha simpatía. No obstante, tanto ella como su hermana opinaban que el más guapo de los dos era Bill.

Éste se encontraba borracho como una cuba en su habitación, tras haberse bebido toda una botella de whisky. La soledad y su preocupación por Sandy fueron superiores a sus fuerzas. Las niñas sufrieron una decepción porque habían deseado mucho verle. Alex se lo imaginaba esperándola a medianoche para darle un beso. Mel tenía razón, todas las adolescentes del mundo estarían pronto a sus pies.

Al día siguiente, Jane las acompañó al aeropuerto y se sintió sola cuando se fueron. Las volvería a ver al cabo de dos semanas, pero entonces Jack ya las habría predispuesto de nuevo en contra suya.

Sin embargo, confiaba en el beneficioso efecto del viaje. Se emocionaron mucho al conocer a Zack y a Bill y a la familia de Gabby, y tanto el rodaje propiamente dicho como las fiestas de Navidad y de Nochevieja constituyeron para ellas una agradable sorpresa. A pesar de todo, Jane echaba de menos la sólida vida de antaño, incluso con sus mentiras. Parecía todo tan normal y seguro. No lo era, claro, pero durante muchos años vivió engañada. Estaba recordando el pasado cuando Zack la llamó.

—¿Te apetece salir a dar un paseo?

En aquel instante nevaba un poco y la idea le encantó. Se puso un grueso abrigo, bajaron a Madison Avenue y se detuvieron a contemplar los escaparates de las tiendas mientras hablaban de las niñas.

—Creo que el viaje les ha sentado bien.

—Son unas niñas encantadoras.

—Gracias. Tú no tienes hijos, ¿verdad, Zack?

—No —contestó él, sacudiendo la cabeza—. Siempre lo he lamentado un poco. Supongo que no debí encontrar a la mujer adecuada.

—Aún no es tarde —le dijo Jane sonriendo.

—Quizá no —respondió Zack con expresión pensativa.

Pasearon un rato en silencio, sumidos en sus propios pensamientos. El comienzo de un nuevo año era un momento de reflexión en el que uno comparaba el pasado con el futuro que tenía por delante. El año recién estrenado les tenía reservadas a ambos varias cosas interesantes. La serie prometía ser muy buena y comentaron diversos pormenores de la misma tal como tenían por costumbre hacer.

—¿Quieres tomar unas copas en el Plaza? —le propuso Zack mientras bajaban por la calle Cincuenta y nueve en dirección a la Quinta Avenida.

—Claro.

Tomaron unos ponches y, al salir a la calle, alquilaron un coche de caballos para dar una vuelta por el parque. Jane se apretujó contra él y se sorprendió de lo bien que se lo estaba pasando. De repente, Zack se volvió a mirarla y ella creyó ver en sus ojos unas lágrimas, causadas tal vez por el frío, pensó, pero no estaba muy segura de ello.

–Ojalá te hubiera conocido hace veinte o veinticinco años –dijo Zack, apretando con fuerza su mano enguantada.

El coche de alquiler les dejó en la misma puerta del Carlyle. Aquella noche, ambos cenaron en la habitación de Jane y ensayaron las escenas del día siguiente. Sin embargo, Jane pensaba en las palabras que él le había dicho poco antes.

–¿En qué pensabas en aquel momento, Jane? –le preguntó Zack, sentado a su lado en el sofá, como un viejo amigo.

Era como si Jane le conociera de toda la vida y le gustaban muchas cosas de él, su elegancia, su encanto, su consideración, su inteligencia, su amabilidad…

–Pensaba en lo amable y buen actor que eres y en la simpatía que te tengo.

–Yo también te la tengo a ti –dijo Zack mirándola a los ojos–. Te has convertido en alguien muy especial para mí.

A Jane le pareció que deseaba decirle algo más, pero él no lo hizo. En su lugar, empezó a hablar de sus compañeros. De Gabby, de Sabina y Mel y de Bill, que seguía tan intratable como siempre.

–Ojalá dejara en paz a Gabby. Se porta muy mal con ella.

–A veces, tengo la impresión de que está medio enamorado de ella –dijo Zack.

–¿De Gabby? –preguntó Jane, asombrada–. Pero si es muy duro con ella.

–Exactamente igual que un chiquillo. ¿Has visto alguna vez a un niño de nueve años enamorado de una niña? Va y le pega un puñetazo en el estómago. Después se larga convencido de haberle dicho algo muy importante, lo cual no deja en cierto modo de ser verdad.

—Eso se parece mucho a Bill, desde luego —dijo ella, riéndose ante el símil—. ¿Crees que madurará alguna vez?

—Es posible.

—Gabby es una chica estupenda.

—Tú también —dijo él, levantándose del sofá y abrazándola con cariño antes de regresar a su habitación.

Jane se preguntó si alguna vez podría haber algo entre ellos. Alyssa tenía razón. Aquel hombre le gustaba mucho no sólo por su aspecto, sino también por sus cualidades. Lo mejor de Zack era lo que llevaba dentro. Jane se percató súbitamente de que se estaba enamorando de él.

21

Las dos últimas semanas de rodaje pasaron volando. Las escenas les salían a cada cual mejor y las palabras «corten e impriman» estaban a la orden del día. En vísperas de la partida, Mel invitó a Sabina, Zack y Jane y Gabby y Bill a celebrarlo por la noche en el restaurante 21. Cuando regresaran a Los Ángeles dispondrían de una semana libre antes de reanudar el rodaje en los estudios. Jane dijo que la aprovecharía para buscarse una casa. Ya no podía seguir viviendo en la que antes había compartido con su marido y pensaba echar un vistazo por Beverly Hills. Bill comentó que seguramente se iría a esquiar con unos amigos, Gabby se dedicaría a descansar y tomar el sol y Sabina se iría unos días a San Francisco. Se lo pasaron muy bien y, al día siguiente, en el avión que les llevaba a Los Ángeles, Zack se sentó al lado de Jane, Sabina y Mel se sentaron juntos y Gabby y Bill eligieron a propósito asientos en extremos contrarios del aparato. No se dirigían la palabra más que en las escenas, y se evitaban tozudamente.

En Los Ángeles hubo muchas cosas que hacer. Mel tenía programadas varias reuniones, Sabina desapareció discretamente y Bill se fue a esquiar, prometiendo resguardarse del sol para no estropear la continuidad de la serie cuando volviera al trabajo. Jane encontró una casa preciosa en Bel Air. Era pequeña, pero tenía espacio suficiente para ella y las niñas. Tenía una piscina de reducidas dimensiones y una alta verja que la protegía de las miradas de los curiosos. No le dolió lo más mínimo dejar su antigua casa; esta vez no vio a Jack, y Gabby le hizo compañía durante la mudanza. Las niñas dijeron que su padre tenía una amiga que trabajaba en su despacho, una chica de busto exuberante y casi sin cerebro por la que no sentían una especial simpatía. Jane pensó que sería muy adecuada para él y, por un instante, incluso se compadeció de la chica.

Se mudó a la nueva casa en cuanto se firmaron las escrituras. Para entonces, ya se había reanudado el rodaje de la serie. Todo el mundo parecía feliz, incluso Bill, el cual buscó a Sandy por todas partes cuando volvió, pero nadie sabía dónde estaba. Quería dejarla en puerto seguro y después divorciarse discretamente de ella. Confiaba en poder hacerlo sin que nadie se enterara, pero no había forma de encontrarla, pese a los muchos recados que él le había dejado en distintos lugares. Lo primero que hizo al regresar fue acudir al bar Mike's. Le hizo gracia ver las mismas caras de siempre, en particular ahora que las cosas le iban bien.

Reanudaron el trabajo el 4 de febrero, y el 1 de marzo Jane recibió los papeles del divorcio. Se encontraba en el plató, repasando tranquilamente unas frases que se habían modificado, cuando alguien le dejó en el regazo un sobre que había llegado aquella misma tarde. Lo abrió. Todo había terminado. Estaba divorciada. Veinte años de matrimonio se habían ido por la borda. Rompió en sollozos sin poderlo evitar y todo el mundo se retiró en silencio, menos Zack, que se acercó para ver qué ocurría. Jane se sonó la nariz y le mostró los papeles.

—Ya lo sé… Llorar es una estupidez… Con lo mal que se portaba conmigo, pero, no sé, es como confesar que has desperdiciado media vida.

–Ven conmigo –dijo Zack tendiéndole una mano–. ¿Tienes que intervenir hoy en alguna otra escena? –Jane sacudió la cabeza y volvió a sonarse la nariz–. Vamos a comer algo. Conozco un bar donde sirven unas hamburguesas fantásticas.

Tras dudar un instante, Jane se levantó.

–Me quito el maquillaje y salgo enseguida.

Zack la esperaba vestido con unos pulcros pantalones vaqueros, una blanca camisa almidonada y sandalias sin calcetines cuando ella salió con un mono para hacer *jogging* color rosa y el cabello recogido hacia atrás con una cinta elástica. Jane dejó los papeles en el camerino. Eran horribles y le recordaban a Jack. Se alegraba de encontrarse en compañía de Zachary. Por nada del mundo hubiera querido estar sola en aquellos momentos. Se echó a reír cuando vio el Mike's. Era espantoso y oscuro y apestaba a cerveza, pero los parroquianos eran en su mayoría jóvenes de saludable aspecto y pulcros atuendos, probablemente casi todos actores. Y Zack tenía razón: las hamburguesas estaban riquísimas.

Acababan de comer y Zack estaba tomando una cerveza cuando, de repente, vieron a Bill Warwick sentado en un rincón en compañía de una chica. Aquel día Bill no intervino en ninguna escena y no apareció siquiera por el plató. Sus ojos reflejaban una tristeza infinita. La chica tenía pinta de enferma, estaba delgada como un palillo y tenía el negro cabello deslustrado. Iba vestida de andrajos y Bill sacudía la cabeza casi al borde de las lágrimas; al fin, le entregó un poco de dinero a la chica. Jane apartó la mirada como si hubiera visto algo que no debiera. Bill estaba tan trastornado que salió del local en cuanto la chica se fue sin percatarse de la presencia de Zack y Jane.

–Santo cielo, ¿quién supones que debía ser? –preguntó Jane.

Estaba claro que Bill tenía un interés especial por ella.

–No tengo ni idea, pero ahora no me extraña que siempre esté deprimido.

Permanecieron sentados un buen rato en silencio y después se fueron a la nueva casa de Jane, situada en Bel Air. Ésta no se quitaba de la cabeza a Bill y a la misteriosa chica que tenía un ligero parecido con Gabrielle. Pero Gabby estaba sana y rebosante de vida. En cambio, aquella chica tenía cara de moribunda.

–Parece una drogadicta –comentó Zack.

Jane opinaba lo mismo.

–¿Te apetece nadar un poco en la piscina?

–No he traído traje de baño y estaría un poco ridículo con uno de los tuyos.

–No miraré si te bañas desnudo.

Se sentía completamente cómoda con él.

–Yo no podría prometerte lo mismo. –Sin embargo, siempre fue un perfecto caballero con ella. Últimamente, Jane incluso lo lamentaba un poco–. De todos modos, lo intentaré.

Jane llenó sendos vasos de vino y le entregó a Zack un albornoz blanco. Después fueron a cambiarse. Jane se sentía alborozada y deprimida a un tiempo. Deprimida, por lo que había descubierto acerca de la vida personal de Bill. Confiaba en que no hubiera nada serio entre él y la chica. Asimismo, estaba muy deprimida por su divorcio, pero se sentía alborozada por la presencia de Zack. A su lado, siempre estaba contenta.

Salieron a la piscina a los pocos minutos, enfundados en unos albornoces idénticos. Jane se volvió discretamente de espaldas mientras él se zambullía en el agua y se alejaba a nado. Luego bajó por la escalerilla con el cuerpo más resplandeciente que nunca a la luz del ocaso, y, al cabo de unos instantes, se puso a nadar al lado de Zack. Pronto empezaron a jugar como dos chiquillos, olvidando su desnudez, hasta que salieron de la piscina. Mientras se ponía el albornoz con toda naturalidad, Jane vio que Zack la estaba mirando muy serio.

—Eres preciosa, Jane.

—Gracias —contestó, volviéndose de espaldas mientras él salía de la piscina y se ponía el otro albornoz.

Entraron en la casa y apuraron una copa de vino, sentados en el salón a medio amueblar, desde el que se admiraba un soberbio panorama. Fue una noche mágica en el transcurso de la cual Jane bebió un poco más de la cuenta. Se sentía muy a gusto con aquel hombre y no le sorprendió que Zack se inclinara para besarle suavemente los labios. Sin embargo, la cosa no pasó de aquí. Cuando él volvió a besarla, Jane se estremeció de emoción y se acurrucó junto a su cuerpo, acariciándole suavemente el tórax sin saber qué decirle. Se sentía totalmente libre porque las niñas estaban pasando una semana en casa de Jack. Llevaba siete meses sin acostarse con nadie y, de repente, se encendió de deseo por Zack.

—Qué guapa eres —musitó él, abriéndole el albornoz para contemplarla mejor.

—Te quiero mucho —dijo Jane, cerrando los ojos. Las palabras le salieron sin el menor esfuerzo. De repente, Zack apartó el rostro, posó el vaso sobre la mesita y se levantó para acercarse a la ventana; permaneció largo rato allí, en silencio. Jane comprendió que algo raro pasaba—. ¿Qué ocurre, Zack? —Tal vez había dicho o hecho algo que no era de su agrado; tal vez había sido demasiado atrevida—. Yo no quería…

Él se volvió a mirarla con ojos extraordinariamente tristes.

—No es por nada que hayas hecho. Ni se te ocurra pensarlo, al contrario. Has estado a punto de cambiar mi vida. A punto…, pero no del todo.

—¿Y por qué quieres cambiar? —le preguntó perpleja.

Zack comprendió entonces que tendría que ser sincero con ella.

—Porque llevo más de veinte años sin acostarme con una mujer… Veinticinco para ser más exacto. Y eso es mucho tiempo, Jane…

—Sí, lo es —dijo ella, mirándole con dulzura.

Zack volvió a sentarse al lado de ella y exhaló un suspiro mientras todo su cuerpo parecía hundirse bajo el peso de una carga insoportable.

—Cuando era muy joven fui a un internado. A los catorce años concretamente. Una de las mejores escuelas. Entonces era casi una costumbre… Muchos chicos jugaban los unos con los otros porque «todo el mundo lo hacía». Yo jamás lo hacía porque no me interesaba. Hasta que llegó el nuevo profesor de literatura. Era rubio, alto y guapo, más o menos como Bill y aproximadamente de su misma edad. Y quería que yo fuera su «amigo especial». Me llevaba a pasear con él, me prestaba libros e íbamos juntos de campamento. Yo le admiraba, tal vez demasiado. Durante nuestra segunda acampada, se metió en mi saco de dormir y me dijo que me quería y que yo significaba mucho para él. Después me hizo el amor. Yo tenía entonces catorce años y no sabía qué hacer ni a quién contárselo. Nadie me hubiera creído, de todos modos. Todo el mundo le tenía mucho aprecio y, además, era medio pariente del director. No dije nada hasta que él se fue dos años más tarde y entonces me juré no volver a hacerlo nunca más. Sabía que aquello estaba mal, por mucho que admirara a mi profesor.

Jane le miró con asombro, pero sin condenarle, compadeciéndose del chico que había sido hacía treinta años.

—En la universidad me enamoré de una chica preciosa e incluso nos hicimos novios; yo tenía veintidós años. Era guapísima y también quería ser actriz. Pensábamos ser muy felices juntos y tener cuatro hijos… hasta que ella conoció a otro. Quedé destrozado. Ambos éramos muy jóvenes. Y, a partir de entonces, ya no hubo nadie más hasta que rodé mi primera película. Necesitaba trabajar y el director era un auténtico hijo de puta. Yo tenía veintitrés años y el muy bestia me emborrachó como una cuba. A la mañana siguiente me desperté en su cama. Mandó incluso que uno de sus amiguitos nos hiciera fotos, yo tendido inconsciente y él… ya te puedes imaginar el resto. Me amenazó con chantajearme en caso de que no siguiera acostándome con él. Y lo hice. Más adelante, pensé que la suerte ya estaba echada. Tuve que aguantarle durante casi un año y luego ya era demasiado tarde. Me aterraba la posibilidad de que alguien se enterara, y me pasé dos años sin acostarme con nadie hasta que conocí a un hombre muy amable que me doblaba la edad. Tuve unas relaciones muy discretas con él. Nadie lo supo jamás. Después de aquello, sólo hubo otro hombre en mi vida. Todo terminó hace años, pero seguimos siendo amigos. Siempre temí que alguien se enterara. Eso sería muy perjudicial para mi imagen, ¿no crees? –dijo mirándola mientras las lágrimas le rodaban por las mejillas. Jane se las enjugó con ternura–. Lo curioso es que yo nunca quise a otra mujer después de Kimberly. Hasta que te conocí a ti y pensé que todo podría cambiar, pero no es posible retroceder. Y tampoco me interesa una relación homosexual. Por otra parte, no quiero arrastrarte a esta situación. ¿Y si el año que viene me enamorara de otro hombre? ¿O si lo hiciera dentro de diez años? Entonces ¿qué? Volverías a sufrir angustias de muerte y bastante has sufrido ya en la vida.

–Yo te quiero, Zack –dijo ella sollozando. Le quería todo entero, con su dolor y con su honradez–. Todo eso no me importa. Lamento muchísimo que te ocurriera… –Se le rompió la voz en un sollozo mientras él la estrechaba con fuerza y la volvía a besar.

—Pero me importa a mí. Me importa por los dos.

—Ssssh… —dijo Jane, y le besó mientras él la estrechaba en sus brazos. Cuando volvió a mirarle, fuera ya había oscurecido—. Quédate aquí esta noche —susurró.

—No puedo.

—¿Por qué no?

—No sería justo. No quiero hacer el amor contigo.

—Pues entonces abrázame, no me dejes sola. Te necesito.

Lo más curioso era que él también la necesitaba a ella, mucho más de lo que hubiera querido reconocer. Permanecieron tendidos el uno al lado del otro en el sofá hasta que Jane se quedó dormida, agotada por las emociones del día. Zack la contempló en la oscuridad y sintió en lo más profundo de su ser una conmoción que llevaba más de veinte años sin experimentar. Pero no hizo nada. Permaneció tendido junto a Jane, llorando por el pasado y por el chico que había sido en tanto que un vehemente deseo se apoderaba poco a poco de su alma.

22

–Silencio, por favor… ¡Cámara! ¡Iluminación! ¡Acción! Toma cinco…

Sabina se encontraba en el centro de un sobrecargado salón con una araña de cristal en el techo, mirando con rabia a Zack. Después se acercó a él y le abofeteó.

–Te lo dije. –Zack le cogió la mano–. ¡No se te ocurra volver a hacerlo!

–¡Apártate de mi hermana! ¡Tú trabajas para mí, Adrian!

–No eres mi dueña, Eloise.

–Soy dueña de todos vosotros… De *todos*, ¿me oyes?

La cámara le enfocó los ojos y el director levantó un brazo.

–Corten. La mejor hasta ahora, pero repitámosla de todos modos.

Sabina sonrió satisfecha, mientras el maquillador se acercaba para empolvar el rostro de Zack. Se oyeron unos murmullos de aprobación y Sabina ensayó las frases en silencio.

–¿Preparados para la repetición? –El director se

dirigió a alguien que se encontraba situado a su derecha–: Esta vez utilizaremos el zoom. Ha estado muy
bien –añadió, volviéndose a mirar a Zack y Sabina.
Vamos probar otra vez. Que toque el timbre –le ordenó a su ayudante.

Al cabo de un instante sonó el timbre que avisaba
de la reanudación del rodaje.

–Escena veinticinco, toma seis –dijo una voz–. Cámara… ¡Acción, por favor!

Sabina se adelantó y abofeteó a Zack. Éste le agarró
la mano y repitió las mismas frases. La interpretación
superó a la de la escena anterior y poco después se oyó
la voz:

–¡Corten! Muy bien. ¡Impriman!

Todos abandonaron el plató con una sonrisa en los
labios, incluso Zack que había sido abofeteado seis veces. Éste consultó su reloj, le dijo algo a Gabrielle en
voz baja y se fue a su camerino mientras Gabby iba en
busca de Jane.

Se estaba desmaquillando. Aquel día, había interve-
nido en cinco escenas y una de ellas exigió nada menos
que dieciséis tomas. Fue una jornada muy larga para
todos. Trabajaban diariamente dos turnos de seis horas
con una pausa de una hora para el almuerzo. Y termi-
naban exactamente al cabo de doce horas para que no
hubiera sanciones por horas extra. Las actividades se
interrumpían cada tarde a las siete.

–¿Quieres que vayamos a tomar una hamburguesa
por ahí? –le preguntó Gabrielle.

Había madurado mucho en los últimos seis meses
gracias al contacto con los demás actores de la serie,
pero seguía estudiando con su instructor. La gente ya
era más amable con ella. Al principio hubo muchos
chismes y rumores, pero después las aguas volvieron a
su cauce, tal como predijo Mel. Había muchos escánda-
los con que entretenerse y les importaba un bledo quién

fuera ella. Era una profesional y los técnicos del equipo de rodaje lo reconocían sin reparo. Jane, por su parte, le tenía una enorme simpatía.

—Esta noche quería cenar con las niñas —contestó Jane, sonriendo con cierta tristeza. No se lo dijo a nadie en el plató, pero aquel día cumplía cuarenta años y se acordaba de otros cumpleaños más felices—. ¿Quieres venir con nosotras? Saldremos a tomarnos unas hamburguesas.

—Estupendo. ¿Te parece que me cambie de ropa?

Llevaba unos pantalones vaqueros con agujeros en las rodillas e iba más desaseada que de costumbre, pero a Jane le daba lo mismo porque ella pensaba ponerse el viejo mono de *jogging* de color rosa y unas zapatillas de gimnasia. No había razón para cambiarse de ropa porque no irían a un sitio elegante. Alex volvía a darle muchos quebraderos de cabeza, por considerarla culpable del divorcio. Alyssa, en cambio, se mostraba un poco más comprensiva. El mes anterior, las niñas habían cumplido quince y diecisiete años respectivamente y Jack le regaló a Alex un automóvil descapotable modelo Rabbit que ella utilizaba para trasladarse a todas partes.

Gabrielle y Jane abandonaron el plató mientras los trabajadores retiraban las paredes de la residencia de Martin. El lujoso salón ya había desaparecido.

—¿Qué tal fue la última escena? —preguntó Jane, sonriendo—. ¿La has visto?

—Hicieron seis tomas. Ha quedado bastante bien.

—¿Cómo quedó Zack? ¿Con los ojos a la funerala? —ironizó Jane.

Gabby se echó a reír. En privado, Jane se refería a Sabina como la Mujer Dragón.

—Sobrevivirá. Dijo que tenía una cita y se fue en seguida, pero no le ha ocurrido nada.

Aquella tarde todos se fueron muy temprano y

Gabby acompañó a Jane a su nueva casa de Bel-Air, donde la esperaban las niñas. Eran casi las ocho. Ambas actrices se tomaron un vaso de vino y, luego, Alex se ofreció a acompañarlas al Hard Rock Café. Por una vez, las chicas iban pulcramente vestidas con pantalones limpios y bonitas blusas. Jane se avergonzó de su mono color rosa, pero estaba demasiado cansada para cambiarse y Gabby aún ofrecía peor aspecto. Sentada con su compañera de reparto en el asiento de atrás, Jane le pidió a Alex que condujera con cuidado. De repente, Gabby hizo una mueca de disgusto.

–Maldita sea... Zack tiene mi guión de mañana y yo lo necesito esta noche.

–Te puedo dar el mío cuando volvamos a casa. Sólo intervendré en las últimas dos escenas.

–Es que en el mío tengo unas notas –contestó Gabby–. ¿Te importa que pasemos un momento por su casa? –Le indicó a Alex la dirección–. Sólo será un momento. No te importa, ¿verdad, Jane?

Sí le importaba, pero no lo dijo. Estaba cansada y triste y quería cenar y acostarse en seguida. Las niñas no hicieron la menor alusión a su cumpleaños y estaba segura de que se les había pasado por alto.

Tardaron un cuarto de hora en llegar a la casa de Zack. Gabby le preguntó a Jane si quería acompañarla.

–¿No iba a salir?

–Saldrá a las nueve, si no recuerdo mal.

–Bueno, pues te espero aquí.

Jane se quedó en el automóvil con sus hijas mientras Gabby entraba.

–¿No podríamos entrar a ver su casa, mamá? –le preguntó Alexandra.

–Está ocupado, cariño. Y no es correcto que nos presentemos sin avisar.

–Por favor, todo el mundo dice que es una casa fabulosa.

—Alex, no seas pesada. —Sin embargo, la bulliciosa adolescente descendió del automóvil, seguida de Alyssa—. ¡Alex! ¡Niñas, venid aquí ahora mismo!

Ya estaban a medio subir los peldaños de la entrada cuando Jane salió para obligarlas a volver. Tocaron el timbre justo en el momento en que ella pisaba el primer escalón y les ordenaba que volvieran al automóvil. De repente, se abrió la puerta y las niñas la empujaron al interior de la casa mientras un clamor de voces estallaba en sus oídos en un salón lleno de globos y de rostros conocidos.

—¡Sorpresa! —gritaron unas doscientas voces.

—¡Feliz cumpleaños, mamá!

Las lágrimas le nublaron la vista a Jane, impidiéndole ver a las niñas y a Zack, al lado de Gabby. Él se había encargado de todo, invitando a todas las personas que ella conocía, a los actores de *Manhattan* y a los técnicos del equipo de filmación, a algunos amigos a quienes las niñas llamaron por teléfono en su nombre, a todos los actores de *Angustias secretas* a los que casi llevaba un año sin ver, a su agente… a todo el mundo.

—¡Oh, Dios mío!—exclamó Jane, riendo y llorando a la vez mientras pasaba de uno a otro invitado, recibiendo besos y abrazos. Miró a Zack y le preguntó—: Pero ¿qué has hecho? Fíjate cómo voy —añadió, riendo entre lágrimas.

Ni siquiera se había peinado.

—Estás preciosa y no aparentas más de catorce años.

—Oh, Zack…

Ambos se miraron largo rato a los ojos y, luego, Jane besó a su compañero en la mejilla que aquella tarde había sido abofeteada seis veces.

Sabina la miró con benevolencia, enfundada en un precioso vestido de punto blanco y luciendo el collar de perlas que le había regalado Mel.

—Feliz cumpleaños, nena —le dijo, dándole un ligero beso en la mejilla. Aunque ambas actrices no eran muy amigas, tampoco eran enemigas. Todos habían guardado muy bien el secreto de la fiesta. Mel le dio un fuerte abrazo y Bill se rió al ver la cara de asombro de Jane. Nadie se merecía un agasajo más que ella. Era cariñosa con todo el mundo, incluso con los actores secundarios, y los componentes del equipo de rodaje estaban locos por ella. En el comedor había una enorme tarta de cumpleaños y una orquesta tocaba suaves melodías en el jardín. Era la fiesta más bonita que Jane hubiera visto jamás.

–Felices cuarenta, Jane –le dijo Zack, rodeándole los hombros con un brazo mientras la acompañaba para que saludara a todos los invitados reunidos en el espacioso salón.

Fuera, habían instalado una pista de baile y había un bufete con dos docenas de especialidades mejicanas que, según las niñas, eran su comida preferida.

–¿Cómo conseguiste organizar todo esto? Yo no sospechaba nada.

Miró a Zack con lágrimas en los ojos. Nadie había sido jamás tan bueno con ella. En silencio, se puso de puntillas, le rodeó el cuello con sus brazos y le dio un suave beso en los labios en medio del clamor de los presentes, mientras Sabina se les acercaba con el ceño fruncido.

–Te dije que te apartaras de mi hermana, Adrian.

Los invitados arreciaron en sus gritos y Zack retrocedió, aparentemente intimidado.

–No vuelvas a pegarme, por favor –dijo, frotándose la mejilla abofeteada en medio de las risas de todos.

Fue una fiesta magnífica y nadie vio que Bill se escabullía discretamente antes de que se sirviera la tarta. A las doce, Jane envió a las niñas a casa. Aquella noche dormirían en casa de su padre. En realidad, era el día que le correspondía tenerlas a él, pero Jack renunció a su derecho en atención al cumpleaños de Jane. Los demás invitados se quedaron hasta casi las tres de la madrugada.

Cuando al fin se fue todo el mundo, Jane se quedó para hablar un poco con Zack y darle las gracias. A las dos, alguien acompañó a Gabby a casa y Zack prometió acompañar a la homenajeada. Sin embargo, en aquellos instantes ya no había prisa y ambos se sentaron a tomar una copa de champán junto a la piscina.

–No tengo palabras para expresar lo que siento –dijo Jane, profundamente conmovida–. Todo ha sido maravilloso, la noche más maravillosa de mi vida.

Estaba segura de que conservaría el recuerdo toda la vida.

–Porque tú eres una chica especial –contestó Zack, mirándola a los ojos y dándole un cariñoso abrazo. Llevaba dos meses planeando la fiesta desde que ella le comentó que faltaba poco para su cumpleaños. Gabby y las niñas le ayudaron y todo el mundo colaboró de buen grado porque, junto con Zack, Jane era una de las personas que trabajaban en la serie que más simpatías despertaban. Ambos eran considerados y amables y todo el mundo los respetaba–. Y quería hacer algo especial para ti.

–Pues, desde luego lo has conseguido –dijo Jane, tomando un sorbo de champán. La confesión de Zack no había alterado las relaciones entre ambos. Zack invitó a Jane a cenar varias veces, pero no volvió a mencionar el asunto.

–Tú también has hecho mucho por mí, ¿sabes?

–¿Bromeas? No he hecho nada.

–Te equivocas. Me has hecho reflexionar acerca de muchas cosas.

–Pues tú me has ayudado a superar el peor momento de mi vida. Sin ti, el divorcio todavía hubiera sido peor, Zack.

–No sé cómo he podido ayudarte, pero me alegro de que haya sido así.

Gracias a él, la pesadilla no había sido tan espantosa y ahora Jane se sentía una persona completamente nueva. Ambos se habían enriquecido muchísimo mutuamente.

–Nadie ha sido nunca tan bueno conmigo como lo eres tú –dijo Jane, emocionada.

–Eso significa que eran unos necios –contestó Zack, inclinándose para besarla.

Sin embargo, él también había sido un necio durante veinte años, permitiendo que el temor y el remordimiento gobernaran su vida. Por un sentido de culpa, había llevado una existencia en la que, en realidad, no encajaba. Pero, ahora, ya nada de todo aquello le importaba. Si a Jane no le preocupaba, ¿por qué lo iba a hacer él? Hacía unas semanas, incluso se lo había explicado a su amigo, y Bob no se sorprendió. Siempre intuyó que Zack regesaría a la antigua senda y ahora estaba casi seguro de que lo iba a conseguir.

–No puedo hacerle eso a Jane –le dijo Zack.

–Hacerle ¿qué? ¿Ser sincero? Ya lo fuiste y a ella le dio igual, ¿no?

Bob se alegraba por Zack porque le tenía mucho aprecio. Desde hacía varios años estaba unido a otro amante, un hombre que lo era todo para él. Aun así, temía que Zack pudiera cometer un error. Se merecía lo mejor y tenía mucho que ofrecer. Confiaba en que Jane fuera digna de él.

–Feliz cumpleaños, Jane –dijo Zack en voz baja mientras ella le miraba sonriendo–. ¿Te apetece nadar un poco?

La noche era muy tibia y ninguno de los dos se sentía cansado. Habían superado el momento de la fatiga y se sentían muy a gusto tendidos al borde de la piscina, tomando champán bajo el cielo estrellado.

—No tengo traje de baño.

—¿Dónde he oído yo eso otra vez? —dijo Zack, riéndose—. Si mal no recuerdo, nos las arreglamos bastante bien sin él en otro lugar —en la nueva casa de Jane, poco después de que ésta se mudara—. Podríamos volver a probarlo.

Esta vez, Zack se desnudó sin experimentar ningún complejo delante de ella, mostrando sin rubor su poderoso cuerpo rebosante de energía como el de un muchacho. Jane se quitó rápidamente el mono de *jogging* y dobló con cuidado la ropa interior. Se sintió un poco cohibida al ver que Zack la miraba mientras aguardaba a que se zambullera en la piscina. Nadaron despacio el uno al lado del otro y después, sin una palabra, él la tomó en sus brazos cuando llegaron a la parte menos profunda y Jane permaneció de pie, sintiendo todo el fuego de su deseo mientras la besaba con pasión. Zack la acarició y empezó a explorar con hábiles movimientos de los dedos, acompañándola muy despacio hacia los peldaños, donde le hizo suavemente el amor, mientras el agua acariciaba sus cuerpos. Luego, permanecieron tendidos en los peldaños de la piscina y Zack contempló a su amada sonriendo.

23

Bill abandonó la fiesta exactamente a las diez y cuarto. Apreciaba a Jane y le parecía bonito que Zack hubiera organizado una fiesta en su honor, pero se hallaba muy nervioso. Hacía unas semanas, vio a Sandy por vez primera en varios meses. El encuentro tuvo lugar en el Mike's. Sandy le llamó y le citó en el bar y, cuando le tuvo delante, le pidió quinientos dólares. Le dijo que necesitaba un sitio donde vivir y que no tenía ni un céntimo. Bill temió que se gastara el dinero en droga. Se le partió el corazón al verla con aquel aspecto tan horrible, pero no podía hacer nada por ella. La vio tan destrozada que ni siquiera se atrevió a mencionar el divorcio.

Por fin, le dio todo el dinero que llevaba encima, algo más de trescientos dólares, y Sandy huyó casi corriendo. Aquel día, volvió a llamarle. Parecía asustada y pidió verle a las once de la noche. Para no llegar tarde a la cita, Bill abandonó la fiesta de Zack a las diez y cuarto. Sin embargo, Sandy no apareció. A medianoche, Bill fue a tomarse una cerveza al Mike's y después se dirigió a Malibú y empezó a dar vueltas al azar con su automóvil. Tenía que quitársela de la cabeza, Sandy estaba rodando cuesta abajo sin remedio y el día menos pensado volvería a tomarse una sobredosis. Tal vez la definitiva.

Cuando llegó a casa pasadas las dos, se encontró con la policía. Cuatro vehículos con luces intermitentes en la capota y una ambulancia. Subió casi sin resuello por la angosta calzada y abrió la puerta. Le estaban aguardando y vio que la puerta del dormitorio estaba cerrada. Los agentes tenían el ceño fruncido. Había otros vestidos de paisano y un hombre con una cámara fotográfica. Al verle entrar, dos agentes desenfundaron las pistolas. Bill palideció intensamente y levantó las manos.

—¿Qué pasa…? ¿Es que…?

Sabía que Sandy se encontraba allí.

—Aún está en la otra habitación. —A Bill no le gustó aquel «aún». Como si alguien la hubiera dejado tirada—. ¿Dónde se había usted metido?

Bill se encontraba todavía con las manos levantadas y no se atrevía a moverse. Se preguntó si los componentes de algún servicio sanitario la estarían reanimando, pero el miedo le impidió hacer averiguaciones.

—Fui a dar una vuelta por Malibú.

—¿A qué hora salió de casa?

—Hacia las doce. Esperaba a… alguien, pero no apareció y entonces salí a tomarme una cerveza.

—¿A quién esperaba usted?

—A un… amigo. —Iba a decir «a mi mujer».

Uno de los agentes se acercó a la puerta del dormitorio y le indicó por señas que le siguiera.

—¿Es su amiga esta persona?

Bill le siguió y, una vez dentro, vio a otros policías. habían encerrado el perro en el cuarto de baño y Bill oyó sus gañidos, pero no estaba preparado para el espectáculo que se ofreció ante sus ojos. Sandy se hallaba tendida en la cama, con la ropa hecha jirones; su cuerpo era tan diminuto como el de un niño. Le habían disparado en el pecho y en la cabeza. Había sangre por doquier y tenía los ojos abiertos. Bill lanzó un grito desgarrador y se adelantó hacia ella, pero después cayó hacia atrás medio desmayado. Dos brazos lo sostuvieron y lo acompañaron al salón.

–Oh, Dios mío, Dios mío… –musitó Bill, gimoteando como un chiquillo. Estaba muerta. Miró a los agentes con ojos vidriosos–. ¿Quién la…?

No pudo terminar la frase y alguien le empujó sin miramientos hacia un sillón.

–Díganoslo usted. Sus vecinos oyeron los disparos. ¿Tiene un arma en casa?

–No –contestó Bill, sacudiendo la cabeza.

–¿Quién es ella?

–Mi mujer… Llevábamos unos seis meses separados.

–Enséñeme los brazos.

Habían visto las huellas de los pinchazos en los de Sandy, pero en los suyos no se veía nada.

–¿Alguien le vio tras haber salido de casa?

–El camarero del Mike's.

Pensó que iba a vomitar y cerró los ojos.

–¿Cuánto tiempo ha estado allí?

–Una media hora.

–¿Qué hizo a partir de la una?

–Pasear por ahí con el coche.

–La mataron en el transcurso de la última hora. ¿Tiene idea de quién pudo hacerlo?

Bill meneó la cabeza en silencio mientras las lágrimas asomaban a sus ojos. La habían matado a tiros. Como a una bestia.

–Me llamó esta noche –dijo, mirando a los policías–. Me pareció que estaba asustada.

–¿De qué?

No le tenían la menor simpatía. Estaban hartos de oír embustes de aquella clase.

–No lo sé. Quizá su enlace… quizá algún rufián. La detuvieron el verano pasado por ejercer la prostitución.

Necesitaba el dinero para comprarse droga. Era una buena chica. Lo que pasa es que se lió con la droga.

—Eso parece.

El oficial al mando le hizo una seña a uno de sus subordinados y entraron los hombres de la ambulancia con una camilla y una manta.

—¿Adónde la llevan? —preguntó Bill, levantándose como si quisiera impedirlo.

Alguien le empujó hacia el sillón.

—Al depósito de cadáveres. Y usted vendrá con nosotros.

—¿Por qué?

—¿Se le ocurre algún motivo para no hacerlo?

—Yo no la maté.

—Eso ya se lo dirá a los inspectores de la comisaría. La brigada de homicidios se hará cargo del asunto. Vamos a arrestarle como sospechoso.

—Pero no pueden hacer eso. Yo…

Antes de que pudiera añadir algo más, un agente le esposó y otro le leyó sus derechos. Los hombres de la ambulancia salieron con la camilla; una manta cubría una minúscula forma. No quedaba nada de Sandy. Bill contempló la camilla, pensando en la sangre que había en el dormitorio. Rezó para que no hubiera sufrido y todo hubiera sido muy rápido. El muy hijo de puta la había matado en la cama en la que tan felices habían sido en otros tiempos. Bill subió al vehículo rodeado de hombres y se acomodó en el asiento de atrás, esposado y atemorizado. Era imposible que todo aquello le estuviera pasando a él. Pero así era.

Le comunicaron que el arresto duraría cuarenta y ocho horas y que, entretanto, proseguiría la investigación. A continuación le interrogaron por espacio de dos horas. Pero no tenía nada más que decir. Cuando le quitaron las esposas, le hicieron desnudar, le registraron, le devolvieron la ropa y lo empujaron al interior de una celda en la que ya había otros tres hombres. Se sentía cansado y mareado. Dos hombres estaban borrachos como una cuba –uno dormía como un tronco– y el tercero amenazó con matarle en caso de que se acercara. Bill se sentó en un catre cuyo colchón olía a orines y se preguntó qué le iba a ocurrir.

–¿Puedo llamar por teléfono? –le preguntó al guardia.

–Mañana a las nueve.

Pero ya eran las once menos cuarto cuando le sacaron de la celda para someterle a un segundo interrogatorio. Entonces le permitieron llamar. Hacía cuatro horas que había comenzado el rodaje en el plató y él tenía que actuar aquel día en todas las escenas. Puesto que no sabía a quién llamar, telefoneó a su agente y la secretaria le dijo que no se retirara mientras los inspectores se impacientaban.

–Dígales que se den prisa.

–No puedo. Me han dicho que espere.

Temía que no le permitieran terminar la llamada. La situación era grave. Su vida estaba en juego. Al fin, Harry se puso al aparato.

–¿Qué ocurre? ¿Qué tal va la vida, muchacho? –le preguntó su agente. Estaba de buen humor. Pero no lo estuvo por mucho tiempo. Cuando Bill le dijo dónde estaba y por qué, Harry se quedó anonadado–. ¿Qué dices? Pero ¿acaso se han vuelto locos?

–¿Puedes buscarme un abogado, Harry? Y, por lo que más quieras, no se lo digas a nadie.

–Eso es imposible. Esta noche ya se habrá enterado todo el mundo.

–¡No me digas eso! –gritó Bill, desesperado. En la pequeña estancia, los inspectores le miraron con curiosidad–. Búscame un abogado y sácame de aquí ahora mismo. Después, llama al plató y diles que estaré ausente unos días.

Ambos pensaron simultáneamente lo mismo.

—Ya verás cuando Wechsler se entere —dijo Harry.

—Hablaré con él cuando salga. Se lo explicaré todo.

—Menuda inocencia la tuya. —Era una violación del contrato. La cláusula relativa a la moralidad estaba clara. Por no hablar de la reacción de Mel en cuanto se enterara de que Bill le había mentido—. Llamaré a mi abogado. Y no hables con nadie.

—Muy bien —dijo Bill, mirando de reojo a los inspectores—. Gracias por todo, Harry.

—Haré lo que pueda. Lo siento, muchacho. Sé lo mucho que la querías...

—Sí, es verdad —contestó Bill con los ojos llenos de lágrimas.

Colgó el teléfono y miró a los inspectores que pretendían interrogarle, pero él no quiso hablar si no lo hacía en presencia de su abogado.

Los inspectores le enviaron otra vez a la celda. Habían soltado a los dos borrachos y el hombre que había amenazado con matarle se pasó todo el día sin quitarle los ojos de encima. El abogado tardó mucho en llegar y no le dio muchos ánimos. Querían acusarle de asesinato.

—Pero ¿por qué, maldita sea?

—Porque la mataron en su casa, era su esposa, estaban ustedes separados y no tiene usted ninguna coartada. Piensan que estaba furioso con ella, que la odiaba y que estaba molesto a causa de su adicción a las drogas. Hay mil razones por las que usted hubiera podido matarla. —El abogado prefería ser brutalmente sincero con él.

—¿No tienen que demostrar que lo hice?

—No es necesario. Si usted no puede demostrar su inocencia, le pueden mantener bajo arresto para una vista preliminar en caso de que el fiscal del distrito presente una denuncia contra usted.

—¿Cree que lo hará?

—¿Le vio a usted alguien anoche pasadas las doce?

—Sólo me vieron en el Mike's. Luego salí a dar una vuelta.

—¿Habló usted alguna vez con alguien sobre la chica? ¿Comentó que estaba enojado con ella por el asunto de las drogas?

Bill sacudió la cabeza, mirando a hurtadillas al hombre que Harry le había enviado. Tenía unos cuarenta y cinco años y no parecía demasiado original. Bill confiaba en que conociera su oficio.

—Nunca le dijimos a nadie que estábamos casados.

—¿Por qué?

—Su agente no quería. Sandy interpretaba entonces un importante papel en una serie y él pensó que eso perjudicaría su imagen de ingenua.

—¿Y por su parte? ¿Lo sabía alguien?

Bill volvió a sacudir la cabeza y le comentó la mentira que le había contado a Mel cuando éste le contrató.

—Con todo lo que ha pasado, lo más seguro es que me despidan.

—Tal vez no. —Era la primera frase de ánimo que le dirigía el abogado. Se llamaba Ed Fried y Harry le juró que era muy bueno—. Puede que el productor se compadezca de usted. Es una experiencia muy dura. ¿Quién cree que puede haberlo hecho?

Bill reflexionó y después se encogió de hombros.

—No lo sé. Probablemente su enlace. Alguien debió de seguirla hasta la casa… Quizá un rufián —comentó apenado.

—¿También se dedicaba a eso? —preguntó Ed.

—Sí… Por lo menos una vez —Era horrible tener que poner la propia vida al desnudo de aquella manera—. ¿Me puede sacar usted bajo fianza?

—No, porque lo han arrestado como sospechoso —contestó el abogado—. Ni siquiera han fijado el precio de la fianza. Y si le acusan de asesinato en primer grado, no habrá fianza que valga.

El letrado esperaba que, por lo menos, la acusación fuera más leve. En tal caso, lo podría sacar.

—Pues qué bien —dijo Bill con expresión ceñuda, y visiblemente nervioso.

Cuando leyó los periódicos de la noche se hundió en una profunda depresión. La noticia no aparecía en los titulares, pero sí en primera plana: «Actor acusado de asesinar a su mujer.» Se citaban sus nombres completos, se mencionaban los anteriores delitos de los que Sandy había sido acusada, su drogadicción y su expulsión de la serie en la que trabajaba; y se añadía que Bill participaba en aquellos instantes en el rodaje de la nueva serie de Mel Wechsler y llevaba camino de convertirse en el nuevo ídolo de las telespectadoras cuando la serie se emitiese al año siguiente.

—No lo veo muy fácil —se dijo Bill mientras se tendía en el apestoso catre y cerraba los ojos.

Aquella noche no volvieron a interrogarle. Permaneció tendido, pensando en Sandy —que tenía un orificio de bala en el corazón y tres en la cabeza— y en la vida que ambos habían compartido antaño, y que se había desvanecido como un sueño lejano.

24

—¡Oh, Dios mío, qué horror!

Jane fue quien primero lo vio mientas los técnicos preparaban la iluminación de la siguiente escena. Uno de los cámaras tomó el periódico a la hora del almuerzo y lo dejó en un banco. Jane se lo pasó a Zack en silencio y éste la miró asombrado.

—¿Es Bill? —preguntó.

—Tiene que serlo.

Aquel día, Bill no acudió al trabajo. Su agente llamó a las once y tuvieron que rodar otras escenas, lo cual fue un trastorno porque nadie las había ensayado. Cada escena exigió por lo menos catorce tomas. Debido a ello, todo el mundo estaba nervioso. Zack y Jane se pasaron toda la noche sin dormir, pero, aun así, estaban contentos. O lo estuvieron hasta que Zack leyó el reportaje. Allí quedaba explicado el motivo de la habitual tristeza de Bill.

—Aquí dice que estaba casado con ella. Él nunca lo comentó con nadie... ¿Lo sabías tú?

En ese momento se acercó Gabby. Era un día insólitamente caluroso y quien más quien menos se hallaba bajo los efectos de la resaca de la víspera.

—Como tenga que repetir la próxima escena dieciséis veces, me mato —dijo Gabby, sentándose en el banco—.

¿Qué pasa? Os veo tan mareados como yo. Demasiada comida mejicana, demasiado vino o ambas cosas a la vez, ¿eh? —Sonrió al recordar la fiesta mientras Jane le entregaba el periódico en silencio—. ¡Qué barbaridad! Pero esto no es posible...

No podía serlo. ¿Cómo podía Bill haber matado a su esposa de aquella manera?

La noticia corrió como la pólvora, y fue comentada en voz baja entre toma y toma. La policía llegó antes de que abandonaran el plató, al término de la jornada. Querían hablar con todos y les pidieron que no se marcharan. Ya eran las siete, pero nadie protestó. Alguien distribuyó café en vasos desechables mientras los inspectores hablaban en primer lugar con el director y le pedían luego a Zack que les acompañara a su camerino. Zack tardó media hora en salir. A aquel paso, iban a pasar allí toda la noche.

—¿Qué te han dicho? —le preguntó Jane a Zack en voz baja.

—Poca cosa. Quieren saber si Bill hizo alguna vez comentarios sobre su mujer, si la habíamos visto, si él dijo algo o si ayer le vimos trastornado. Les he dicho que nadie sabía que estuviera casado y que la única vez que le vi con una chica fue hace unas semanas en el Mike's. —Ambos recordaban a la andrajosa chica que estaba con él y Jane se preguntó si sería la que habían matado—. Después, me han preguntado a qué hora se marchó de la fiesta anoche y les he dicho que alrededor de las diez. Probablemente, no hubiera tenido que decirlo —añadió con una punta de remordimiento.

Nadie se había hecho amigo de Bill desde que había comenzado el rodaje, pero el muchacho era, al fin y al cabo, uno de ellos, formaba parte de la familia y Zack no quería causarle más problemas. Jane le miró apenada.

—Yo estaba tan emocionada que ni siquiera le vi marcharse —dijo.

—Yo tampoco –terció Gabby.

Después, los inspectores hablaron con Sabina, con Jane y con los demás componentes del reparto. Ya eran las diez y cuarto cuando llamaron a Gabrielle, tras haber autorizado a los demás a que se fueran. Jane se quedó a esperarla en compañía de Zack, quien había prometido llevarlas a casa. Ahora todo el mundo comentaba lo deprimido que estaba algunas veces Bill y lo arisco y malhumorado que se mostró en Nueva York. Jane se entristeció por él y le dijo algo a Zack en voz baja.

—No creo que debas –contestó él con tono dubitativo.

—Pero, tú, ¿qué piensas?

Zack consultó el reloj. Aún llevaba puesta la ropa de la última escena y el maquillaje se le había corrido un poco.

—De todos modos, lo más seguro es que no te lo permitan.

—Por probar no se pierde nada.

Zack la miró sonriendo y recordó los acontecimientos de la víspera.

—Te quiero, Jane –dijo, inclinándose hacia ella para que nadie le oyera.

—Yo a ti también.

Gabrielle tardó una eternidad en salir.

Se encontraba en la sala principal de maquillaje hablando con lo inspectores.

—¿Le conocía usted de antes de que se iniciara el rodaje, señorita Smith?

—No.

—¿Le hizo alguna vez algún comentario sobre su esposa?

—No.

Gabrielle estaba muy serena y tranquila. Tenía la absoluta certeza de que Bill no había matado a su mujer, pero se preguntó si aún estaba enamorado de ella.

Eso hubiera explicado su extraño comportamiento. Las cosas empezaban a aclararse.

—¿La vio usted alguna vez en el plató? —le preguntaron, mostrándole una fotografía de Sandy en sus buenos tiempos.

—No —contestó Gabby, tras echarle un vistazo.

—¿Le pareció a usted que el señor Warwick estaba anoche... un poco nervioso?

—En absoluto —respondió Gabby sonriendo—. Fuimos todos a una fiesta sorpresa en honor de Jane, de Jane Adams, y Bill estuvo allí con nosotros.

—¿A qué hora diría usted que se fue?

—Poco después de las diez.

Sabía que Zack les había dicho lo mismo.

—¿Sabe adónde fue? ¿Lo dijo?

—Me reuní con él más tarde, en mi apartamento —contestó Gabby, apartando el rostro.

Después les miró a los ojos con timidez y turbación, pero con deseo de ser sincera. O eso les pareció a ellos.

—¿Se fue usted con él de la fiesta, señorita Smith?

—Me fui más tarde. A eso de las doce.

En realidad, se fue a las dos de la madrugada, pero estaban todos tan bebidos que nadie lo advirtió.

—Y se reunió usted con él... ¿dónde?

—En mi casa. ¿No se lo dijo él?

Parecía inocente, se la veía sorprendida y turbada y el inspector se agitó nerviosamente en su asiento. Era una chica muy bonita y llevaba un vestido cuyo escote le dejaba al descubierto el busto cuando se inclinaba hacia él. Incluso se parecía un poco a la muchacha de la fotografía. De repente, al inspector se le ocurrió otra idea.

—¿Tuvieron ustedes alguna pelea?

Tal vez, se había desahogado después con la otra dado el parecido físico entre ambas. Tenía que analizar todas las posibilidades.

Gabby rió como una chiquilla y jugueteó con su largo cabello negro.

—En absoluto. Al contrario... —dijo, consiguiendo incluso ruborizarse.

—¿A qué hora llegó él a su casa?

El inspector entornó los ojos y Gabby le miró con expresión pensativa.

—Pasadas las doce.

Eso lo cambiaba todo. Pero, ¿por qué él no lo dijo? Se lo preguntó a Gabby, que se encogió de hombros, sonriendo enigmáticamente.

—No lo sé. Debió de pensar que me pondría en un aprieto —bajó la voz como si las paredes tuvieran oídos—. Nadie sabe lo nuestro. Eso complicaría las cosas porque, como usted sabe, la cláusula de la moralidad...

Si se hubiera tenido en cuenta la cláusula de la moralidad cada vez que dos actores se acostaban juntos, en Hollywood se hubiera quedado todo el mundo sin trabajo, pero eso la policía lo ignoraba. El inspector jefe asintió solemnemente con la cabeza.

—Lo comprendo —dijo, levantándose—. Es posible que tengamos que volver a hablar con usted, señorita... hum... Smith. Muchas gracias.

Gabby se reunió con Zack y Jane y se fueron los tres juntos a casa, cabizbajos y en silencio. Al cabo de un rato Jane dijo a sus compañeros:

—Podríamos ir a ver a Bill.

—¿Crees que nos lo permitirían? —preguntó Gabby, no muy convencida.

Sin embargo, le hubiera gustado mucho. Se había expuesto a un riesgo por él, pero estaba segura de haber obrado con rectitud. Sabía instintivamente que Bill no era culpable de aquel delito, por mucho que la policía se empeñara en acusarle. Le creía incapaz de hacer semejante cosa. Si hubiera querido matar a su esposa ya lo hubiera hecho antes. Se lo comentó a Zack y éste se mostró de acuerdo.

–Aquel día en el Mike's la siguió con la mirada como si todavía la quisiera mucho.

Gabby hizo una mueca que a Jane no le pasó inadvertida, pero habló con voz normal.

–Éste debía de ser el motivo de su comportamiento. Además, el hecho de estar casado en secreto con ella agravaba la situación.

–La policía dijo que llevaban varios meses separados –comentó Jane mientras subía al automóvil–, pero creo que Zack tiene razón. Cuando le vi aquel día, pensé lo mismo. Estaba destrozado porque la pobrecilla tenía un aspecto espantoso…

–¿Qué pudo ocurrir? –preguntó Gabby.

–Seguramente es un asunto de droga –dijo Zack, poniendo en marcha el vehículo–. Al parecer, Bill dice que su mujer le llamó al plató y le pidió que se reuniera con ella en la casa. Yo no me enteré, pero es posible. Después no acudió a la cita y él salió a dar una vuelta. Al regresar, la encontró muerta.

Zack se dirigió a la comisaría donde Bill permanecía detenido. Ya eran más de las diez y estaba seguro de que no les dejarían entrar. Al llegar allí, se llevaron una sorpresa. Los inspectores acababan de llegar de los estudios y accedieron a hacer una excepción con ellos «en atención a quienes eran». El tono molestó un poco a Jane, pero los tres se alegraron mucho de poder ver a Bill. Les dejaron a solas con él en un cuarto; fuera, un guardia podía ver todo cuanto ocurría en el interior a través de una ventana. Previamente, cachearon a Zack, y Jane y Gabby tuvieron que dejar sus bolsos. En cuanto entraron, el guardia cerró la puerta con llave a sus espaldas. Se encontraban en una sala de interrogatorios. Bill entró por otra puerta, no llevaba esposas. Se quedó de pie, mirando a sus compañeros con los ojos llenos de lágrimas, sin saber qué decirles. Jane le echó los brazos al cuello y se echó a llorar.

—Ya verás como todo se arreglará.

Bill pasó un buen rato sin poder hablar. Estrechó la mano de Zack y miró fijamente a Gabrielle. Iba desaseado y llevaba una barba de dos días. Parecía completamente destrozado por lo ocurrido, como si pensara que su vida nunca más podría ser la misma de antes. En cierto modo, no lo sería. Quedaba por ver si Mel querría mantenerle en la serie y, sobre todo, si le acusarían de haber asesinado a su esposa.

—No podíamos creerlo, Bill. Parece el argumento de un mal guión —dijo Zack, sentándose en una silla.

Bill le imitó y les miró a todos con gratitud.

—Ni yo tampoco. Ha sido una pesadilla. Pueden prolongar el arresto otras veinticuatro horas, aunque carezcan de pruebas. Y aún pueden retenerme otras veinticuatro más.

Serían dos días más de infierno y de terror.

—Pero ¿por qué?

A Zack le parecía increíble que pudieran hacerlo sin tener pruebas decisivas.

—Porque no tengo coartada. Salí a dar una vuelta en automóvil. Nadie me vio pasadas las doce y el asesinato se produjo entre la una y las dos. La encontraron en mi casa y, al parecer, eso basta. Creen que estaba molesto por la vida que llevaba y es verdad. Se estaba matando y a mí se me partía el corazón de pena. Pero nunca hubiera...

Se le quebró la voz y Gabby le dio unas suaves palmadas en la mano. Cuando él la miró, le dijo muy quedo:

—Les dije que habías pasado aquella noche conmigo.

Por un instante, Bill la miró sin comprender sus palabras. Luego sacudió la cabeza en silencio. Ambos sabían que podía haber dispositivos de escucha en el aposento y Gabby no quería cometer ninguna imprudencia.

–¿Qué dices?

–Les dije que habías pasado la noche conmigo, cuando me fui de casa de Zack.

–¿Por qué? –preguntó Bill mirándola con fijeza.

¿Por qué había hecho eso por él con lo mal que siempre la había tratado? Se asombraba de que quisiera ayudarle.

–Se lo dije porque es la verdad. No tienes por qué protegerme, Bill. No te preocupes por mí.

«No estuve allí y no maté a mi mujer», quiso gritar Bill, pero se abstuvo por temor a que hubiera micrófonos ocultos. Zack y Jane les miraron desconcertados. Ambos estaban seguros de que no había nada entre ellos.

–Yo no la maté, Gab... –dijo Bill mirándola con vehemencia–. Juro que no lo hice. Aquel día ella me llamó y parecía asustada. Me dijo que alguien iba tras ella. Tres semanas antes me había dicho que debía dinero a mucha gente, incluso a su enlace, y que eso la tenía muy preocupada. Dijo que no tenía ningún sitio donde vivir. Pero yo sólo le di tres cientos dólares porque tuve miedo de que, si le daba más, se tomara una sobredosis. –Bill rompió a llorar e inclinó la cabeza, sintiendo por primera vez en veinticuatro horas un poco de calor humano a su alrededor–. Estábamos muy enamorados. Yo quería que se desintoxicara, pero ella no quiso. Creo que ya había llegado demasiado lejos y todo le daba igual.

No era la primera persona que seguía aquel camino y los tres amigos se compadecieron de Bill. Nadie tenía la menor duda con respecto a lo que había ocurrido. Excepto la policía.

Jane le acarició suavemente la nuca mientras él lloraba cubriéndose el rostro con las manos.

–¿No puede hacer nada tu abogado, Bill? –preguntó Zack, sacudiendo tristemente la cabeza.

–Lo intenta. Pero la cosa presenta mal cariz. La encontraron muerta en mi casa.

Bill ahogó un sollozo al recordar el aspecto que ofrecía Sandy con las heridas de bala en la cabeza.

–¿Encontraron el arma?

–No –contestó Bill–. Y yo jamás tuve una pistola en mi vida y ni siquiera la he sostenido en la mano, excepto una vez, en un anuncio de unos cereales para niños en que hacía de vaquero montado en un caballo de cartón en un cuenco gigantesco lleno de cereales, e incluso creo que no era una pistola de verdad.

Los tres sonrieron a pesar de que no había mucho motivo para sentirse alegre.

–Tú diles que estuviste conmigo y no te preocupes –dijo Gabby–. Yo misma les conté que estuvimos en mi apartamento de la Galey Avenue –añadió por si acaso él no supiera dónde vivía.

Bill la miró con expresión perpleja y, en aquel instante, el guardia abrió la puerta y les indicó por señas que salieran.

–Ya basta por hoy, señores. Pueden volver mañana en horas de visita. De dos a cuatro, en el séptimo piso.

Estupendo. Tal vez suspendieran el rodaje para que todo el mundo pudiera ir a verle. Bill les miró como si fuera un niño abandonado en un desierto. Jane le abrazó con fuerza y Gabby lo hizo con más cautela. Él le estrechó la mano, agradeciéndole en silencio su ayuda. Puede que le hubiera salvado la vida. Zack también le abrazó; tenía los ojos llenos de lágrimas.

Después, Bill fue esposado de nuevo y los tres amigos se marcharon.

Bajaron en silencio a la calle y, una vez en el interior del automóvil, tardaron un buen rato en poder hablar. Jane se volvió a mirar a Gabby, sentada en el asiento de atrás del Rolls Royce.

—Yo no sabía que… tú y Bill…

No encontraba palabras para expresarlo, pero estaba claro que Gabby no deseaba dar explicaciones. Zack la miró a través del espejo retrovisor y comprendió exactamente lo que había hecho y por qué. Quizá mejor que ella misma. Estaba enamorada de Bill.

25

Aquella noche no volvieron a interrogar a Bill, pero a la mañana siguiente, en presencia de su abogado, lo primero que hicieron fue preguntarle acerca de sus relaciones con Gabby. Habían interrogado a varias personas del plató y todo el mundo les confirmó la animosidad que reinaba entre Gabby y Bill. Comprendieron que la chica les había mentido.

—Fue una estupidez —dijo el policía—. ¿Le pidió usted que lo hiciera?

Bill sacudió tristemente la cabeza, confiaba en que Gabby no se hubiera metido en un lío por su culpa. De repente, la pesadilla se había extendido a todo el mundo.

—No lo hizo con mala intención. En que debió de pensar...

—Sí, lo sabemos. —Las mujeres eran muy propensas a comportarse de aquella manera, aunque normalmente los hacían por hombres a los que apreciaban más de lo que Gabby parecía apreciar a Bill. No era un delito, pero se trataba de una estupidez que nunca daba resultado—. Sin embargo, sigue usted sin tener ninguna coartada, amigo mío —añadió el policía, mirándole con frialdad.

—Yo no maté a mi mujer —repitió Bill por enésima vez.

–¿Cree que todavía estaba enamorada de usted?

–No lo sé... Nos quisimos mucho... hace tiempo.
–Bill hablaba en voz baja y sus palabras estaban siendo grabadas–. Desde hacía mucho tiempo, ya no estaba en condiciones de querer a nadie.

–¿Sabe usted quiénes eran sus amantes?

–No.

–¿Estaba celoso de alguien en particular?

Los policías observaban todas sus reacciones.

–No. Ni siquiera sé quién había en su vida.

–Nos han dicho que ejercía la prostitución.

Bill guardó silencio.

–¿Qué sentimientos suscita eso en usted?

–Bill miró a su interrogador a los ojos.

–De tristeza por ella.

–¿Y de rabia tal vez?... ¿No se siente molesto, Bill?

–Ya no –contestó él, controlándose–. Todo formaba parte de su enfermedad.

Al ver que el interrogatorio no les llevaba a ninguna parte, los investigadores le enviaron de nuevo a su celda.

Luego fueron a ver a Mel. Éste se mostró muy lacónico y disgustado y dijo no saber nada sobre la vida personal de Bill. Añadió que no podía decirles todavía si Bill seguiría o no en la serie. Aquella semana rodarían escenas en las que él no intervenía, pero tendrían que interrumpir todos los trabajos en cuestión de días si no le ponían en libertad. Los investigadores así se lo dijeron a Bill cuando le comunicaron que iban a prolongar el plazo de la detención.

–¿Cómo va todo este asunto? –preguntó Bill a su abogado aquella tarde.

–Me temo que bastante mal. Aún no se ha descubierto nada. No han encontrado ninguna pista y los vecinos no vieron que nadie entrara en la casa con tu esposa, aquella noche.

–Santo cielo, Ed, pero eso es increíble. ¿Cómo pueden tratarme así? ¿Me van a acusar de haberla asesinado por falta de pruebas en contra? ¿Por el simple hecho de no saber quién lo hizo?

Temía que la mentira de Gabby le hubiera perjudicado.

–Es posible. –El abogado estaba acostumbrado a las injusticias del código penal. Trataba con ellas a diario, aunque se compadecía vagamente de Bill. Pensaba que, a lo mejor, no había matado a la chica, pero le iba a costar Dios y ayuda demostrarlo–. Hay muchas posibilidades de que se tenga que celebrar un juicio. –Era el único motivo de aliento que podía ofrecerle–. Porque tendrían que condenarle sin que hubiera ninguna duda razonable y en este caso las dudas son muchas.

–¿Cree que la cosa va a llegar tan lejos? –preguntó Bill, asustado.

El hombre con quien compartía la celda había amenazado de nuevo con matarle. No sabía si podría soportar aquel suplicio. Puede que ni siquiera se celebrara el juicio. A lo mejor, le matarían en la misma cárcel. No hubiera sido la primera vez que ocurría.

–Podría llegar, Bill –contestó el letrado–. Mañana lo sabremos.

Y lo supieron. El fiscal de distrito presentó una denuncia contra Bill. Sin embargo, debido a la falta de pruebas concretas o de motivos definidos por parte de Bill, se llegó al compromiso de rebajar la acusación al delito de homicidio involuntario, dando por sentado que ambos habrían discutido y él la habría matado sin querer. Hubieran preferido acusarle de asesinato en primer grado, pero temían que los argumentos no se sostuvieran. La acusación de homicidio era mucho más creíble y sería más difícil de rebatir.

Bill se quedó anonadado cuando le leyeron las acusaciones y fijaron una fianza de cincuenta mil dólares.

Llamó a Harry en cuanto pudo y éste prometió sacarle. Tendrían que ser cinco mil dólares en efectivo y el resto en depósito. Pero Harry se alegraba de poder hacerlo. La vista preliminar se había establecido para dos semanas más tarde y Bill fue puesto en libertad a las once en punto de la noche. Al salir a la calle se echó a llorar y Harry le rodeó los hombros con un brazo, sin poder creer que semejante desgracia se hubiera abatido sobre él.

26

Bill recordó la primera vez que fue a ver a Mel y tuvo que esperar con emocionada inquietud el comienzo de la entrevista. Sin embargo, ahora no sentía la misma gozosa anticipación de entonces, sino un terrible peso en el estómago. El despacho de Mel había informado a Harry de que Bill no debería acudir al trabajo el viernes sino al despacho de Mel a las nueve en punto de la mañana.

Eran las nueve y cuarto cuando por fin le llamó la secretaria. Ésta le miró con ojos inexpresivos y se comportó como si jamás le hubiera visto a pesar de los numerosos reportajes que la prensa había publicado aquella semana. Bill estaba seguro de que Mel le iba a despedir sin contemplaciones. Tenía motivos más que sobrados para ello. Le había mentido acerca de su estado civil cuando firmó el contrato.

–Hola, Bill –dijo Mel amablemente aunque sin el menor asomo de cordialidad.

–Hola, Mel –contestó el joven, sentándose frente a su escritorio.

Iba correctamente vestido y bien afeitado, y estaba muy pálido. La semana había sido espantosa y llevaba varias noches sin dormir. Parecía increíble que hubieran sucedido tantas cosas en tan pocos días. Aquella mañana vio a unos fotógrafos montando guardia a la puerta de su casa.

Mel miró largo rato a Bill y fue directamente al grano.

—Me gustaría saber por qué me mentiste sobre tu matrimonio.

—Siento mucho haberlo hecho. Creo que tuve miedo. Sandy estaba muy mal y siempre mantuvimos nuestro matrimonio en secreto.

—¿Por qué? ¿Ya se drogaba Sandy cuando te casaste con ella?

Mel temía que Bill también lo hiciera o lo hubiera hecho alguna vez. Muchas preguntas habían cruzado por su mente en el transcurso de los tres días que duró la detención.

—No, pero trabajaba en la serie *Cena dominical*. —Mel lo había leído la víspera en los periódicos y creía recordarla. Sandy era una chica muy bonita que se parecía un poco a Gabby. Tal vez por eso le tenía Bill tanta antipatía. A lo mejor, descargaba sobre ella la cólera que sentía contra Sandy—. Su agente pensó que el hecho de estar casada perjudicaría su imagen. En la serie, interpretaba a una niña de quince años. Ella me lo pidió y… no sé… después empezó a drogarse y la echaron de la serie. Aun así, decidimos seguir manteniendo el matrimonio en secreto. De vez en cuando ingresaba en el hospital, pero volvía a las andadas en cuanto salía.

Bill estaba a punto de echarse a llorar, pero reprimió las lágrimas. No esperaba que Mel le tuviera la menor compasión.

—¿Y tú? ¿Te drogaste alguna vez con ella? —preguntó Mel. Tenía derecho a saberlo y estaba furioso con Bill.

—No, señor —contestó éste, mirándolo muy serio—.

Le juro que no. Intenté convencerla de que se desintoxicara, pero todo fue inútil. El verano pasado, la víspera del día en que usted me llamó, la detuvieron por tenencia de drogas y prostitución y, por si fuera poco, se había gastado el último dinero que me quedaba. Me sentía desesperado. Cuando usted me preguntó si estaba casado, le mentí. No quería que supiera en qué situación se encontraba Sandy y, además, nos íbamos a separar.

—¿Llegasteis a divorciaros?

—No. Temía los efectos de una publicidad adversa y no quería que usted supiera que estaba casado. Durante nuestra estancia en Nueva York, mi esposa desapareció sin dejar rastro y no volví a verla hasta hace unas semanas. Quería pedirle el divorcio, pero la vi tan mal que ni siquiera se lo comenté. Me sacó un poco de dinero y me llamó al día siguiente… Supongo que ya conoce el resto. Llegué a casa, me encontré con la policía y…

Se le llenaron los ojos de lágrimas y no pudo seguir.

—Mis abogados me han aconsejado que interponga una demanda contra ti —dijo Mel con voz pausada.

—Lo comprendo. —Bill le miró angustiado sin atreverse a pedirle nada. No podía justificar su conducta. Era culpable de haberle engañado. Pero no del asesinato que se le imputaba.

—Sin embargo, no voy a hacerlo. Por lo menos, de momento —Bill le miró asombrado sin saber que había sido Sabina quien le había hecho cambiar de idea, intercediendo en su favor—. Bastantes problemas tienes ya para que encima te caiga otro. —Era lo mismo que había dicho la propia Sabina—. Pero podrías causar un grave daño a la serie, un daño gravísimo. Si te condenaran por asesinato, los índices de audiencia bajarían en picado y sería nuestra ruina.

Bill experimentó una punzada de remordimiento.

—Yo no lo hice, Mel... Se lo juro —dijo, mirando al productor con lágrimas en los ojos—. Yo no la maté.

—Confío en que no —contestó Mel con sinceridad. Apreciaba mucho al muchacho.

—Pedí a la policía que me sometieran a la prueba del detector de mentiras, y estaría dispuesto a hacerlo por usted.

La policía había rechazado el ofrecimiento, pero, de todos modos, Ed le iba a someter a la prueba para mostrarle los resultados al fiscal de distrito, tanto si éste los admitía como si no. No tenía nada que ocultar.

—Eso deberán decidirlo tus abogados, Bill. ¿Cuál es tu situación legal en estos momentos? —preguntó Mel con aire cansado. Los últimos acontecimientos habían dejado una profunda huella en él.

—Habrá una vista preliminar dentro de dos semanas y esperamos que entonces se desestimen las acusaciones.

—¿Y si eso no ocurriera? —Mel era realista porque tenía entre manos una importante producción.

—Me someterán a juicio al cabo de noventa días.

—¿Eso cuándo será? —Mel frunció el entrecejo, se puso las gafas y estudió el calendario de sobremesa—. ¿Más o menos en junio?

—Creo que sí.

Mel asintió en silencio. Pensaba en la serie. Llevaba pensando en ella toda la semana, toda la noche y toda la mañana.

—Me parece que lo más aconsejable es continuar el rodaje. Te concederemos tiempo libre para la vista, claro. Las vacaciones empiezan el primero de junio. —Mel hizo una pausa y luego añadió—: Vamos a rodar dos escenas finales, la que ahora tenemos prevista en el guión y otra en la cual tú resultarás muerto. En caso necesario, podremos emitirla el año que viene y explicar tu desaparición. —La idea no le gustaba demasiado. No era fácil que el asesino de su propia esposa se convirtiera en el héroe de Estados Unidos—. Si eres absuelto, quizá te pidamos que vuelvas a finales de agosto, después de las vacaciones. En caso contrario, ya tendremos la escena final que necesitamos. Pero quiero pensarlo un poco. En caso de que te absuelvan, tú y yo tendremos que hablar. Sobre la honradez y tus objetivos. No puedes esperar que, después de arrojarnos encima una bomba como ésta, te recibamos con los brazos abiertos.

Mel hubiera preferido despedirle, pero Sabina decía que ello sería perjudicial para la serie y, además, el chico le daba mucha pena.

—Comprendo —dijo Bill. Sin embargo, estaba seguro de que no volverían a admitirlo después de las vacaciones. ¿Por qué razón hubieran tenido que hacerlo?

—Esto ha sido muy duro para todos. Especialmente, para ti. ¿Quién es tu abogado?

—Ed Fried, un amigo de mi agente.

—Quiero que hables con Harrison y Goode. Mañana mismo. Y el lunes te esperamos en el plató.

—Yo… preferiría verles por la tarde si no les importa recibirme siendo sábado. —Mel arqueó las cejas y Bill añadió, procurando reprimir las lágrimas—: El entierro de Sandy será por la mañana.

Mel desvió la mirada. El dolor que experimentaba aquel chico era casi insoportable. Puede que Sabina tuviera razón. Pobre muchacho…

—Lo siento de veras, Bill.

Éste se enjugó las lágrimas. En sólo unos días, su vida se había convertido en una pesadilla espantosa.

—Quiero aclarar que, si no te admitimos después de las vacaciones, no habrá indemnización por incumplimiento de contrato. Queremos que firmes ahora mismo un documento en este sentido.

—Sí, señor.

Bill habría sido capaz de cualquier cosa con tal de

ablandar a Mel. Habría hecho lo que le hubiera pedido. Pero no le pidió nada.

–Sin embargo, también quiero que hables con nuestros abogados para ver si pueden ayudarte. No son penalistas, pero te podrán indicar la persona más adecuada para llevar tu caso. –Mel carraspeó y volvió a ponerse las gafas de lectura. Eran unos anteojos que le conferían el aspecto de un director de escuela y resultaban incongruentes en aquella situación–. Nosotros nos haremos cargo de las minutas de los abogados.

Sabina había presionado para que así fuera.

–Yo no podría… Mel… –balbuceó Bill, asombrado.

–Queremos hacerlo por dos motivos. Por el bien de la serie es importante que seas absuelto, pero también… –su voz se suavizó un poco mientras miraba al asustado joven que estaba sentado frente a él– porque te apreciamos. Todos estamos desolados por lo que te ha ocurrido.

–No sé cómo darle las gracias, Mel –dijo Bill, levantándose con lágrimas en los ojos para estrechar la mano del productor.

–Vuelve al plató el lunes y procura que te absuelvan en el juicio.

–Sí, señor.

Esperó unos segundos, pero la entrevista ya había terminado. Volvió a estrechar la mano de Mel y abandonó el despacho, cerrando suavemente la puerta a sus espaldas. Mientras bajaba, sintió que le habían quitado un peso de encima, pero le habían echado otro. De momento no le habían despedido, pero era probable que lo hicieran durante las vacaciones de verano. La escena final alternativa en la que él resultaría muerto era un arma poderosa a la que sin duda recurrirían. Sin embargo, le agradecía mucho a Mel que le hubiera ofrecido la asistencia de sus abogados. Sabía que serían los mejores y confiaba en que pudieran ayudarle.

Subió a su automóvil y se dirigió al plató. Al llegar,

sintió miedo de enfrentarse de nuevo con sus compañeros, pero no tenía más remedio que hacerlo y necesitaba hablar con Gabby. Llevaba sin verla desde la noche en que ella acudió a visitarle a la cárcel en compañía de Zack y Jane, y deseaba preguntarle por qué había mentido por él. Cualquiera que fuera el motivo, quería agradecerle su ayuda.

Cuando llegó, estaban a punto de rodar una escena entre Sabina y Jane y el timbre sonó al entrar Bill en el plató. Permaneció inmóvil para no distraer a Sabina, la cual exigía que no se la molestara en el transcurso del rodaje. Éste era precisamente uno de los motivos de que casi nunca hubiera visitantes en el plató.

Cuando el director gritó «¡Corten!», Bill se adelantó unos pasos. Algunos miembros del equipo de rodaje le saludaron como si no hubiera ocurrido nada y otros hicieron caso omiso de su presencia. La situación era embarazosa y no sabían qué decirle. Bill comprendió por primera vez que algunos de ellos le consideraban culpable de la muerte de su mujer. Le aterraba pensarlo y hubiera deseado gritarles a todos: «¡Soy inocente!» Se encaminó al camerino de Gabby, confiando en que estuviera allí. La encontró tomando un café mientras estudiaba un guión. Se sorprendió al verle y esbozó una vaga sonrisa. Sabía que habían puesto a Bill en libertad, pero no le había llamado.

–¿Llego en un mal momento?

–No te preocupes –contestó Gabby–. ¿Cómo estás?

–Bien. Acabo de ver a Mel.

–¿Qué te ha dicho? –Todos sentían curiosidad por saber lo que iba a ocurrir.

–Es una buena persona. Me ha permitido seguir en la serie hasta las vacaciones de verano.

–¿Y después?

–Creo que todo habrá terminado. Rodarán una escena en la que resultaré muerto y la tendrán en reserva por si la necesitaran. El juicio será en junio y cualquiera sabe qué va a ocurrir.

–No te veo muy optimista –dijo Gabby, ofreciéndole una taza de café.

Bill la tomó con manos temblorosas y se sentó.

–Es que ahora no estoy muy animado. –No había para menos. Mirando a su compañera con afecto, añadió en voz baja–: Quiero pedirte disculpas y darte las gracias. Me he portado muy mal contigo durante todo el año y no entiendo por qué quisiste ofrecerme una coartada. No me lo merecía.

–No creo que la mataras –dijo Gabby con sinceridad.

–Pero no lo sabes. No lo sabe nadie. –Lo intuyó nada más entrar en el plató. Ya nadie creía en él. En el transcurso de unos días se había convertido en un extraño. Y, sin embargo, algunos estaban con él y Gabby más que nadie–. Se dieron cuenta de que mentías, pero te agradezco la ayuda. Hubieras podido meterte en un lío.

–Pensé que merecía la pena –dijo Gabby mirándolo a los ojos.

–No comprendo cómo puedes hablar conmigo después de lo que te hice.

–Porque soy una tonta. No voy a negar que muchas veces te portaste muy mal conmigo. En Nueva York sentí deseos de matarte cuando les dijiste a todos quién era y les mostraste el periódico. Pero, aun así, cuando te ocurrió esta desgracia, pensé que era algo espantoso. ¿Por eso estabas siempre tan deprimido?

–Sí. Estuve muy preocupado por Sandy, sobre todo cuando rodábamos en Nueva York. Temía que tomara una sobredosis y me parecía injusto que a mí me fueran tan bien las cosas mientras a ella le iban tan mal. Además, temía que Mel se enterara porque, cuando me contrató, le mentí, diciéndole que era soltero. Por eso no me atrevía siquiera a pedir el divorcio. Tú te pareces un poco a ella, ¿sabes? Creo que eso también me molestaba. Te veía tan sana y normal que te comparaba constantemente con Sandy y pensaba que ella hubiera podido ser como tú. Tenía por delante un futuro muy prometedor cuando nos casamos.

—¿Por qué mantuvisteis el matrimonio en secreto?

—Es una larga historia, pero fue una decisión de su agente porque entonces Sandy trabajaba en una serie. Para acabarlo de arreglar, le dije una mentira a Mel. Fue un auténtico desastre y ahora la situación no ha mejorado demasiado que digamos. El juicio se celebrará durante las vacaciones de verano.

Bill dijo que Mel le había ofrecido sus abogados y Gabby se quedó boquiabierta de asombro.

—Es un hombre estupendo. Me invitó a cenar en Nueva York, cuando estaba tan deprimida —dijo Gabrielle.

Por culpa suya, pero eso se lo calló.

—Es un auténtico magnate —añadió Bill.

Así era, en efecto. Un hombre en toda la expresión de la palabra. Una figura paternal. Un héroe.

—¿Crees que Sabina se acuesta con él? —preguntó Gabby, sonriendo maliciosa.

Bill se echó a reír. Era el primer comentario frívolo que escuchaba en varios días. Parecían dos chiquillos chismorreando sobre sus padres.

—Seguramente. Es muy lista y sabe lo que le conviene. Todas estas joyas que lleva no se las ha traído precisamente Papá Noel —añadió Bill.

—Me parece que Mel está muy enamorado —dijo Gabby.

—Es un hombre honrado y aunque me despida, lo que seguramente hará, se merece lo mejor del mundo.

¿Me he perdido muchas cosas esta mañana? –preguntó Bill exhalando un suspiro.

–No muchas. Rodamos escenas en las que tú no intervienes. ¿Volverás el lunes?

De repente, se habían hecho amigos. Bill comprendió que Gabby era una buena chica y se arrepintió de haberla tratado tan mal.

–Sí –contestó. Después, como si sintiera la necesidad de decírselo, añadió con tristeza–: El entierro de Sandy será mañana.

–Lo siento –dijo Gabby–. ¿Puedo ayudarte en algo?

Bill sacudió la cabeza. Ya nadie podía hacer nada ni por él ni por Sandy. Un servicio de limpieza contratado por Harry había adecentado el apartamento. Hubiera sido insoportable ver las paredes del dormitorio manchadas de sangre. El perro se quedaría en una residencia canina hasta que Bill regresara a casa y su situación se normalizara. Ya había decidido marcharse. Quería largarse de allí cuanto antes. Además, quienquiera que hubiera matado a Sandy podía volver en cualquier instante a liquidarle a él, aunque lo dudaba. Estaba cargando con la culpa de aquel sujeto y no era probable que éste le matara, demostrando de este modo que él no era el asesino de Sandy.

Bill miró a Gabrielle como si la viera por primera vez. Era muy bonita. Más que Sandy, pensó.

–Gracias por todo –le dijo levantándose sin saber qué añadir.

Recordó el cordial abrazo que le había dado en la prisión, pero no se atrevió a abrazarla. Justo en aquel momento, alguien llamó a la puerta.

–Sales en la próxima –dijo un ayudante desde el otro lado.

–Gracias –contestó Gabby–. Voy enseguida. –Después añadió, mirando a Bill a los ojos–: Todo se arreglará. Tendrás algunos problemas, pero, al final, todo quedará aclarado. Ya lo verás. Eres inocente y lo demostrarás. No te desanimes.

—Gracias —dijo Bill, decidiendo finalmente abrazarla.

Minutos más tarde, abandonó en silencio el plató.

27

El funeral de Sandy fue el momento más doloroso de la vida de Bill. Estaban sus padres, su hermano menor y su hermana mayor. Ésta no soltó la mano de su marido ni un solo instante, el hermanito lloraba con desconsuelo y todos miraban tristemente a Bill. Por lo menos, ellos estaban seguros de que no la había matado. Asistieron también algunos compañeros de la serie en la que trabajaba. Habían cerrado el ataúd para que no se vieran las heridas de las balas. Bill lo prefería. No quería volverla a ver de aquella manera, tan frágil y encogida, con el cuerpo devastado por los excesos a los que se entregaba desde hacía tanto tiempo y el rostro convertido en una vaga sombra de lo que había sido.

–Era tan dulce de pequeña –dijo la madre de Sandy abrazándolo entre sollozos mientras éste pugnaba por reprimir las lágrimas–. Era todo ojos y siempre me ayudaba a hacer pasteles…

El padre de Sandy le dio asimismo un abrazo, el pastor les estrechó las manos a todos y después fueron al cementerio en unos automóviles grises de alquiler. Bill iba con la hermana mayor de Sandy y su marido, que se mostraban muy serios y taciturnos, y Bill tuvo la impresión de que no estaban tan seguros de su inocencia como sus padres.

–Me dijo que debía dinero a mucha gente que le había vendido droga –comentó la hermana, como si no acabara de creer que Sandy había muerto.

Le llevaba apenas dos años y no era ni la mitad de bonita que ella. Miró inquisitivamente a Bill como si esperara que éste confesara su culpa antes de llegar al cementerio, pero ya no dijo nada más.

Una vez allí, todos contemplaron el ataúd en silencio y la madre rompió a llorar histéricamente mientras el pastor leía el salmo veintitrés. Bill estaba viviendo una pesadilla. Recordaba sin cesar el día de su boda. Ahora todo había terminado. Se le hacía extraño pensar que era viudo. Sandy seguía siendo su mujer cuando la mataron.

El camino de vuelta a la ciudad pareció interminable; al fin, Bill empezó a pasear sin rumbo. No recordaba dónde había dejado el automóvil y, cuando lo encontró, había olvidado a dónde tenía que ir, al despacho de Harrison y Goode, los abogados de Mel. Le daba tiempo de tomarse un café. Permaneció sentado con la mirada perdida en el espacio mientras el café se enfriaba, pensando en Sandy. Al pagar la cuenta, vio que la camarera le miraba, reconociendo en él no al astro de una serie televisiva sino al personaje que había visto en las fotografías de los periódicos. Bill regresó a toda prisa a su coche y se dirigió al bulevar Santa Mónica para visitar a los abogados.

El despacho se encontraba en la planta treinta y siete del Centro Recreativo ABC, y Stan Harrison ya había llamado a dos penalistas para consultar con ellos. Fue una tarde muy dura. Al igual que Ed Fried, que les había enviado el expediente, los abogados creían que tenía muchas posibilidades de ser absuelto en el juicio en el caso de que no aparecieran ulteriores pruebas. Sin embargo, no consideraban probable que previamente se desestimara la acusación. Acertaron plenamente en sus pronósticos. Dos semanas más tarde, Bill compareció ante un tribunal para la vista preliminar en la que se acordó la celebración del juicio. El juez consideró que había muchas dudas y no hubo modo de convencerlo de lo contrario. El comienzo del juicio se fijó para el 9 de junio.

Aquella tarde, Bill regresó a toda prisa al plató porque tenía que intervenir en tres escenas. Se esforzaba más que nunca y ponía toda el alma en la interpretación. Se consideraba en deuda con Mel y con todo el mundo y deseaba infundir más calor a su personaje antes de dejarlo.

Por la noche, terminaron a las ocho porque Sabina tuvo algunas dificultades en una importante escena con Zack. Se equivocaba a cada momento y se ponía hecha una furia. Por fin, la escena se rodó a entera satisfacción de todos, pero exigió nada menos que veintidós tomas. Los actores estaban agotados, incluso Zack que nunca se quejaba. Bill se percató de su cansancio cuando le vio marcharse con Jane. Últimamente, los veía muy a menudo juntos y no sabía si eran ciertos los rumores que circulaban por Hollywood. Alguien a quien conoció en el Mike's le dijo que Zack era homosexual, aunque desde luego no lo parecía. Quizá el y Jane sólo fueran amigos. Hubiera sido difícil adivinar qué tipo de relaciones mantenían porque ambos eran muy discretos, más que Mel y Sabina.

—Te veo muy alicaído –le dijo Gabby mientras abandonaba el plató en su compañía.

Había sido una jornada muy larga, sobre todo para Bill, que había tenido que comparecer ante el juez.

—Muchas gracias, mujer.

—¿Qué tal fue?

Gabby se ofreció a ir con él, pero Bill quería afrontar solo las dificultades. No había ninguna razón para que ella le acompañara y, además, aún le remordía la conciencia por lo mal que la trató durante todo el invierno.

–Me han retenido –contestó Bill, utilizando una terminología que hubiera preferido ignorar.

–¿Para someterte a juicio?

Bill asintió en silencio. Ya se había resignado a soportar aquella situación. Confiaba en que los abogados no se equivocaran.

–Sí. El nueve de junio –parecía una fecha muy lejana, pero Bill sabía que llegaría sin que apenas se diera cuenta de ello–. Ya habremos empezado las vacaciones de verano. Las mías serán permanentes.

–No digas eso. Últimamente las escenas te han salido bordadas.

–Ya que tengo que irme, quiero hacerlo a lo grande. Por lo menos, puede que, de esta manera, alguien me eche de menos –dijo Bill sonriendo con tristeza.

–No digas tonterías –contestó Gabby. Estaba preciosa con su sedoso cabello negro recogido en una sola trenza–. Aún no se ha adoptado ninguna decisión definitiva.

–¿Y tú qué piensas? Con independencia de lo que ocurra en el juicio, ¿crees de veras que me mantendrán en la serie, Gabby? Nadie se puede permitir un escándalo de este tipo si interviene en una superproducción que necesita alcanzar elevados índices de audiencia. Tendrán que librarse de mí para contentar a la opinión pública.

–¿Y eso qué importa? Aunque se libre de ti en la vida real, tú estarás en la serie todo el año. Para entonces la gente ya se habrá olvidado. Es posible que se queden contigo.

–Eso díselo a Mel –bromeó Bill. Sin embargo, respetaba la opinión del productor cualquiera que ésta fuera.

–Puede que lo haga –dijo Gabby, pero ambos sabían que no era verdad.

–¿Tienes apetito? –preguntó Bill. Empezaba a tratarla como a una hermana menor.

—Un poco.

—¿Quieres que vayamos a tomar una hamburguesa en algún sitio?

—Pues no sé —vaciló la joven—. Hoy ha habido tanto jaleo que estoy algo cansada. ¿Quieres venir a mi casa a comer un poco de pasta?

—Ah, pero ¿sabes cocinar? —repuso Bill con expresión divertida.

¿Gabrielle Thornton-Smith cocinando? Sin embargo, no lo dijo y se guardó muy bien de preguntarle si se lo *pasaba en grande*.

—Pues en realidad no —contestó Gabby sonriendo—. Pero disimulo.

—¿Cómo disimulas para preparar un plato de pasta? Eso puede no ser fácil.

—Finjo que la salsa no procede de una lata y tú finges que te encanta.

—Me parece muy bien. ¿Llamo a mi agente para que firme el contrato?

Gabby se alegró de verle tan animado. La primera semana estuvo muy deprimido y, por una vez, la muchacha no se lo reprochó. Los del equipo de rodaje le hicieron pasar muy malos ratos y sus compañeros de reparto se mostraban recelosos con él. Muchos debían pensar que era un asesino, y Gabby le compadecía porque sabía lo que era sentirse despreciado por los demás.

—¿Quieres dejar tu automóvil? —le preguntó—. Puedo recogerte por la mañana, no tengo que desviarme de mi camino.

Bill se sorprendió de que su casa fuera tan sencilla. A pesar de su renta y del sueldo que ganaba, Gabby vivía modestamente en un apartamento que no tenía una vista espectacular pero sí un pequeño y coquetón dormitorio. Había pósters por doquier de lugares donde había estado y de otros que deseaba conocer, y en la cocina se podía ver un montón de cacharros que no debía de utilizar muy a menudo. Se notaba que no era muy ducha en el arte culinario y la pasta no era nada del otro jueves, pero se lo pasaron muy bien comentando las incidencias de la serie sin hacer la menor alusión a los problemas de Bill.

—¿Cómo es tu familia, Gabby? –preguntó éste.

—Rica –contestó la joven sonriendo–. Eso es lo que querías oír, ¿verdad?

—No precisamente –contestó Bill–. ¿Te gustan tus padres?

—Algunas veces. Mi madre sólo piensa en trapitos y a mi padre le encanta que así sea. –Era un resumen muy simple, pero no completamente erróneo.

—¿Tienes hermanos?

—No. –Bill era también hijo único y ello le parecía a menudo una carga. Pensaba tener hijos con Sandy más adelante, pero no hubo ocasión.

—Cuando era pequeña me mimaban mucho, pero cuando decidí ser actriz se pusieron furiosos.

—A mis padres tampoco les hizo demasiada gracia. Mi padre quería que fuera agente de seguros, como él. Nunca me comprendieron. Viven en el Este y llevo tres años sin verles. Les envié una tarjeta por Navidad, comunicándoles que me había casado, y mi madre me contestó que estaban muy ofendidos porque no les había informado de antemano ni les había presentado a Sandy. Nos enviaron una bandeja de plata como regalo y desde entonces apenas he sabido de ellos. Me cuesta mucho mantener el contacto, además, no tengo nada que decirles.

—Mi padre quería que fuera abogada. Me parece que los dos hemos decepcionado a nuestras familias.

—No pensarán lo mismo el año que viene. Serás la estrella más famosa de Hollywood.

Ambos se preguntaron en silencio si él estaría aún en la serie.

—Puede que no. Puede que la serie sea un fracaso y la anulen.

—No es probable —dijo Bill, soltando una carcajada—. Tratándose de una serie de Mel Wechsler, no es posible. Parece el rey Midas —añadió, enumerando uno a uno los éxitos del productor.

—Es asombroso, ¿verdad? Me sigo preguntando por qué me eligió.

—Porque eres una buena actriz —contestó él con sinceridad.

—Tú también eres un buen actor —dijo ella, devolviéndole el cumplido.

Ambos ponían mucho empeño en hacer bien las cosas. Mel había elegido con sumo cuidado a los actores del reparto y ambos lo sabían.

—Jane es muy serena y reposada. En cambio, Sabina está siempre en tensión y a veces aún me intimida —añadió Gabby, sosteniéndose la barbilla con la mano.

—Le encanta interpretar el papel de primerísima estrella.

—A veces me pregunto qué lleva dentro.

—No gran cosa. Diamantes, abrigos de visón y la cuenta bancaria de Mel. Lo de siempre.

Gabby se echó a reír, pero enseguida se puso seria.

—Creo que hay algo más que no sabemos. Lo que ocurre es que es muy reservada.

—¿Como tú?

Bill sentía curiosidad por ella desde que supo quién era, pero además la envidiaba. A veces le parecía injusto que algunas personas tuvieran tantas cosas mientras otras carecían de todo. Menos mal que no era engreída. Pensaba que debía de tener mayordomo, camarera y alfombras de visón. Sin embargo, no había nada de todo eso. Gabby era una muchacha sencilla y natural y Bill sentía un montón de cosas por ella. Era extraña, inteligente, orgullosa y fiel, y tenía un profundo sentido de la amistad. Hubiera sido capaz de hacer cualquier cosa por Jane y Zack y, en presencia de extraños, defendía incluso a Sabina. Los actores de *Manhattan* eran una gran familia y Bill formaba parte de ella, por muy antipático que hubiera sido al principio.

–Soy exactamente lo que parezco: Gabby Smith, actriz. Trabajo duro, soy muy mala cocinera y no tengo la culpa de lo que fuera mi abuelo. Ya casi he dejado de sentirme culpable. –El hecho de trabajar en la serie le fue muy beneficioso, e incluso las ofensas de Bill le sirvieron para madurar, aunque la hicieran sufrir mucho–. Creo que en el fondo todo eso no tiene ninguna importancia.

–Estoy de acuerdo.

–Cuando era pequeña me daba mucha rabia. Siempre ha habido alguien que me ha torturado por este motivo.

–No me lo recuerdes –dijo Bill, compungido–. Me siento una basura.

–Es que lo eras –replicó Gabby sin intención de ofenderle–. Por suerte conseguí sobrevivir. Y tú sobrevivirás a todo esto y saldrás fortalecido de la experiencia.

Bill pensó que Gabby era una chica muy animosa y, mientras la escuchaba, comprendió que no se parecía en absoluto a Sandy. A diferencia de Gabby, ésta había sido débil e indecisa.

Consultó el reloj y vio que ya eran más de las doce.

–Tengo que irme –dijo. Ambos tenían que levantarse muy temprano–. ¿Quieres que ensayemos este fin de semana?

Gabby asintió con aire meditabundo.

–De acuerdo, no me vendrá nada mal –contestó.

–Gracias por la cena.

–Podemos repetirlo cuando quieras. También puedo hacer picadillo de carne en conserva. ¡Y raviolis instantáneos!

Bill se echó a reír mientras Gabby le acompañaba a la puerta.

–¿Te ayudo a lavar los platos? –le preguntó Bill.

–De ninguna manera. Mañana lo hará la criada.

–¿Ah, sí? –Por lo menos, había acertado algo.

–No seas tonto –dijo la joven, riendo–. Yo misma soy la cocinera, la criada y el chófer –añadió, abriendo la puerta–. ¡Oye –le gritó mientras Bill subía a su automóvil–, no olvides pasar a recogerme mañana! ¿Te parece bien a las siete menos cuarto?

–Aquí estaré. Buenas noches.

Gabby le despidió con una mano mientras se alejaba, entró al apartamento y cerró la puerta despacio.

28

A la mañana siguiente, Bill recogió a la muchacha con cinco minutos de retraso y una cara de sueño espantosa. Gabby subió al vehículo bostezando. Había permanecido levantada hasta tarde, arreglando la cocina y repasando las escenas del día siguiente. Siempre se preparaba muy bien, cosa que Bill admiraba mucho en ella. En diez años de profesión, había trabajado con numerosas actrices que no se esforzaban demasiado en aprender sus papeles. Se lo comentó a Gabby mientras se dirigían a los estudios y ella le agradeció el cumplido con una sonrisa. Bill había cambiado muchísimo desde el asesinato de Sandy. A pesar de la horrible experiencia, en cierto sentido parecía más libre. Al llegar a los estudios, cada cual se fue por su lado. Tenían que cambiarse y maquillarse y a Gabby iban a cambiarle el peinado. Las peluqueras la peinarían con moño y estaba citada con ellas a las siete y media. Cuando más tarde se reunió con Bill en el plató, parecía una persona enteramente distinta: iba vestida de rojo, calzaba zapatos de tacón y lucía unos maravillosos pendientes de brillantes.

—¿Señorita Thornton-Smith? —dijo Bill, haciendo una reverencia mientras Gabby hacía una mueca.

—Vete al cuerno. Me llamo Tamara Martin.

—Perdone, se parece usted a...

Mientras los dobles ocupaban sus puestos, ambos repasaron dos veces sus papeles. Media hora más tarde, los técnicos iluminaron la escena y la jornada se inició cuando sonó el timbre y el ayudante dijo:

—Silencio, por favor. Cámaras... Focos... ¡Acción!

Todas las escenas de aquella mañana se rodaron sin el menor contratiempo.

Durante la pausa del almuerzo, Bill se reunió con los abogados en su camerino, y Gabby se fue a almorzar en compañía de Zack y Jane. Al verlos tan encariñados el uno con el otro, les miró casi con envidia.

—Hacéis que me sienta muy sola —les dijo.

—Vamos, vamos —contestó Zack, dándole un abrazo mientras se tomaba una segunda coca-cola—. Cuando tengas nuestra edad, ya serás una mujer casada y tendrás diez hijos.

—No es probable.

—¿De qué estáis hablando? ¿Os importa que me siente con vosotros?

Era Bill. Parecía un poco cansado y deprimido. Buscó a Gabby y alguien le dijo que probablemente estaba en el camerino de Jane donde, al fin, la encontró.

—¿Qué tal fue? —le preguntó ella, mirándole preocupada con el bocadillo en la mano.

—Bastante bien. Me hacen sentir como Jesse James. —Sin embargo, la cosa no tenía ninguna gracia. Corría un grave peligro y la tragedia era todavía reciente—. Confío en que sepan lo que hacen.

—Yo también —susurró Gabby.

Jane había observado el cambio de Bill y se lo había comentado a Zack, el cual lo atribuía al miedo. Esperaba que todo se resolviera satisfactoriamente y no surgieran más problemas.

—¿Quién tiene que actuar ahora? —preguntó Bill.

—Sabina, Zack y siete extras —contestó Jane—. Yo ya

he terminado por hoy, pero me quedaré un rato.

Gabby sabía que esperaba a Zack, pero no lo dijo.

–¿Y nosotros?

–Tú y Gabby actuaréis después, en la escena con los «abogados» de Sabina.

–Seguro que será una escena entrañable –dijo Bill, y todos se echaron a reír.

Los últimos minutos del descanso transcurrieron sin sentir. Zack tenía que cambiarse de ropa y Gabby se quedó unos minutos con Jane mientras Bill se comía otro bocadillo. La entrevista con los abogados le había abierto el apetito. Bill acompañó luego a Gabby a su camerino y Jane se preguntó qué relación habría entre ambos.

–¿Te apetece ir a tomar una pizza esta noche, Gab? –preguntó Bill desde la puerta.

–¿No te cansarás de verme todo el día en el plató y después durante la cena? –contestó la joven sonriendo.

–No digas tonterías. Te llevaré a mi bar preferido.

–¿Tengo que vestirme de gala?

–No –contestó Bill–. ¿Juegas al billar?

–Sólo al chapolín. Pero no se lo digas a nadie.

–No te preocupes. Yo te enseñaré.

A la salida del trabajo, la llevó al Mike's y juntos se comieron unas hamburguesas y jugaron al billar. Después la presentó a su amigo Adam como «mi compañera de reparto, Gabby Smith», omitiendo el «Thornton». Al ver las miradas de franca admiración de Adam y otros hombres del bar, Bill se percató de lo bonita que era la joven. Mientras la acompañaba a casa en el automóvil, le hizo la pregunta que le rondaba por la cabeza desde hacía varios días.

–¿Estoy ocupando el tiempo de alguien?

–¿Cómo? –preguntó Gabby, perpleja.

–Quiero decir que si sales con alguien.

–Ah. –Sacudió la cabeza–. En este momento no.

Desde que se inició el rodaje de *Manhattan* no tenía ninguna relación seria con nadie. Nunca tenía tiempo para ello y no se había cruzado por su camino nadie que le interesara.

—Me sorprende. ¿Qué hace sola una chica tan guapa como tú?

—Pues no lo sé... A lo mejor es que trabajo demasiado. Quizá me preocupa que la gente sepa quién soy. No he pensado en eso demasiado porque carezco de tiempo para ello.

—Eso no es una justificación. ¿Cuántos años tienes, Gabby?

—Veinticinco. —Había celebrado su cumpleaños en la intimidad, en compañía de sus padres, cuando se hallaban en Nueva York—. ¿Y tú?

—Treinta y tres.

—Te creía más joven.

—¿Es un cumplido o una chanza?

—Puede que ambas cosas —contestó la muchacha echándose a reír—. En la pantalla pareces más joven.

—No lo pareceré después del juicio.

—No te preocupes por eso —le dijo Gabby, aunque lo entendía.

—¿No te preocuparías tú?

—Claro, pero todo se resolverá.

—Aunque así sea —dijo Bill—, ya no volveré a trabajar en *Manhattan*.

—Eso no lo sabes, Bill.

—No creo que Wechsler me lo permita. Bastantes quebraderos de cabeza le he dado ya y comprendo sus razones.

—Mel es un hombre honrado y no te despedirá a menos que no tenga más remedio.

—Yo de él, lo haría.

—En tal caso, mejor que no lo seas —dijo Gabby sonriendo.

Bill la miró, pensando en cuán insensato había sido. Había tratado de explicarle sus razones mientras se tomaba un vaso de vino con la joven en el apartamento de ésta. Todo estaba impecable y no había la menor huella de la cena de la víspera. Bill se preguntó si de verdad tendría una criada y no quería decirlo. Sin embargo, Gabby parecía una chica muy pulcra, ordenada e inteligente en todo cuanto hacía.

—Eres asombrosa, Gabrielle —le dijo. Hasta su nombre le gustaba.

—No seas tonto. ¿Y eso, por qué?

—Porque ejerces un dominio total sobre todo cuanto haces: tu vida, tu profesión, incluso tu apartamento. Yo por las mañanas ni siquiera puedo ponerme los calcetines emparejados y nunca le doy la comida al perro a su hora.

—¿De qué raza es tu perro?

Gabby sentía curiosidad por el joven y quería saber más cosas.

—Un San Bernardo que se llama *Bernie*. Es un gamberro, pero yo le quiero mucho. Me cuesta Dios y ayuda encontrar una casa en la que quepamos los dos. —Después de lo ocurrido, deseaba mudarse cuanto antes—. ¿Quieres ayudarme a buscar algo este fin de semana? Luego podríamos ensayar o irnos a cenar, o ambas cosas, o…

Su voz se perdió mientras la muchacha se echaba a reír. Parecía un chiquillo que acabara de encontrar a una nueva amiga. Gabby se sentía halagada y conmovida.

—Me encantará —contestó.

No tenía otra cosa que hacer y le gustaba la compañía de Bill. Aquella noche, antes de marcharse, el joven le dio tímidamente un beso como si temiera la reacción de la joven. Sin embargo, Gabby le devolvió el beso.

—Buenas noches —le susurró.

—Hasta mañana. ¿Puedo pasar a recogerte? —le preguntó Bill, acariciándole suavemente el rostro con las yemas de los dedos.

—Claro. Pero te vas a cansar de mí.

—Ni se te ocurra pensarlo. —Estaba seguro de que nunca se cansaría de ella.

Aquella noche, Gabby se acostó pensando en Bill. Eran muchas las cosas que le gustaban de él, en particular desde que había cambiado tanto y se mostraba tan cariñoso y sincero con ella. A la mañana siguiente, cuando Bill acudió a recogerla, Gabby encontró en el asiento del automóvil una rosa de tallo largo adornada con una cinta blanca.

—Para ti, *mademoiselle* —dijo Bill, ofreciéndosela.

Gabby la aceptó complacida, pensando que era una hermosa manera de empezar el día.

—Me mimas demasiado, Bill —le dijo casi sin poder creer lo que le ocurría. ¿Y si el joven cambiara otra vez y volviera a encerrarse en sí mismo como antes? ¿Y si...?

—Te lo mereces. Te mereces mucho más que eso. Pero las floristerías aún no estaban abiertas. Esta flor es del jardín de mi vecino.

—Gracias —dijo Gabby sonriendo. Bill volvió a besarla antes de bajar del vehículo—. Y gracias por acompañarme al trabajo.

—Gracias a ti por haber intentado salvarme aunque fuera una locura.

—No digas eso.

Bill aún no salía de su asombro. Había sido toda una hazaña, puesto que no le constaba con certeza que él no hubiera matado a Sandy.

Aquel día había un gran ajetreo en el plató. Hubo visitantes que siempre ponían nerviosos a los actores, aunque tuvieran que aceptarlos por tratarse de amigos de Mel. Los técnicos de iluminación estuvieron muy lentos y, durante una importante escena, pasó un avión y tuvieron que volver a filmarla porque el técnico de sonido captó el rumor del aparato. Al término de la jornada, Gabby estaba completamente agotada e incluso bostezó varias veces mientras Bill la acompañaba a casa.

—Gustosamente te invitaría a cenar, pero no creo que pudiera permanecer despierta tanto rato.

—No te preocupes. De todos modos, tengo que ir a darle de comer a *Bernie*. Esta mañana no había comida para perro y el pobrecillo debe de estar muerto de hambre.

—Algún día tendrás que presentarnos.

—Cuenta con ello —repuso bill mientras Gabby descendía del vehículo—. Oye… olvidas una cosa.

—¿Qué es? —preguntó ella, inclinándose hacia el interior del automóvil.

Bill le tomó el rostro entre las manos y la besó.

—Te echaré de menos esta noche.

—Yo a ti también.

Era curioso que hubiera vivido veinticinco años sin él y que ahora no pudiera pasar una noche sin verle. Cuando llegó a casa, Bill dio de comer al perro y la llamó por teléfono. La casita que tanto le gustaba antes, se le antojaba ahora un lugar maldito. Confiaba en encontrar una nueva vivienda durante aquel fin de semana.

—Te recogeré mañana —le dijo antes de colgar, pero Gabby pareció dudar un poco.

—¿No crees que la gente empezará a murmurar?

—¿Qué les importa eso a los demás? Ya tienen su propia vida en que pensar.

—Tienes razón.

A la mañana siguiente, Gabby se despertó con un inmenso deseo de verle. Era como si tuviera catorce años y se hubiera pasado toda la noche soñando con su compañero preferido de la escuela. Sin embargo, Bill era algo más que eso. Era un muchacho simpático y serio con el que compartía los mismos intereses. A ambos les encantaban el montañismo, el surf, la vela y el esquí. Gabby no había esquiado en todo el año porque trabajaba en la serie y en su contrato figuraba una cláusula que se lo impedía.

Al llegar a los estudios, Bill y Gabby ensayaron un rato en el camerino de la joven y luego las escenas les salieron de maravilla. Las hicieron todas en tres tomas y hasta el director les felicitó efusivamente bajo la mirada de tigresa de Sabina.

—¿Qué habéis estado haciendo después del trabajo, muchachos? —les preguntó Sabina—. ¿Ensayar?

Gabby se ruborizó levemente, pero Bill le devolvió la mirada. A veces, Sabina le sacaba de quicio, sobre todo, cuando se metía con Gabby.

—Pues la verdad es que sí.

—Vaya, vaya… A veces las mejores relaciones amorosas nacen del odio. Y, desde luego, no cabe duda de que vosotros os odiabais bastante. Habéis hecho las paces, ¿eh?

—Déjanos tranquilos, Sabina —le contestó Bill, rodeando los hombros de Gabby con un brazo mientras la acompañaba al camerino—. Sabina me ataca los nervios —murmuró mientras ella se quitaba el abrigo que llevaba puesto para interpretar la escena.

—Es una mujer que necesita sacar un poco las uñas de vez en cuando —dijo Gabby.

—Mientras no las afile ni en mi trasero ni en el tuyo… —musitó Bill, mientras abría una botella de gaseosa.

Miró a Gabby, que estaba preciosa con los elegantes modelos de François Brac. Cuando se lo dijo, la muchacha se encogió de hombros.

—Me recuerdan demasiado a mi madre.

—Tan mala no puede ser si se parece a ti, princesa —dijo Bill, sin asomo de ironía.

Ella se acomodó en un sillón, lanzando un suspiro.

Aquella semana, habían trabajado con ahínco y se alegraba de que estuvieran a viernes.

A la mañana siguiente, Bill la recogió y fueron a ver cuatro apartamentos y una casa. No encontraron nada que le entusiasmara, pero por lo menos representaría un cambio. Decidió alquilar la casa porque el propietario estaba dispuesto a aceptar el perro.

—No está del todo mal —dijo Bill, encogiéndose de hombros mientras tomaban unas hamburguesas en el Mike's antes de ir a ensayar al apartamento de Gabby—. No dejo de preguntarme dónde estaré dentro de tres meses. Es un poco difícil forjar planes en estos momentos.

Le esperaba un juicio en el que podían condenarle a prisión. Cada vez que pensaba en ello, se angustiaba y temía las consecuencias. No tenía ningún derecho a hacerle daño a Gabby, y así se lo dijo al terminar la cena.

—Ya soy una persona mayor, Bill. Puedo cuidar de mí misma. Sé lo que te espera, pero también sé que tú no lo hiciste. Lo supe desde el primer momento.

Era un voto de confianza extraordinario, tratándose de la chica a la que él había acosado sin piedad durante seis meses.

—Tu confianza significa mucho para mí.

—Ya te dije que te la mereces —contestó ella sonriendo.

Pasaron un rato charlando y después se fueron al apartamento para ensayar. Repasaron dos escenas, pero Gabby estaba distraída y se equivocaba a cada dos por tres.

—Perdona, Bill, debo de estar cansada.

—Ven aquí —dijo él, obligándola a tenderse a su lado en el sofá—. Eres una chica muy valiente.

—¿Qué te induce a pensarlo?

—No sé, tu forma de ir por la vida. Te admiro, Gabrielle.

La besó larga y apasionadamente y ambos olvidaron por completo el guión.

—¿Figura esto en la próxima escena? —bromeó Gabby.

—Pediremos que lo incluyan —susurró él— porque daría muy buen resultado.

—Creo que sí.

Bill volvió a besarla mientras ella le pasaba las manos por debajo de la camisa y él le acariciaba el cuerpo enfundado en unos ajustados pantalones vaqueros.

—Te quiero, te quiero muchísimo, pero por nada del mundo quisiera destrozarte la vida.

—No te preocupes por eso. —Nunca había conocido a un hombre que le gustara tanto. Se negaba a pensar en el futuro porque estaba segura de que todo acabaría arreglándose—. Te quiero —dijo por fin.

—Yo también te quiero, Gabrielle —contestó él sorprendido—. Parece una locura. Quisiera alejarme de tu vida para no causarte problemas, pero no lo consigo.

Esta vez, ella le besó con tanto apremio que Bill se olvidó de todos sus escrúpulos y se la llevó en volandas al dormitorio, la depositó en la cama, le quitó los vaqueros y le desabrochó cuidadosamente la blusa como si desnudara a una niña. Gabby lo observó fascinada mientras se quitaba la ropa y dejaba al descubierto la magnificencia de su cuerpo. Después se abrazaron y se olvidaron de todo, menos de su amor que había nacido de las cenizas del dolor, el sufrimiento y la decepción. Tenían mucho que darse mutuamente y Bill comprendió más tarde que jamás había sido tan feliz.

—¿Dónde has estado durante toda mi vida, muchachita? —le susurró él al oído mientras ella se acurrucaba en sus brazos y se quedaba dormida.

Bill la miró sonriendo y acarició aquel largo y sedoso cabello negro que al principio le recordaba a alguien, pero ya no. Gabby era la única mujer a la que amaba.

29

—¿Crees que se acuestan juntos? —le preguntó una mañana Zack a Jane a la hora del desayuno.

—¿Bill y Gabrielle? Es muy posible. Pero no estoy segura de que él quiera atarse a alguien en estos momentos. Está muy nervioso por el juicio, y es lógico. Sin embargo, puede que al fin se acabe imponiendo el amor. ¿Sabes una cosa? Incluso cuando Bill se metía tanto con ella, yo pensaba que podrían ser una pareja perfecta.

—Eso es lo que más me gusta de ti —repuso Zack, dándole un cariñoso beso—. Eres extraordinariamente perspicaz. —Desayunaban desnudos al borde de la piscina. Las niñas pasarían el fin de semana con su padre y ellos pensaban en ir a comprar algunas antigüedades para la nueva casa de Jane, aunque ésta no parecía muy entusiasmada con la idea. Cuando las niñas no estaban con ella, se iba a casa de Zack. Su ex marido se le antojaba un extraño. Sólo le había visto una vez después del divorcio y ahora le parecía un hombre amargado, insensible y medio chiflado—. El otro día lo estaba pensando —añadió Zack—. ¿Qué piensas hacer durante las vacaciones de verano?

—No tengo ni idea. Alyssa se irá a un campamento y Jason y Alex se han buscado un trabajo eventual. Jason en un rancho de Montana, y Alex en el mismo campamento adonde irá Alyssa.

—¿Y si este año fueras de acampada conmigo? —le preguntó él esbozando una sonrisa. Era inmensamente feliz con ella y el pasado le parecía un sueño lejano—. ¿Y si nos fuéramos dos meses a Europa?

A Jane se le iluminaron los ojos porque jamás había visitado el viejo continente.

—¡Me encantaría! —exclamó.

—El sur de Francia, unas semanas en Italia. Después, Austria. A lo mejor el Festival de Música de Salzburgo. ¿Qué dices a eso, amor mío? —preguntó Zack, inclinándose para besarle el cuello.

No hizo la menor alusión a sus anteriores viajes a Grecia en compañía de sus amigos homosexuales. Todo aquello había terminado definitivamente.

—Me parece estupendo.

—Bien, haré las reservas. ¿Te gustaría visitar Irlanda? Podríamos alquilar un automóvil y recorrer todo el país. ¡Y después Suiza y España! —exclamó Zack, tan emocionado como ella.

Iba a ser el mejor año de la vida de ambos.

—¿Sabes una cosa? —repuso Jane, esbozando una sonrisa satisfecha—. Me gusta tener cuarenta años. Resulta divertidísimo.

—Pues claro —contestó él, complacido. Le acababa de encargar un abrigo de visón en François Brac y pensaba regalárselo a la vuelta—. ¡Ya verás cuando tengas mi edad!

—Por cierto… Sabina tiene un humor de perros últimamente.

—Está agotada. A todos nos hace falta un descanso.

Zack tenía razón. Aquella mañana, tendida al lado de Mel al borde de la piscina, Sabina pensó que jamás se había sentido más agotada. Curiosamente, ellos hablaban también de las vacaciones. Sabina tenía que pasar tres semanas en París para probarse el vestuario que le había preparado François Brac para el año siguiente, pero luego estaría libre y Mel le había propuesto reunirse con ella en París.

—¿No podrías acompañarme esta vez? —preguntó Sabina, mirándole como una chiquilla decepcionada mientras él le besaba los dedos y después la punta de la nariz y los labios.

—Ojalá pudiera, cariño. Ya sabes lo que ocurre antes de los estrenos. Me queda un montón de trabajo pendiente. Pero me reuniré contigo en cuanto pueda. ¿Qué te parece un par de semanas en Cannes? —Le encantaba alojarse en el Carlton.

—¿Y qué voy a hacer yo sola en París? —replicó Sabina, frunciendo el ceño.

—Espero que me eches desesperadamente de menos —contestó Mel.

Sus relaciones se habían prolongado a lo largo de toda la serie y ambos parecían hechos el uno para el otro. Sabina hacía lo que quería y Mel no se entrometía en sus asuntos. Se fue varios fines de semana sola sin que él le preguntara jamás adónde iba. Le molestaba un poco, pero ya sabía cómo era Sabina y no quería obligarla a ser de otro modo. La aceptaba tal y como era, menos cuando estaba de mal humor. Sin embargo, Zack tenía razón. Todos estaban muy cansados. El lanzamiento de un nuevo serial suponía un esfuerzo enorme y Mel ya había empezado a preparar la campaña publicitaria de otoño. Quería ofrecer una gala de preestreno con asistencia de representantes de todos los medios de difusión. Pero estaba muy preocupado por la posible condena de Bill Warwick.

—Creo que se tira a Gabrielle —le dijo Sabina, utilizando la vulgar expresión.

—Puede que le sea provechoso —contestó Mel, sonriendo—. A lo mejor están enamorados.

Sabina le miró con ternura. Le gustaba el temperamento romántico de Mel y, últimamente, se sentía muy feliz a su lado.

—Bueno, pues háblame de nuestro viaje.

—¿Qué te parece Cannes? ¿Y si pasáramos una semana en Venecia?

—Será fantástico —contestó Sabina, cubriéndose el rostro con el sombrero—. Es usted muy bueno conmigo, señor Wechsler.

—¿De veras?

Mel extendió una mano hacia el periódico y sacó de debajo del mismo un estuche cuya envoltura le dijo a Sabina que era de la joyería Bulgari.

—¿Qué es? —preguntó Sabina, mirando intrigada por debajo del sombrero.

—Creo que el repartidor del periódico lo dejó para usted, señorita Quarles. Será mejor que lo examine.

Con un rápido movimiento, Sabina arrojó el sombrero a un lado y desenvolvió el paquete. Mel la inundaba de regalos. Esta vez, se trataba de una sortija con una enorme esmeralda. Sabina se la deslizó en el anular de una mano impecablemente manicurada. Era una estrella y no lo olvidaba ni un solo instante.

—Es preciosa, Mel.

—Me ha recordado el color de tus ojos.

Sabina le dio las gracias con un prolongado beso y después ambos se dirigieron lentamente a la casa, ella luciendo un biquini blanco y la sortija de la esmeralda y él envuelto en el albornoz. Tardaron mucho rato en salir de nuevo al jardín. Cuando lo hicieron, ambos esbozaban una radiante sonrisa de satisfacción.

30

Al llegar el último día, todos contemplaron con inquietud el rodaje de la escena final. Era una escena que nadie hubiera deseado ver: la escena adicional escrita por Mel en la que Bill resultaba muerto…, en la suposición de que el joven actor no pudiera regresar a la serie. En su transcurso, se producía un enfrentamiento entre él y el novio de su hermana, el cual le mataba de un disparo. En la última secuencia, Sabina recibía la noticia de la muerte de su hijo. Era una escena muy trágica, cuyo rodaje todos contemplaron en sobrecogido silencio.

Cuando gritaron «¡Corten!», Bill se levantó del suelo con la cara muy seria.

Todos estaban muy afectados y Bill miró tristemente a su alrededor como si quisiera despedirse. Las lágrimas que rodaban por las mejillas de Gabby eran auténticas e incluso Sabina parecía apenada. Zack le asió de un brazo mientras se retiraba.

–Nunca la utilizarán, Bill. No te preocupes –le dijo.

El joven hubiera querido darle las gracias, pero la emoción le impedía hablar. Los demás actores del reparto los rodearon y Gabby le echó los brazos al cuello y se puso a llorar sin recato. Fue un día muy triste para todos. Estaban a punto de iniciarse las vacaciones y Mel había organizado un espléndido almuerzo de despedida.

Gabrielle se sonó la nariz mientras Jane le rodeaba los hombros con un brazo.

—Tranquilízate, ya todo ha terminado.

La escena sí había terminado, pero no los problemas de Bill. Faltaban nueve días para el comienzo del juicio. Gabby abandonó sus planes para el verano y decidió quedarse con él. Pensaban irse al lago Tahoe al día siguiente y pasar después una semana hablando con los abogados.

Jane y Zack se dirigirían a Roma, más tarde a Venecia, y finalmente pasarían un mes en la costa Azul. Después se trasladarían a París y, antes de regresar a casa, pasarían por Londres. Jane estaba emocionadísima. Sabina, por su parte, acudiría a la cita que tenía en París con François Brac. Todo el mundo hablaba de sus planes: Europa, el Gran Cañón del Colorado, las visitas a la familia o, sencillamente, el descanso antes de reanudar el rodaje en agosto.

—Parece el último día de clase —dijo Gabby con una sonrisa a Bill.

Era una chica encantadora y había sido muy buena con él. Bill le estaba profundamente agradecido. Antes de que abandonara el plató aquel día, no hubo nadie que no se acercara a estrechar su mano al joven, a dirigirle alguna palabra de aliento o a desearle buena suerte. Todos formaban una gran familia y Mel tuvo especial empeño en hablar con él.

—Estaré en la ciudad por si tus abogados me necesitan como testigo —le dijo. Ya se lo había comunicado a los abogados, pero quería que él también lo supiera—. Todos estamos contigo, Bill.

Pero éste ignoraba si conservaría su puesto de trabajo. Antes de irse, todos firmaron sus nuevos contratos. Todos, menos Bill, el cual estaba terriblemente preocupado por lo que sería de su vida y por el resultado del juicio. Le parecía increíble que ya hubiera llegado el momento de la verdad. Pensó una o dos veces en llamar a sus padres. Sospechaba que ya se habían enterado, pero ellos no intentaron ponerse en contacto con él y, además, no le apetecía demasiado verlos.

—¿Vas a ir a algún sitio? —le preguntó Zack a Gabby mientras ambos saboreaban unos rollos de huevo y un *chow mein*, servidos por el restaurante Chinois. Las pizzas procedían de la casa Spago.

—De momento, no —contestó la joven.

Zack adivinó por qué y asintió con la cara muy seria, mirando a Jane.

—Te daremos nuestro itinerario para que puedas llamarnos cuando… todo haya terminado —le dijo Zack.

Bill se acercó en aquel momento y, rodeando los hombros de Gabby, contestó en nombre de los dos:

—Te llamaremos, Zack… Espero veros el año que viene… a todos.

Fue un día muy triste para él. Antes de marcharse, retiró todas sus cosas del camerino. No tenía ningún motivo para pensar que regresaría. Gabby le ayudó a cargarlo todo en el automóvil. Había, entre otras cosas, varias bolsas de compra llenas, una maleta y dos plantas de interior que la muchacha le había regalado. Fue muy doloroso tener que hacerlo, pero Bill insistió en que era mejor así.

—Después, cuando vuelvas en agosto, tendrás que volver a acarrearlo todo otra vez —le dijo Gabby sonriendo.

—Así lo espero —observó Bill, no demasiado convencido.

Por fin, se marcharon tras haber besado a todo el mundo por última vez. La serie significaba mucho para todos y tanto los actores como los técnicos sentían mucha curiosidad por conocer el argumento de los guiones de la siguiente temporada. Mel les hizo un discursito, en el que les deseó unas buenas vacaciones y les anunció grandes sorpresas para la vuelta.

—Espero que no me sorprendan volviéndome a matar —dijo Jane en voz baja.

Ya pasó una vez por aquella experiencia en *Angustias secretas* y temía que volviera a ocurrirle. La serie la encantaba y se llevaba muy bien con sus compañeros.

—No hay peligro —le contestó Zack.

La consideraba mucho mejor actriz que Sabina.

—¿Preparado para la montaña? —preguntó Gabby mientras Bill la acompañaba a casa—. Yo ya tengo hecho el equipaje.

—Casi —contestó él, y sonrió. Deseaba pasar unos días a solas con ella en la montaña. No sabían a dónde ir, y, al fin, decidieron alquilar una casa al borde del lago. Bill quería pescar, tomar el sol y estar al lado de Gabrielle. Ambos necesitaban descansar, teniendo en cuenta lo que les esperaba. Nadie sabía lo que iba a pasar y, aunque los abogados se mostraban optimistas, no podían prometerle nada—. ¿Quieres quedarte en mi casa esta noche, Gab?

—Me encantaría —contestó la joven.

Recogió las maletas y todos los pertrechos que había dejado en el recibidor. Llevaba una caña de pescar, botas de montaña y un saco de dormir por si decidían acampar. Era un equipaje completamente distinto de las seis maletas Vuitton que Sabina se llevaría a París. Bill la ayudó a cargarlo todo en su automóvil.

—Va muy bien equipada, señorita Smith. ¿Acaso todas las señoritas que se presentan en sociedad calzan botas de montaña?

—Siempre. Sobre todo, en los bailes de gala —contestó Gabby sonriendo.

Le encantaba la vida al aire libre y se alegraba de que a Bill también le gustara. Una vez, cuando estudiaba en Yale, se fue a pasar tres semanas al estado de Wyoming. Fue el punto culminante de sus años estudiantiles y, cuando durante una batida de caza su guía cobró un oso, su emoción no tuvo límites. Se lo contó a Bill mientras ambos se dirigían en automóvil a la casa de éste.

—Pues no cuentes con que yo lo haga, nena. Saldría a toda velocidad en cuanto me tropezara con el bicho.

—De todos modos, fue divertido —dijo la joven riéndose.

Dos años atrás había visitado los rápidos del río Colorado y algún día quería ir a Brasil para conocer el Amazonas.

—Tú no tendrías que aspirar a otra cosa que no fuera almorzar en el Polo Lounge y tener cuenta abierta en la casa de modas de Giorgio —le dijo Bill en broma.

Sin embargo, le constaba que Gabby odiaba todas las frivolidades inherentes a su profesión de actriz. Le emocionaba mucho más irse al lago Tahoe con él que asistir a una de las fastuosas fiestas de Hollywood.

Por la noche, Gabby ayudó a Bill a hacer las maletas y a la mañana siguiente salieron a las cinco en punto, se detuvieron a almorzar por el camino y llegaron al lago Tahoe a las cuatro de la tarde. Gabby estaba tan emocionada como una chiquilla. La casa era muy bonita y disponía de bañera con agua caliente y de un jardincito.

Se bañaron en el lago, comieron unos bistecs en un restaurante de Truckee que a Bill le gustaba mucho y luego dieron un largo paseo por la montaña antes de irse a dormir. Era un alivio después de la tensión que les había causado el hecho de abandonar el plató de Manhattan.

—Jamás he sido más feliz —dijo Gabby mientras regresaban a la casa.

Sin embargo, Bill seguía preocupado por el juicio.

Ya nada le parecía real, todo cuanto tocaba quedaba contaminado por la amenaza de la sentencia y de lo que podía ocurrirle en cuestión de días. Dentro de dos semanas, podían condenarle a varios años de prisión, pensó mientras tomaba de la mano a Gabrielle. Ésta quería hacerle olvidar sus inquietudes, pero no era fácil conseguirlo. Tomaron un baño caliente antes de acostarse e hicieron el amor frente a la chimenea, pero Gabby vio reflejados en sus ojos el temor y la preocupación. Aquella noche le contempló dormir y experimentó un estremecimiento. Se levantó antes del amanecer para preparar unos bollos de canela y café caliente.

—Despierta, amor mío —dijo besándole en una mejilla.

Bill abrió un ojo.

—¿Qué haces levantada a esta hora?

Fuera todavía estaba oscuro.

—¿No queríamos ir a pescar al lago?

La víspera habían alquilado una pequeña embarcación y Gabby tenía el equipo de pesca a punto.

—¿Qué hora es?

—Las cinco y cuarto —contestó la joven sonriendo—. Pensaba que querías levantarte temprano.

—Sí, claro. —Se incorporó en la cama—. ¿Por qué no me despertaste a las tres? Así hubiéramos podido sorprender a algún inocente pececito profundamente dormido en su cama. Ya veo que te lo tomas en serio, ¿eh, Gab?

—No faltaría más. En Wyoming nos levantábamos todos los días a las cuatro para pescar los peces que después nos comíamos en el desayuno.

Bill hizo una mueca mientras la muchacha le entregaba un bollo de canela caliente y una humeante taza de café.

Gabby llevaba puestos los vaqueros debajo del camisón porque al levantarse había sentido frío en las piernas.

–Me encanta tu modelito. ¿Es de François Brac?

–No –repuso ella sonriendo–, es de Gabby Smith–. ¿Cómo está el café?

–Fantástico. A lo mejor te contrato al volver para que me lo prepares todas las mañanas. Por casualidad, tengo un puesto vacante.

Bill hubiera querido pedirle que se fuera a vivir con él cuando se mudara de casa, pero se abstuvo de hacerlo. No era justo comenzar algo que tal vez fuera doloroso para ambos en caso de que le condenaran. El juicio afectaba a todo cuanto hacía por mucho que él tratara de olvidarlo. Incluso en aquellos instantes en los que pretendían comprimir tres semanas de vacaciones en sólo dos días. Sin embargo, Gabby lo aceptaba todo de buen grado; pescó tres peces y Bill uno; después desayunaron a la orilla del lago y se fueron a nadar un rato. Aquella noche decidieron quedarse en casa. No les apetecían los juegos de azar ni la vida nocturna de Nevada. A la mañana siguiente fueron otra vez a pescar, almorzaron en la casa e hicieron el amor antes de emprender el camino de regreso a Los Ángeles.

–Siento tener que marcharme –dijo Gabby apenada.

–Yo también. A lo mejor volvemos dentro de unas semanas.

–¿No preferirías venirte al Este conmigo? –le preguntó la joven mientras metía las últimas cosas en la maleta.

No se lo había preguntado antes porque Bill tenía muchas cosas en la cabeza. Pensó que eso le daría ánimos y confianza en el futuro.

–¿A ver a tus padres? –Él se emocionó al verla asentir en silencio–. Creo que sería mejor esperar antes de pensar en estas cosas.

–Ellos quieren que vaya a Newport y yo les dije que lo intentaría, pero también quiero ir a Maine. Unos amigos me prestan allí una casa todos los veranos. Está en una islita solitaria y me encanta.

–Veo que te gusta la naturaleza –dijo Bill, pensando en cuán distinta era de Sandy, con sus depresiones y sus malos hábitos–. ¿Y eso cómo es posible?

–Supongo que es una aberración. Mis padres piensan que estoy chiflada.

–Pues yo no –dijo Bill, atrayéndola hacia la cama.

Le bajó los vaqueros e hicieron de nuevo el amor antes de emprender el largo viaje por carretera. El cabello de Gabby flotaba al viento y Bill se sentía más sosegado que nunca. La joven había tenido razón: la excursión a Tahoe les había sido sumamente beneficiosa.

Llegaron a la casa de Bill pasada la medianoche y, cuando él hubo sacado su equipaje del automóvil, Gabby decidió quedarse a pasar la noche allí.

–Mañana, antes de ir a ver a los abogados, te dejaré en tu casa –le dijo tristemente Bill.

–¿No podría ir yo también? –preguntó Gabby.

–¿A ver a los abogados?

–Me gustaría mucho… Quisiera estar a tu lado.

–No será muy divertido.

Gabby se acercó a Bill y le echó los brazos al cuello.

–Lo que ocurre es que estoy enamorada de usted, señor Warwick… en lo bueno y en lo malo… en el lago Tahoe y en el despacho de los abogados.

Bill la miró en silencio, pero cuando la besó se le llenaron los ojos de lágrimas. No hubiera querido arrastrarla a todo aquello, pero la necesitaba mucho más de lo que la joven suponía y de lo que jamás hubiera necesitado a Sandy.

31

El bufete jurídico de Harrison y Goode combinaba el mobiliario moderno con las antigüedades inglesas y varios cuadros de firma. Las esposas de los letrados habían contratado los servicios de los mejores decoradores de la ciudad y los despachos parecían más propios de Nueva York que de Los Ángeles. Gabby estaba tranquila porque sabía que los abogados eran los mejores de la ciudad. Pasó primero por su casa para ponerse un vestido azul de hilo que su madre le había comprado en Bergdorf's.

–¿De veras quieres venir? –le preguntó Bill mientras se vestía.

Gabby le dijo que se callara y fuera preparar el café. Media hora más tarde, ya estaba lista. Se había recogido el largo cabello en un moño y, con el complemento de unos guantes blancos, hubiera estado lista para almorzar en el Colony Club, restaurante al que Bill sabía que su madre la llevaba muchas veces.

Mientras aguardaban en la sala de espera, Bill se alegró de tenerla a su lado. La presentó a los abogados como Gabrielle Thornton-Smith y éstos se mostraron favorablemente impresionados. Stan Harrison comentó que conocía a su padre y luego les presentó a los penalistas que intervendrían en el caso. Éstos se pasaron tres horas explicándoles los pormenores de la situación, los peligros que había, las dificultades que podían presentarse y la línea que iban a seguir en el interrogatorio. Cuando, al fin él y Gabby abandonaron el despacho a la hora del almuerzo, Bill estaba exhausto.

—La cabeza me da vueltas con todos estos enredos legales.

Fue una tensión muy fuerte para ambos, pero Gabby estaba muy serena y quiso hacer unas compras antes de volver a casa.

—Te prepararé el almuerzo y entretanto puedes descansar junto a la piscina.

—¿Qué he hecho yo para merecerte, Gabby? —preguntó Bill, mirándola con ternura.

—Mala suerte. Ya sabes lo pelmazas que son las niñas que se presentan en sociedad.

—Te diviertes, ¿eh? —dijo Bill, pellizcándole el trasero mientras descendían del automóvil frente al supermercado.

—Antes, cuando me decías eso, sentía deseos de estrangularte.

—En este caso estaría plenamente justificado.

Sin embargo, no tanto como a la semana siguiente, cuando descendieron del automóvil frente al edificio de los tribunales. Las salas estaban llenas de gente zarrapastrosa y dos acusados fueron conducidos esposados mientras varios abogados iban frenéticamente de un lado para otro. A la hora convenida, Bill se reunió con los suyos a la entrada de la sala.

Les habían asignado un juez muy severo que tanto podía decantarse en un sentido como en otro. Nadie podía saber si se dejaría influir por los detalles de la drogadicción de Sandy o si sentiría alguna simpatía por Bill. Todo dependería del jurado.

Gabrielle ocupó un asiento de la segunda fila y Bill

entró por una puerta lateral con tres de sus abogados y se sentó junto a la mesa de la defensa.

Esperaron diez minutos mientras la sala se llenaba de curiosos, abogados que necesitaban alguna firma en sus documentos y algunos reporteros que se habían introducido subrepticiamente para presenciar el juicio.

—Todos de pie —anunció el alguacil—. El honorable juez MacNamara ocupa el estrado. Se inicia la vista.

Todo el mundo volvió a sentarse y Gabby clavó los ojos en la nuca de Bill, rezando por él para que todo se resolviera satisfactoriamente.

Los abogados se acercaron al estrado, se distribuyeron distintos documentos y a continuación entraron los candidatos a miembros de jurado. Bill se sorprendió de su número. Eran cerca de cien. Los abogados habían calculado que la selección del jurado les llevaría dos días. Los irían reuniendo en grupos de doce y cada abogado tendría derecho a recusar a veinte sin motivo ni explicación.

En primer lugar se eligió a dos hombres. Un anciano mejicano que se expresaba correctamente en inglés y que dijo que no tendría dificultades para comprender el juicio; indicó, de paso, que ningún miembro de su familia había consumido drogas ni había sido arrestado jamás. Y un cartero que estaba pálido y nervioso; la defensa le recusó por una razón muy comprensible: hacía años su hija había muerto por sobredosis de droga.

Después vinieron dos mujeres, una muy maquillada y otra que dijo haber sido actriz en otros tiempos. Examinaron a continuación a una chica, a un homosexual y a una mujer casada con un policía. La selección se prolongó a lo largo de todo el día, y hubo una pausa para almorzar. La gente entraba, salía y era recusada, a veces por motivos justificados y otras sin ellos. La defensa recusó de inmediato a la mujer del policía y la acusación recusó a la actriz y al homosexual.

Cuando aquella noche regresaron a casa, Bill y Gabby estaban exhaustos. Era como si hubieran pasado todo el día examinando al azar diversos ejemplares de la raza humana.

—Los miro y no hago más que preguntarme si me creerán o no. Algunos son una incógnita. La mujer del policía me ha dado mucho miedo. —Menos mal que la habían recusado.

—Lo sé. A veces no comprendo por qué los recusan.

—Ni yo. Confío en que sepan lo que se llevan entre manos.

Por la noche se encontraban demasiado cansados para hacer el amor e incluso para comer o charlar un rato. Antes de irse a dormir, nadaron un rato en la piscina para relajar los nervios. La pesadilla ya había comenzado y nadie podría interrumpirla hasta que terminara.

Al día siguiente regresaron al edificio de los tribunales para seguir con lo mismo. La selección del jurado no finalizó hasta la tarde del tercer día. Siete mujeres, cinco hombres y otro de reserva, todos ellos tan vulgares y corrientes como el tendero de la esquina, el mecánico del garaje o la dependienta de unos grandes almacenes. La vida de Bill estaba en las manos de aquellas personas. Por la tarde, el juez interrumpió la sesión muy temprano y Gabby y Bill se fueron a casa enseguida.

Comieron una ensalada sin apetito porque Bill estaba muy nervioso y disgustado.

—¿Te apetece ir al cine? —le preguntó Gabby, comprendiendo que necesitaba distraerse.

—Me están juzgando por haber asesinado a mi mujer. No quiero ver ningún drama.

—Podríamos ver una comedia.

—No estoy de humor.

Gabby no se lo reprochaba, pero quería ayudarle.

—¿Quieres que vayamos a jugar un poco al billar al Mike's?

—Puede que mañana por la noche, Gab. Hoy me siento tan cansado que ni puedo moverme.

El hecho de permanecer todo el día sentados allí sin poder hacer nada resultaba agotador.

—¿Quieres que me vaya a casa para que estés más tranquilo?

—No —contestó Bill, sacudiendo la cabeza y cogiéndole la mano—. A menos que tú quieras apartarte de mí, cosa que me parecería muy lógica. Me comporto como un estúpido, pero es que estoy muy nervioso.

—No te preocupes —dijo ella, inclinándose para besarle—. No quiero ponerte más nervioso.

—Y no lo haces. Eres el único ser humano que me ayuda a superar esta situación.

Se quedó a pasar la noche con él una o dos veces, pero luego se fue a su casa, siguiendo el consejo de los abogados de Bill.

Al día siguiente, el fiscal inició su intervención describiendo el absurdo asesinato de una hermosa joven cuyo esposo, que era actor, la odiaba y estaba furioso porque se gastaba todo el dinero en drogas y ya no sabía qué hacer para librarse de ella. Hubiera sido difícil reconocer a Bill en el personaje que describió el fiscal, un monstruo mezquino deseoso de escapar de aquella situación tan perjudicial para su nueva carrera y para el papel que interpretaba en la serie televisiva *Manhattan*. Al término de la jornada, Bill estaba asustadísimo y no hubo manera de que los abogados le calmaran, pese a repetirle una y otra vez que ya tendrían oportunidad de rebatir los argumentos de la acusación cuando ellos contaran su versión de los hechos. El fiscal contaba con muy pocos testigos, entre ellos un par de actores de la serie en que Sandy trabajaba, los cuales declararon que era una chica maravillosa. El agente de Sandy declaró que él se opuso desde un principio a su matrimonio con Bill y que fue entonces cuando la chica comenzó a drogarse en serio.

—Hijo de perra... —murmuró Bill por lo bajo mientras el abogado que tenía más cerca le daba un ligero codazo, recordándole así que los miembros del jurado le estaban mirando.

La acusación agotó todos sus recursos el viernes por la tarde cuando ya había un puñado de reporteros gráficos aguardando a la entrada de la sala para fotografiar a Gabrielle y Bill y hacerles preguntas, pegándoles las cámaras a la cara sin obtener ninguna respuesta.

Bill se reunió con sus abogados el sábado por la mañana mientras Gabby salía de compras. Ésta regresó a tiempo para preparar el almuerzo, dar de comer al perro y atender una llamada de Mel Wechsler, el cual deseaba saber cómo marchaba el asunto y no se sorprendió de que Gabby estuviera allí. Sabía cuál era la situación y, por otra parte, ellos no se molestaban en ocultar sus relaciones.

—Pues no lo sé, Mel —le contestó Gabby—, aún está todo muy confuso. Es tremendo. Los abogados dicen que Bill tendrá su oportunidad la semana que viene cuando le citen a declarar, pero estamos muy asustados.

—Lo comprendo. —Mel estaba preocupado por Bill y quería recordarle su intención de comparecer como testigo en el juicio—. Estaré aquí toda la semana. Diles a los abogados que me llamen.

—Así lo haré. Bill se tranquilizará mucho, Mel.

Melvin Wechsler siempre estaba dispuesto a echar una mano cuando se le necesitaba, no como el mago de Oz sino más bien como un padre.

Bill se conmovió cuando ella se lo dijo. Había perdido tres kilos en una semana y Gabby, dos. Aunque les gustaba mantenerse en forma con vistas a la serie, hubieran preferido hacerlo de otra manera.

–¿Qué han dicho?

–Lo mismo de siempre. Quieren que Mel se presente a declarar como testigo el lunes.

Él mismo le llamó después del almuerzo y le indicó en qué sala se celebraba el juicio. Mel le dijo que allí estaría.

El fin de semana transcurrió sin pena ni gloria. Por una parte, Bill hubiera deseado que se prolongara indefinidamente para no tener que volver al Palacio de Justicia y, por otra, que pasara a la mayor velocidad posible. El lunes, cuando llegaron allí, vieron a Mel conversando con los abogados. Le llamaron a declarar en primer lugar y Gabby intuyó que su presencia iba a ser muy útil.

–¿Diría usted que el señor Warwick estaba molesto por algo?

–No. Yo diría más bien que era un joven discreto y trabajador.

–¿Se quejaba de su mujer?

–Nunca.

–¿Hacía alguna vez comentarios acerca de ella?

–No.

–¿Sabía usted que estaba casado?

–No, no lo sabía.

Los ojos de Mel no parpadearon mientras Bill le observaba, recordando la mentira que le había dicho. Sin embargo, Mel no le dejó en la estacada. Estaba allí para ayudarle.

–¿No le parece eso un poco insólito?

–Pues no. En nuestro ambiente es normal. Muchos actores mantienen su matrimonio en secreto, sobre todo si, desde el punto de vista de su imagen, es conveniente que pasen por solteros.

–¿Cree usted que ése fue el motivo en el caso del

señor Warwick o diría más bien que el acusado se avergonzaba de ella y temía que destruyera su carrera con
sus constantes detenciones por…?

—¡Protesto, señoría! ¡La acusación está induciendo
al testigo! —dijo el defensor.

La protesta fue aceptada.

—Voy a expresarlo de otra manera: ¿era importante
para la carrera del señor Warwick que éste pareciera
soltero?

—Hubiera podido serlo.

—¿Por qué?

—Porque el año que viene, cuando se emita la serie,
se va a convertir en un astro de primera magnitud.

—¿Y piensa usted que el hecho de tener una esposa
en semejante situación hubiera sido un obstáculo para él?

—¡Protesto!

—Denegada. Por favor, conteste a la pregunta, señor
Wechsler.

—Tal vez, pero no creo que…

—Gracias —dijo el fiscal, sin dejarle terminar la frase.

Bill cerró los ojos, pensando que no había esperanza
de salvación. Le mandarían a la cárcel. Estaban pintan-
do el retrato de un hombre que deseaba librarse de su
mujer a la que odiaba y a la que quería quitar de en
medio a toda costa para que no obstaculizara su carrera. Aquello más parecía un asesinato que un homicidio
involuntario, pese a que toda la estrategia se basaba en
la comisión de un crimen pasional por parte de un hombre que había llegado al límite de su resistencia.

Cuando subió a declarar el agente de Bill, Mel se
sentó al lado de Gabby y le estrechó una mano. La joven le miró angustiada.

—¿Diría usted que el señor Warwick amaba a su
mujer? —preguntó uno de los abogados.

La acusación protestó de inmediato.

—Eso no son más que conjeturas, señoría.

—Se admite la protesta. Modifique la pregunta —dijo MacNamara con gesto de hastío.

Eran una pandilla de astros cinematográficos malcriados y él no tenía paciencia para aguantarlos. Sin embargo, lo más importante era la opinión de los miembros del jurado, pero sus rostros no dejaban traslucir la menor emoción.

—¿Le dijo el señor Warwick alguna vez que estaba enamorado de su mujer?

—Muchas veces. Estaba loco por ella, y lo decía.

El fiscal hizo una mueca de contrariedad mientras Mel miraba a Gabby por el rabillo del ojo para espiar su reacción. Sin embargo, no parecía que, en aquel instante, ésta sintiera celos de Sandy.

—¿Le molestaba su drogadicción?

—Pues claro, era algo que le tenía constantemente preocupado. Quería que su esposa participara en algún programa de desintoxicación, pero no había manera de conseguirlo.

—¿Estaba enojado con ella?

—No. Nunca.

—¿Cree usted que sentía amenazada su carrera por el comportamiento de su mujer?

—No. Yo siempre le decía que se apartara de ella porque lo iba a destruir, pero él no quería ni oír hablar del asunto. Siempre se mostraba dispuesto a ayudarla y confiaba en que se desintoxicara. Incluso cuando se fue a rodar exteriores a Nueva York, me llamaba para pedirme que la buscara y le dijera cómo estaba.

—¿Y cómo estaba?

—Pues no lo sé. No encontré a nadie que conociera su paradero. Antes de que él se fuera, ya se había hundido por completo en el mundo de la droga y vivían separados.

—¿Vio a su mujer a la vuelta?

—No lo sé. No me lo dijo.

—¿Cree usted que deseaba librarse de ella?

—No en este sentido. Puede que quisiera divorciarse, pero no hubo ocasión. La señora Warwick ya no estaba para estas cosas.

—¿Vio usted alguna vez al señor Warwick perder los estribos?

—No, señor.

—Muchas gracias.

Los abogados de la acusación no lograron abrir ninguna brecha en la declaración de Harry. Éste se portó de maravilla y Bill le miró sonriendo cuando bajó del estrado. Hubiera deseado poder darle un abrazo.

Tardaron otros tres días en llamar a declarar a todos los testigos, entre ellos los padres de Sandy, que comparecieron por la defensa, pero apenas pudieron articular palabra porque aún se encontraban bajo los efectos de la tragedia sufrida. Sin embargo, todo el mundo pudo ver que no aprobaban el comportamiento de su hija y ya la daban por perdida desde hacía mucho tiempo. Hablaron de una infancia difícil y de una niña ingobernable que había huido de casa varias veces y ya se drogaba antes de conocer a Bill e iniciar su carrera de actriz. A su juicio, las tensiones de su profesión fueron la gota que hizo derramar el vaso.

Mediado el juicio, los padres de Bill le llamaron por teléfono y se mostraron tan poco comprensivos como siempre. El padre le dijo que estaba decepcionado y la madre se echó a llorar. No se ofrecieron a trasladarse al Oeste y Bill no estuvo demasiado seguro de que le creyeran inocente de la muerte de Sandy.

Sin embargo, el peor día fue aquél en que el propio Bill fue llamado a declarar. Le hicieron las preguntas que más temía y trataron de presentar las relaciones con su mujer como algo sórdido y desagradable. Intentaron provocar su cólera, describiendo a Sandy como a una cualquiera y dando a entender que se había casado con ella para conseguir trabajo por su mediación para después apartarla a un lado cuando le ofrecieron un importante papel en *Manhattan*. Le pincharon hasta que no pudo soportarlo más y rompió a llorar en el estrado, cubriéndose el rostro con las manos, incapaz de reprimir las lágrimas al pensar en la chica a la que tanto había amado y en todo lo sucedido desde entonces. Miró al fiscal mientras las lágrimas le resbalaban lentamente por las mejillas; y cuando por fin pudo hablar, lo hizo con la voz ronca a causa del dolor que acababan de infligirle.

—Pero ¿es que no lo entiende? —preguntó Bill. Los reporteros tomaban frenéticamente apuntes y dibujaban el rostro de un hombre que había amado apasionadamente a una mujer llamada Sandy—. Yo la quería.

—Muchos hombres han matado a mujeres a las que amaban, señor Warwick.

La acusación fue implacable, pero la defensa protestó y pidió una suspensión para que Bill pudiera serenarse. Por la tarde, Bill se derrumbó de nuevo y Gabby miró al jurado, rezando para que se compadeciera de él. Hubiera sido casi imposible no hacerlo. Sin embargo, los rostros eran totalmente inexpresivos.

El viernes por la mañana, el juez dio instrucciones a los miembros del jurado. Tenían que estar seguros, sin ninguna duda razonable, de que Bill había matado a Sandy. Su certeza tenía que basarse en las declaraciones que habían escuchado, no en interpretaciones emocionales. En caso de que le declararan culpable, al cabo de treinta días el juez dictaría sentencia, y ésta no les afectaría para nada. Ellos sólo tenían que establecer la inocencia o la culpabilidad de Bill Warwick, basándose en los alegatos de la defensa y la acusación. La declaración del joven fue conmovedora porque éste se derrumbó varias veces, pero eso tampoco tenía que influir. Ellos tenían que limitarse a analizar las pruebas, las heridas de bala, la ausencia del arma homicida, las relaciones de la pareja tal y como habían sido presentadas y su opinión acerca de si Bill había asesinado o no a su mujer.

Tras lo cual, el juez decretó una suspensión del juicio y los miembros del jurado fueron conducidos a una sala mientras Bill esperaba en el pasillo en compañía de sus abogados, y Gabby se mantenía apartada. La joven no tenía con quien hablar y, de repente, echó de menos a Jane, a Zack y a Mel. Pensó que ojalá estuvieran con ella en aquel momento. Mel aguardaba noticias en su despacho. Lo único que podían hacer era esperar. Sabían que las deliberaciones podían durar varios días. El jurado se tomaría todo el tiempo que hiciera falta.

Mientras los miembros del equipo de la defensa conversaban entre sí en los pasillos, Bill no hacía más que pensar en el veredicto.

Estaba hablando en voz baja con Gabby cuando salió el alguacil y pidió que todo el mundo volviera a entrar en la sala. El jurado había alcanzado un veredicto. Los abogados de la defensa se preocuparon un poco porque las deliberaciones habían durado menos de una hora, lo cual solía ser mala señal. Era algo que solía ocurrir cuando el acusado era claramente culpable. Ellos creían haber suscitado ciertas dudas en las mentes de los miembros del jurado.

–Todos de pie. Se inicia la sesión.

El juez salió de su despacho, abrochándose la toga, y se sentó mientras Bill asía fuertemente los brazos de su silla y los componentes del jurado entraban en la sala. Sus rostros parecían unas máscaras impenetrables. No se les veía ni satisfechos ni tristes, ninguno de ellos miró a Bill ni le dirigió el menor gesto de ánimo. Gabby sintió que las lágrimas le asomaban a los ojos y comprendió por primera vez todo el alcance de lo ocurrido. En caso de que declararan culpable a Bill, se lo llevarían inmediatamente. Todo habría terminado para Bill Warwick, por lo menos, durante mucho tiempo. Y también para ella, aunque eso no fuera en aquellos instantes lo más importante. Bill podía pasarse hasta once años en prisión.

—Señoras y señores del jurado, ¿han alcanzado ustedes un veredicto?

Gabby aborreció con toda su alma aquellas fórmulas y palabras que no significaban nada, pero de las que dependía la vida de Bill.

—Sí, señoría.

—¿Cuál es?

Gabby cerró fuertemente los ojos y Bill palideció.

—Consideramos inocente al acusado, señoría.

Los abogados de la defensa esbozaron una sonrisa de satisfacción y Bill permaneció inmóvil como una estatua mientras el juez le decía:

—Queda usted absuelto, señor Warwick.

Al oír un ahogado sollozo a su espalda, se levantó y corrió a reunirse con Gabby. Ésta se arrojó en los brazos del joven y ambos lloraron de emoción mientras los abogados los miraban sonriendo y los miembros del jurado se retiraban. El juez se levantó y la pesadilla terminó.

32

Llamaron por teléfono a Mel desde el vestíbulo y Gabby le comunicó la noticia entre lágrimas. Bill estaba excesivamente emocionado para hablar y Gabby pidió disculpas en su nombre. Mel les felicitó a los dos y, cuando colgó el aparato, los ojos se le llenaron de lágrimas. Le dijo a Gabby que deseaba hablar con Bill cuando éste se calmara.

La noticia en la que se informaba del veredicto se publicó en la prensa en lugar menos destacado que la correspondiente a su detención, pero a Bill eso no le importó. Aquella noche llamaron a Zack y a Jane y ésta rompió a llorar de alegría. Por su parte, Mel se lo comunicó a Sabina cuando la llamó a París.

Poco a poco, corrió la voz y Bill empezó a sentir que estaba regresando lentamente al país de los vivos. Nunca supo con certeza cuál iba a ser el resultado del juicio. Fue la peor experiencia de su vida. Y ahora disfrutaba de nuevo de los placeres normales de la vida real; hacía *jogging* con *Bernie* en Malibú, iba de compras al Safeway, regaba el jardín, comía una hamburguesa con Gabby en el Mike's y pensaba en cómo iba a amueblar su casa ahora que ya estaba seguro de que no iría a la cárcel. Tenía, además, otras muchas cosas en que pensar. Por ejemplo, su trabajo y su futuro con Gabby.

–¿Quieres venir al Este conmigo? Creo que ambos lo necesitamos –le dijo la muchacha.

Sin embargo, la tensión había sido espantosa y antes necesitaban una o dos semanas de descanso. Bill ayudó a Gabby a trasladar dos enormes maletas desde su apartamento. Aunque oficialmente no habían decidido nada, Bill quería que Gabby se fuera a vivir con él. Habían sufrido tantas penalidades juntos que al joven casi le parecía que estaban casados, aunque no quería apremiarla. Gabby tenía asimismo muchas cosas en que pensar. Intervenía en una importante serie y su carrera estaba a punto de iniciar el despegue. Tal vez no quisiera ver de nuevo a Bill cuando todo terminara. Sin embargo, no era probable que eso ocurriera. Se llevó todas las plantas del apartamento, cuidaba de *Bernie* todos los días, ayudaba a Bill a ordenar sus cosas y siempre andaba de un lado para otro, procurando que él se encontrara a gusto. Acababa de cambiar los muebles de sitio por segunda vez, cuando le preguntó a Bill como quien no quiere la cosa:

–¿Cuándo te enfrentarás con el toro, cariño?

No quería atosigarle, pero era mejor saber cómo estaba la situación con Mel. Hacía una semana que se había pronunciado el veredicto, pero Bill echaba mano de toda clase de excusas para evitar la llamada.

–¿A qué te refieres? –preguntó el joven, frunciendo el entrecejo–. Me gustaba más el sillón donde estaba antes. Por cierto, ayer vi unas lámparas preciosas en una tienda del centro. Mañana podríamos ir a comprarlas.

–Ahora eso no importa –dijo Gabby agitando un dedo–. Ya sabes a qué me refiero. Tenías que llamar a Mel. Y no me preguntes ahora a qué Mel. A Mel Wechsler.

–Pienso que, habiendo tenido éxito una vez, tenerlo dos sería pedirle demasiado a mi suerte.

–¿No es mejor que lo averigües?

—No; prefiero ir a comprar las lámparas contigo.

—No seas cobardica —le dijo Gabrielle; y le obligó a llamar a Mel aquella misma tarde.

Sin embargo, la secretaria del productor dijo que éste tenía una reunión con el consejo de administración de las cadenas y que no regresaría al despacho hasta el lunes.

—Bueno, te han concedido una tregua —comentó Gabrielle cuando Bill se lo dijo.

Pasaron un fin de semana estupendo; descansaron al borde de la piscina y hablaron tranquilamente de sus cosas. Una noche cenaron en el Mike's y el sábado se fueron a celebrar la victoria al restaurante Ma Maison. Mel le devolvió la llamada el lunes por la mañana. Por teléfono apenas dijo nada. Se limitó a pedirle a Bill que acudiera a su despacho aquella tarde. Bill volvió a darle las gracias por haber comparecido como testigo en el juicio y prometió ir a verle.

—¿Qué te ha dicho?

—Que me va a triplicar el salario, que estáis todos despedidos y que seré el astro de un programa que tiene en proyecto para la próxima temporada.

Gabby se alegró de ver a Bill tan animado. Le habían quitado de encima un peso de cien toneladas y se sentía feliz. Afortunadamente, ya todo había terminado, la pobre Sandy descansaba en paz y él podía seguir viviendo sin zozobras.

—En serio, ¿qué te ha dicho Mel?

—Que vaya a verle hacia las tres. Es su hora preferida para despedir a la gente.

—Eres incorregible. ¿Puedo acompañarte?

—No. Bien está que me acompañes a la cárcel... pero perder el empleo puedo hacerlo yo solo. Además, no te ha invitado.

—De acuerdo. De todos modos, tengo que hacer algunas compras.

–¿Más botas de montaña?

–No. Tanto si lo crees como si no, necesito un poco de ropa para ir a Newport. Pensaba ir a la *boutique* de Giorgio.

–¿Tú? ¿La reina de los excedentes del ejército?

–Pero no se lo digas a nadie.

–Te guardaré el secreto, princesa –dijo Bill, estrechándola en un gran abrazo y dejándola caer bruscamente sobre el sofá mientras Gabby se echaba a reír.

Estaba tan contento que ni siquiera la amenaza de perder el empleo conseguía hacer mella en su espíritu. No había perdido la libertad y eso era lo más importante. Por otra parte, su trabajo en la serie había sido muy satisfactorio y no podía reprocharle a Mel que le despidiera. El escándalo constituía una violación de todos los acuerdos y él lo sabía.

Aun así, cuando aquella tarde entró en el despacho del productor, sintió que se le hacía un nudo en el estómago. Era como ir a visitar a un progenitor defraudado. Sin embargo, Mel le recibió tan amistosamente como de costumbre.

–Ya tienes mejor cara.

–Es que estoy mucho mejor que la última vez que nos vimos –contestó Bill, sentándose frente al escritorio del productor. Tanto si conservaba el empleo como si lo perdía, le estaría eternamente agradecido a Mel porque era un hombre honrado, un buen amigo y un gran productor–. Quiero darle las gracias por todo cuanto ha hecho por mí, por estar a mi lado y… –Se le llenaron los ojos de lágrimas. Era como haber estado gravemente enfermo y recobrar repentinamente la salud–. Usted hizo mucho por mí. La serie fue maravillosa… –añadió con la voz rota por la emoción–. Le voy a echar mucho de menos.

–¿Adónde vas? –preguntó Mel, desconcertado por esas palabras.

–Al Este, con Gabby, durante unas semanas, pero yo me refería...

–No seas tan noble –dijo Mel comprendiendo de repente lo que Bill quería decir–. Te he pedido que vinieras aquí esta tarde para darte el nuevo contrato de la próxima temporada.

–¿De veras? –preguntó Bill, mirándole asombrado.

–Sí, aunque pienso conservar la escena final alternativa por si acaso te volvieras a meter en algún lío.

–No lo haré. Pero ¿habla usted en serio? ¿Podré seguir trabajando la próxima temporada?

–Sí. Tendrías que ver cómo ha quedado por fin la producción, Bill. ¡La serie es tan extraordinaria que la gente se volverá loca por ti! Toda Norteamérica estará pegada al televisor cuando se emita *Manhattan*. No querrás perderte todo eso, ¿verdad?

–No, claro que no –contestó Bill sonriendo.

Había tenido suerte dos veces la semana anterior y eso ya era esperar demasiado.

–Muéstraselo a tu agente y a tus abogados y devuélvemelo la semana que viene –dijo Mel, entregándole un sobre–. Yo me iré a Europa en cuanto pueda y me gustaría saber que ya está firmado antes de irme.

–Lo firmaré ahora mismo –dijo Bill, muy decidido.

–Es mejor que esperes. Conviene que primero lo revisen tus abogados. La cláusula relativa a la moralidad sigue siendo la misma –añadió Mel sonriendo–. Procura, por favor, que no te detengan.

Ninguna cláusula del contrato obligaba a Bill a permanecer soltero, lo cual le alegró porque llevaba semanas soñando con pedirle a Gabby que se casara con él. No obstante, prefería esperar hasta después del verano, cuando ya hubiera conocido a los padres de la joven y ambos hubieran vivido juntos cierto tiempo en una situación de normalidad.

–Mel, le estoy muy agradecido...

El productor le acompañó a la puerta, rodeándole paternalmente los hombros con un brazo.

–No tienes por qué agradecerme nada. Eres un actor excelente. Ya verás lo que dirá el público dentro de dos meses. Causarás auténtica sensación.

Mel tenía plena confianza en la serie y Bill experimentó la sensación de caminar entre nubes cuando corrió hacia su automóvil y se dirigió a Rodeo Drive.

Entró en el establecimiento de la esquina, que tenía un toldo a rayas blancas y amarillas, y miró alrededor, pero no vio a Gabby. Preguntó a una de las dependientas y ésta le dijo que la joven se encontraba en uno de los probadores, y se lo indicó con un gesto de la mano. Bill se acercó de puntillas a la puerta, la abrió y vio a Gabby, mirándose al espejo enfundada en un vestido de seda rojo.

–¿Qué haces aquí? –preguntó ella, alegrándose de verle.

–Éste te quedaría muy bien con las botas de montaña –dijo Bill, mirándola complacido mientras ella se impacientaba.

–¿Qué te ha dicho?

–¿Quién?

–¡Bill, ya basta!

–Dijo que no puede despedirme porque tengo que ponerte en cintura el año que viene –contestó él mientras Gabby se arrojaba en sus brazos.

–¿Hablas en serio?

–Sí. Tengo el contrato en el automóvil. Volveré a trabajar en la segunda temporada.

–¡Fantástico! –exclamó Gabby, quitándose el vestido y quedándose en ropa interior en el momento en que entraba la dependienta.

En Giorgio estaban acostumbradas a aquellas escenas.

–¿Le gusta el vestido? –preguntó la chica.

—Nos encanta —contestó Bill sonriendo.

Le compró aquel modelo y cinco más, luego ambos regresaron a casa para hacer el amor al borde de la piscina.

—Será mejor que te comportes como es debido si quieres que te lleve a mi casa de Newport.

—Oh, no —rezongó Bill, que yacía desnudo a su lado—. ¿No podría reunirme contigo en Maine?

—No. No quisiera privar a mis padres de este placer.

Gabby le miró sonriendo y se volvió boca abajo mientras el perro bostezaba, se desperezaba y saltaba a la piscina, salpicándoles de agua.

En el Este los días pasaron volando. Los padres de Gabby le habían cobrado un gran afecto a Bill. Éste se alojaba en la casa de la familia cerca de Bailey's Beach y se llevaba muy bien con el padre. Almorzaban todos los días en el Beach Club, incluso cuando llovía, y cenaban todas las noches en el Clambake Club, famoso, según le explicó Gabby a Bill, porque fue allí donde se presentó en sociedad Jackie Bouvier, la esposa del difunto presidente Kennedy.

—¿Sabes una cosa? Me encanta tu madre —le dijo Bill una noche, tendido a su lado en la cama del dormitorio de invitados, situado frente al de Gabby, la cual cruzaba cada noche el pasillo para reunirse con él y regresaba cada mañana a su habitación para arrugar las sábanas de su cama—. Es mucho mejor de lo que tú piensas.

—No está mal, lo reconozco —contestó Gabby.

Últimamente se llevaba mejor con ella. Sus padres ignoraban por completo la tragedia de California y pensaban que Bill era sólo un joven actor de la «serie de Gabby», tal como ellos la llamaban. Ambos prometieron ver el programa especial de tres horas, y Everett le pidió a Bill que acudiera a visitarles en Nueva York cuando en otoño volvieran a trasladarse allí para rodar exteriores. Aquel año, pensaban regresar a la ciudad en septiembre, y la madre de Gabby anunció que organizaría una «pequeña cena» en su honor.

–Eso significa cien personas de etiqueta, la gente a la que más odio en el mundo. Te va a encantar –dijo Gabby.

–No seas tan aguafiestas –contestó Bill–. Lo hacen porque te quieren.

–Ya, ya –replicó la joven, con fingido desprecio.

Bill la miró y pensó que era una preciosidad. Algunos días, se preguntaba cómo era posible que tuviera tanta suerte. Hacía apenas un año, andaba recogiendo jeringuillas por el suelo del cuarto de baño y suplicándole a Sandy que se desintoxicara. Pero ahora ya casi nunca pensaba en todo aquello, y lo olvidó por completo cuando tomó con Gabby el transbordador que les trasladaría a la casa de Maine, una vivienda cómoda y sencilla que se levantaba en un abrupto paraje completamente distinto de Bailey's Beach, que tanto aborrecía Gabby, a pesar de que alternaba en sociedad para complacer a sus padres.

Una semana antes del comienzo del rodaje regresaron a California. Jane y Zack habían vuelto de Europa justo la víspera. Gabby y Jane almorzaron en el Polo Lounge y se rieron por lo bajo al ver a Warren Beatty y Paul Newman. Parecían dos chiquillas y no dos estrellas de la televisión. Jane le comentó a su amiga que, aquel verano, había coincidido con Sabina y Mel en Saint-Tropez.

–No sé cómo se las arregla. Siempre está preciosa.

–Porque se cuida mucho.

–No lo creas. Hace falta algo más que eso. Dondequiera que vaya, la gente se la queda mirando embobada.

–Ya verás cuando se estrene *Manhattan*. Entonces se convertirá en una superestrella.

–¿Sabes que en la playa no llevaba sujetador? Allí lo

hace todo el mundo. Tiene un busto fantástico –dijo Jane con una punta de envidia.

Viendo a Sabina, había llegado a la conclusión de que el suyo estaba un poco caído.

–Parece una chica de dieciocho años –comentó Gabby, sonriendo.

Jane rió. Era agradable encontrarse de vuelta en Hollywood. Ambas deseaban reanudar el trabajo. El último día de vacaciones jugaron los cuatro al tenis y después se fueron a cenar al restaurante Spago. Al día siguiente, todos se reunieron entre besos y abrazos como si fueran una gran familia. El técnico de sonido incluso se atrevió a rodear los hombros de Sabina con un brazo, pero a ésta no le importó porque estaba muy contenta de verlos a todos. Había sido un verano estupendo. Las pruebas en la tienda de François Brac le habían ido muy bien y después se divirtió muchísimo con Mel en el sur de Francia. Todo el mundo comentaba los detalles de los nuevos guiones y las sorpresas que les aguardaban. Alguien sufriría una herida mortal, Jane le disputaría Zack a Sabina y una de las actrices iba a quedar embarazada.

El primer día estuvo dedicado a la distribución de guiones y a las instrucciones generales. El rodaje de exteriores en Nueva York comenzaría al cabo de dos semanas. Reinaba en el plató un ambiente festivo y todos aguardaban con ansia la noche del estreno, que Mel pensaba convertir en el gran acontecimiento del año. Había alquilado al Teatro Chino de Grauman y montaría una gigantesca pantalla de televisión en el escenario. Asistirían a la fiesta cientos de invitados y representantes de todos los medios de difusión.

–No tengo nada que ponerme –dijo Jane con tono quejumbroso al salir de los estudios.

–¿Y qué me dices de tus nuevos modelos de François Brac? –comentó Gabby.

–Estoy cansada de ellos. ¡Son mi ropa de trabajo! –contestó Jane sonriendo–. ¿Quieres acompañarme a Giorgio el sábado?

–Pues claro.

Al final, ambas enloquecieron comprando cosas y Gabby eligió un nuevo vestido para la fiesta: un modelo bordado de lentejuelas negras y con la espalda muy escotada.

–¡Bill se quedará turulato cuando lo vea! –dijo, dando vueltas en el probador.

Lo guardó en la caja hasta la noche de la fiesta y, cuando se lo puso, Bill se quedó boquiabierto de asombro.

–Dios mío, pero ¿qué es eso?

Gabby llevaba el cabello recogido hacia arriba en un artístico moño y lucía zapatos negros de raso y una chaquetilla de zorro blanco que le había enviado su padre.

Su madre la llamó llorando precisamente cuando salían de casa para decirle que acababa de ver el primer capítulo de la serie y que tanto ella como Bill estaban magníficos; y añadió que se sentía muy orgullosa de ella. Cuando salió a la calle tomada del brazo por Bill para subir al automóvil que Mel les había enviado, Gabby experimentó en su interior una cálida sensación indescriptible. Fue una noche mágica en la que tuvo la impresión de que toda su vida iba a cambiar. Y tenía razón. Sólo que ya había empezado a cambiar en todo lo que a ella más le importaba.

34

Cuando Sabina descendió del automóvil en el Hollywood Boulevard, frente al Teatro Chino de Grauman, los fotógrafos se quedaron de una pieza. Todo el mundo estaba familiarizado con el decorado oriental del edificio y con los carteles del exterior, y Gabby siempre se preguntaba qué tipo de obras se debían de representar allí. Sin embargo, aquella noche no sentía la menor curiosidad por todo aquello.

Sabina entró en el teatro enfundada en una blanca túnica de raso realizada especialmente para ella por François Brac, y un abrigo de visón largo hasta los pies que Mel le había comprado en la casa Revillon de París. Estaba deslumbrante con su espectacular melena rubia, sus preciosos ojos verdes y unos pendientes de brillantes que le llegaban casi hasta los hombros. No cabía la menor duda de que era la máxima estrella de la noche. Sin embargo, Jane no le fue a la zaga. Con un precioso vestido azul confeccionado con tejido de sari indio que realzaba su melena pelirroja, se abrió paso entre la gente cogida del brazo de Zachary, mientras los flashes de las cámaras se disparaban arrancando destellos de los pendientes de zafiros que Zack le había comprado en Londres. Él hubiera querido regalarle una sortija, pero ninguno de los dos estaba preparado todavía para eso. No tenían prisa. Cuando entraron en el espacioso salón, todo el mundo les vio completamente felices y a sus anchas. Se encontraban presentes los más importantes personajes de Hollywood, así como representantes de todos los periódicos del país. El elegante y aristocrático George Christy fue el encargado de cubrir el acontecimiento por cuenta del *Hollywood Reporter*.

—¡Cuánta gente ha venido! —le dijo Jane a Gabby al llegar.

—Vamos a tener mucho éxito, ¿no crees?

Las demás cadenas trataron de hacerles una fuerte competencia: justo a la misma hora, pasaban la versión televisada de la más reciente novela de Sidney Sheldon y, poco después, transmitían un destacado acontecimiento deportivo. Sin embargo, Mel insistía en que no tenía nada que temer.

Cuando, más tarde, todo el mundo se sentó, Gabby pensó que ojalá no se equivocara.

El pase del capítulo fue seguido en un silencio roto a veces por los vítores y los murmullos de aprobación. En el transcurso de la pausa comercial, la gente comentó que la serie era estupenda. Sin embargo, no se podría conocer su verdadero impacto hasta que, al día siguiente, se divulgaran los índices de audiencia.

Cuando volvieron a salir al vestíbulo, Jane se sentía agotada. No sabía si su actuación era buena o no, pero estaba segura de que la de sus compañeros de reparto era excelente. Sabina salió como una reina, completamente convencida de su triunfo, y los fotógrafos volvieron a disparar sus flashes, y ya no dejaron de hacerlo en toda la noche. Posteriormente, una flotilla de automóviles los trasladó a todos al Chasen's, en cuyo Oak Room había organizado Mel una cena de medianoche para trescientos comensales.

Al llegar a casa, Gabby se quitó el sugerente vestido negro y se sumergió en la piscina mientras Bill la contemplaba enfundado en el nuevo esmoquin que para aquella ocasión se había comprado en Bijan.

—Bueno, ¿qué te parece? —le preguntó la joven, sentada al borde de la piscina a las cuatro de la madrugada.

—Me parece que eres la mujer más guapa que he visto en mi vida —contestó Bill, que llevaba varias copas de más.

Se sentía tan feliz y alborozado que, al cabo de unos instantes, se quitó la corbata y la ropa y se zambulló asimismo en la piscina.

—¿Crees que la serie va a tener éxito?

—Lo que creo es que Mel tiene razón.

Como todo el mundo, Gabby estaba secretamente preocupada por la competencia, pero, a la mañana siguiente, pudieron comprobar que Mel había dado en el blanco. Los índices empezaron a subir como la espuma y la serie se quedó enseguida con la parte del león de la audiencia. El país enloqueció por *Manhattan* y se cumplieron todas las previsiones. Los agentes de los actores no daban abasto para atender las peticiones de entrevistas, fotografías y ofrecimientos de papeles. Todo el mundo quería pósters de Sabina, Jane y Gabby. Harry estaba completamente desbordado. La revista *Playgirl* quería una fotografía de página central de Bill, y *Cosmopolitan* ofrecía más dinero a cambio de lo mismo. Los cinco se convirtieron de golpe en los actores más cotizados del país. Mel ya lo había vaticinado, pero ellos no se lo creyeron hasta que sucedió de verdad.

Sabina no podía ir a ningún sitio sin verse acosada de inmediato por coleccionistas de autógrafos. Un día, a la salida del restaurante del hotel Beverly Wilshire, un desconocido se acercó a ella, la besó y huyó gritando:

—¡Lo he conseguido, lo he conseguido!

—¿Tenía yo razón o no? —le preguntó Mel, rebosante de satisfacción la víspera de la partida hacia Nueva York.

El día en que se dieron a conocer los índices de audiencia, Mel le regaló a Sabina una sortija con un enorme brillante de dieciocho quilates de talla marquesa.

Deseaba hacerle una pregunta a su amante, pero no quería precipitarse. Aún estaban todos un poco aturdidos por el éxito de la serie.

—La tenías —contestó Sabina, recostada en el sofá del salón de la casa de Mel donde solía comer.

En ese momento estaba leyendo los recortes de prensa que le había enviado su agente. A Sabina le resultaba todo muy divertido y le encantaban los elogios, el revuelo que armaba a su paso y el dinero que ganaba. Ahora no tendría que preocuparse nunca más. Hubiera podido retirarse y vivir bien el resto de sus días. Miró a Mel con inmensa ternura, pensando en lo bueno que era con ella. Jamás imaginó llegar a poseer tantas joyas o abrigos de pieles. Mel quería comprarle un abrigo de marta para el viaje a Nueva York.

—Ni siquiera hará frío cuando lleguemos —le dijo ella, echándose a reír.

—Pero lo hará cuando nos vayamos. Además, todas las chicas necesitan un abrigo de marta.

Era el cumplimiento de los sueños que Sabina siempre había tenido, y eso que sólo estaban al principio.

Mel había fletado un aparato para trasladarlos a Nueva York, y aquella tarde Sabina tenía que hacer el equipaje. Todos estaban ocupadísimos. Jane pasaría el día con sus hijas, que ahora estaban muy contentas. Al día siguiente de la emisión, sus compañeros de la escuela las acosaron y las acribillaron a preguntas. Su hijo la llamó desde la universidad, y estuvo más amable que de costumbre. Por fin, Jason comprendió que su padre se había portado muy mal con Jane y ahora respetaba su profesión. Un día, su madre incluso lo invitó a visitar el plató, donde le presentó a Zack, cuya simpatía y sencillez le causaron muy favorable impresión. No parecía un astro de la pantalla sino una persona corriente. Después, los tres fueron a cenar a un pequeño restaurante que conocía Zack y, finalmente, éste le llevó en su automóvil a Santa Bárbara, en compañía de Jane. Durante el camino de vuelta, Jane lloró de emoción al pensar que había recobrado a su hijo a quien no veía desde hacía más de un año por culpa de su ex marido.

—Es una suerte que tengas hijos tan maravillosos —le dijo Zack.

Era lo único que le envidiaba y el precio que había pagado por los errores de juventud. A veces lo lamentaba profundamente.

Jane pasaría su última noche en Los Ángeles en casa de Zack, y Gabby había estado todo el día ocupada en la de Bill. Llevó el perro al veterinario y luego ordenó un poco las cosas que había traído de su apartamento. Al fin, le pareció absurdo pagar el alquiler de un apartamento que no ocuparía durante dos meses. Cuando regresaron de Maine, Bill le pidió que se fuera a vivir con él y la joven aceptó encantada.

—¿Me has puesto los calcetines en la maleta? —preguntó Bill, entrando en la habitación con un montón de vaqueros.

Gabby le miró sonriendo y contestó que sí. Parecía que siempre habían vivido juntos.

Aquella noche, Mel trabajó hasta muy tarde. La nueva sirvienta de Sabina ya había dejado todas las maletas Vuitton en el recibidor. Cuando sonó el teléfono, Sabina creyó que la llamaba Mel para darle las buenas noches. Pero no fue así. Era la llamada que temía desde hacía años. Tendría que trasladarse a San Francisco aquella misma noche y no podría ir a Nueva York con el resto de los actores que intervenían en *Manhattan*.

Marcó el número particular de Mel, pero éste aún no había regresado a casa y el teléfono de su despacho estaba descolgado. Hizo la maleta y reservó plaza en el último vuelo de San Francisco. Ya estaba vestida y a punto de marcharse cuando probó por última vez a llamarle. Exhaló un suspiro de alivio al oír la voz de su amante.

Parecía nerviosa y trastornada y Mel comprendió que algo le ocurría.

–No puedo ir a Nueva York.

–Santo cielo, ¿por qué? –preguntó Mel, anonadado. Pero ¿qué disparate estaba diciendo?–. ¿Acaso te encuentras mal?

–No, no es eso. Iré en cuanto pueda. Esta semana tendréis que rodar escenas en las que yo no intervenga.

–Pero no podemos hacerlo. Intervienes en casi todas las escenas. ¿Qué te pasa, Sabina? –Jamás la había oído hablar de aquella manera. Recordó vagamente algo que no pudo precisar con exactitud–. Dime de qué se trata.

–No puedo decírtelo, Mel. –Era la primera vez que le excluía de su vida desde que se negara a acompañarle a las Bahamas–. Perdona, pero no puedo.

–Pero ¿qué demonios les voy a decir a los demás? –Mel estaba cansado y le molestaba que Sabina no quisiera decirle la verdad–. ¿Que nos vamos a Nueva York de vacaciones?

–No puedo evitarlo –dijo Sabina, consultando el reloj–. Tengo que irme. Te llamaré a Nueva York.

Tras lo cual, colgó, tomó la maleta de fin de semana y salió precipitadamente de casa mientras Mel se quedaba con el auricular en la mano, dominado por la cólera y el desaliento.

35

Mel decidió hacer algo que jamás había hecho: contrató a un detective privado para que investigara dónde estaba Sabina. Sin embargo, lo único que pudo averiguar el hombre fue que se había marchado la víspera. El portero sabía que se había dirigido al aeropuerto, pero, durante dos días, el detective no pudo descubrir nada más hasta que, al final, encontró a una azafata que recordaba haberla visto a bordo de un avión.

–¿Adónde se dirigía? –preguntó Mel.

–A San Francisco. –Sabina le había dicho una vez que iba allí de vez en cuando para ver a unos amigos–. Pero no conseguimos localizarla en ningún hotel.

–Maldita sea.

Mel no tenía por costumbre perseguir a nadie de aquella manera, pero Sabina era la máxima estrella de su superproducción y quería saber dónde estaba. Además, había otra cosa. Deseaba casarse con ella y necesitaba saber hasta qué extremo aquella mujer se burlaba de él y con quién. En Nueva York rodaban escenas en las que ella no intervenía, pero resultaba todo muy difícil y Mel seguía sin recibir noticias suyas. A los dos días volvió a llamar el investigador.

–Está en Palo Alto, probablemente en casa de unos amigos. Es un edificio sencillo, cerca de la universidad.

Mel hubiera deseado preguntarle si se encontraba en compañía de algún hombre, pero se abstuvo. Sin embargo, el investigador le facilitó las cosas.

—Las únicas personas que entran y salen son tres mujeres. Parece como si se turnaran. Llevan puesto el abrigo cuando llegan o se marchan, pero parecen enfermeras. Seguramente está con algún enfermo. Sólo ha salido de la casa un par de veces a dar un paseo y se la ve muy deprimida. Hemos obtenido fotografías que podemos enviarle por correo urgente, señor Wechsler. Lleva gafas oscuras y un sombrero, pero es ella. —En tal caso, debía tratarse de un amante enfermo. Quizá alguien con quién mantenía relaciones desde hacía mucho tiempo. Pero ¿por qué nunca le había dicho nada? Le debía una explicación, por lo menos—. Seguiremos en contacto.

—Gracias.

Llevaba cuatro días sin saber nada de ella y aún no le había pasado el enfado. Al día siguiente, Sabina le llamó. Estaba tan agotada que, al principio, Mel no le reconoció la voz.

—Iré a Nueva York dentro de un par de días, Mel. Empezaré a rodar el primer día de la semana.

—Muchas gracias, pero ¿dónde demonios estás?

Sabina estaba demasiado agotada para intentar calmarle. Ya le contaría algo cuando llegara a Nueva York. No podía hacer otra cosa. Era una parte de su vida que sólo le pertenecía a ella.

—Estoy con un amigo enfermo.

Era precisamente lo que había dicho el investigador.

—Pero ¿por qué no me lo dijiste antes de salir de Los Ángeles?

—No tenía tiempo para explicártelo. Tenía que tomar el último avión.

—¿Con destino adónde? —Quería que se lo dijera ella misma. Era lo menos que podía hacer.

–Eso no importa. Te dije todo cuanto necesitabas saber –contestó Sabina con dureza–. Iré dentro de un par de días. No me atosigues, Mel. Esto no tiene nada que ver contigo.

–Eso parece –dijo él, dolido–. Creía que estábamos muy unidos, pero puede que me equivocara.

Sabina no estaba en condiciones de calmar sus celos y sus temores y no tenía intención de decirle la verdad cuando llegara a Nueva York. Jamás se la había dicho a nadie.

–Por favor, no lo tomes a mal.

–¿Y cómo quieres que me lo tome, Sabina? Desapareces en medio de la noche, nadie sabe dónde estás, ni con quién ni por qué. ¿Qué debo pensar?

Sabina ya lo imaginaba. Debía de pensar que había huido con otro hombre. Sin embargo, se trataba de algo mucho más serio. Por el momento, sólo podía compadecerle.

–Lo siento, Mel. Quizá algún día hablemos de todo esto.

–Vaya si lo hablaremos.

Molesta por su tono de voz, Sabina colgó sin decirle nada más. Después se quedó sentada en el saloncito medio a oscuras de la anodina casa de Palo Alto. Desde hacía años acudía allí todos los meses. A veces más a menudo, cuando no trabajaba. Otras veces se quedaba varias semanas, pero se deprimía mucho. Y ahora, él había estado a punto de morir. Eso fue lo que le dijeron la noche que la llamaron a Los Ángeles.

–¿Quiere que le traiga algo, señorita Quarles? –preguntó la enfermera del turno de noche, entrando en la estancia y sonriendo amablemente. Resultaba extraño conocer aquella faceta suya. En la televisión se la veía radiante de hermosura. Allí, en cambio, estaba tan agotada que casi resultaba irreconocible. Iba sin maquillar y parecía llevar varios días sin peinarse.

–Estoy bien. ¿Cómo se encuentra Anthony?

–Durmiendo, pobrecillo. Está muy cansado, pero se repondrá.

Sabina se dirigió a la habitación y se sentó al lado del enfermo. Había dormido en una silla noche tras noche sin soltar su mano. La situación era espantosa y, sin embargo, por nada del mundo hubiera querido Sabina estar en otro sitio.

Sentada al lado de Anthony, contempló bajo la tamizada luz las delicadas facciones de aquel rostro. A veces, se le veía muy joven y otras muy viejo. Toda su vida había sido una angustiosa lucha por sobrevivir en la que nadie podía ayudarle. Era un milagro que hubiera vivido tanto tiempo. Había nacido con defectos y estaba paralizado de cintura para abajo, tenía los pulmones muy frágiles y un corazón que no funcionaba debidamente. En aquella época, las técnicas de los trasplantes no estaban lo bastante perfeccionadas para que se pudieran practicar en un niño tan pequeño. Le operaron seis veces antes de cumplir un año, pero después los médicos se dieron por vencidos. Volvieron a intentarlo cuando tenía dos, pero entonces surgieron otros problemas y los cirujanos dijeron que era demasiado pequeño para hacer un trasplante. Ahora ya tenía una edad adecuada, pero nadie quería correr el riesgo porque el niño estaba muy débil y tal vez no sobreviviera a la operación. Por eso vivía a medias en la casa que ella le había comprado a un tiro de piedra del hospital de Stanford, en la que sería atendido y vigilado sin cesar por enfermeras hasta que llegara el día que nadie podía aplazar indefinidamente. Vio agitarse a Anthony mientras los monitores hacían suavemente tictac. Al cabo de tantos años, ya estaba acostumbrada a su funcionamiento. Los beneficios de cada una de sus películas iban a parar a una cuenta para él. Ahora ya no tendría que preocuparse más por la cuestión económica. Por eso accedió a participar en *Manhattan*, porque sabía lo que podía significar para su hijo y siempre tenía miedo de que a ella le ocurriera algo y él se quedara solo, sin nadie que le cuidara. El padre, casado con otra y apasionadamente enamorado de Sabina, se horrorizó al ver a Anthony y no quiso saber nada de él. Ni siquiera le dio su apellido. Se limitó a darle a Sabina un cheque de diez mil dólares que no bastó siquiera para pagar la primera operación. Y ahora Sabina se lo podía dar todo, menos aquello que nunca tuvo. El niño había nacido cuando ella tenía treinta y un años y nadie conocía la causa de sus defectos. Sabina no se drogaba y apenas bebía alcohol. Un «accidente de la naturaleza», dijeron. Y menudo accidente: un niño casi sin pulmones y con lesiones en el corazón y la columna vertebral. Sin embargo, Sabina le amaba desesperadamente, tal vez más que si hubiera nacido sano. Lloró por él muchos días mientras le estrechaba fuertemente en sus brazos en la unidad de cuidados intensivos, con tubos de monitores por todas partes. Más tarde, vinieron las operaciones. Sabina pasó casi un año sin trabajar, pero luego tuvo que volver para pagar las facturas que se iban amontonando. Fue una lucha constante durante quince años. Hasta que llegó *Manhattan*. Estaba en deuda con Mel, pero eso no se lo podía decir. Jamás se lo dijo a nadie. No quería que la vida de Anthony, la poca que le quedaba, se convirtiera en un circo con fotógrafos y reporteros constantemente a su alrededor, especialmente ahora que todo el mundo sentía tanta curiosidad por ella. Ya se imaginaba lo que ocurriría. Siempre temía que alguna de las enfermeras se fuera de la lengua, aunque eran de toda confianza.

El niño volvió a agitarse, pero Sabina comprendió que ya estaba mejor. El médico dijo que, de momento, había pasado el peligro. Esta vez, ni siquiera le llevaron al hospital, porque no hubiera servido de nada, según dijo el doctor Waterford. El fatal desenlace podía producirse en cualquier momento. Por favor, Dios mío, que no sufra, que yo pueda estar a su lado, rezaba Sabina siempre que tenía que irse a algún sitio. Por eso fue a verle cuando estuvo en Nueva York y por eso no se fue a las Bahamas con Mel. Era lo menos que podía hacer por su hijo. Ella tenía la culpa por haberle dado aquella vida tan rota. El niño tenía quince años y parecía que tuviera cinco, y se pasaba el día dormitando en la cama de hospital de aquella habitación que era su cárcel.

—¿Mamá? —dijo Anthony, abriendo unos ojos tan verdes como los de su madre.

La miró sonriendo y Sabina tuvo que contener las lágrimas.

—Hola, cariño. ¿Te apetece beber algo? —Había una jarra de agua en la mesita de noche. A Anthony le gustaban el zumo de manzana, los chicles y los partidos televisados de hockey sobre hielo. Se había pasado toda la vida en aquel dormitorio. Quince años. Sin proferir la menor queja—. ¿Estás cómodo?

—Estoy bien —contestó el niño—. Cuéntame cómo es la serie.

Hablaba en voz baja porque se fatigaba mucho, pero le gustaba que le contaran cosas. Sabina le escribía cartas constantemente, le llamaba a diario dondequiera que estuviera y le enviaba toda clase de regalos, pósters, juguetes articulados y libros para que las enfermeras se los leyeran. El niño no hubiera tenido fuerza para sostener los libros, aunque ella le enseñó a leer cuando tenía cuatro años. Sabina le hablaba de Mel y de Bill, de Gabrielle y de Jane y sus dos hijas que tenían su misma edad. Se le partía el corazón cuando las veía tan sanas y llenas de vida, y se moría de tristeza cuando veía a los niños normales corriendo por el parque tomados de la mano de sus madres. Estuvo muy enamorada del padre de Anthony y ambos hubieran tenido que darle mucho más.

—Te quiero, cariño —murmuró Sabina en voz baja mientras Anthony se hundía de nuevo en el sueño.

No hubiera querido marcharse, pero la situación se había estabilizado y ella tenía que reanudar su trabajo. El niño ya estaba acostumbrado porque era la única vida que conocía.

Cuando Sabina se levantó y se desperezó, ya eran las cuatro de la madrugada. Sentía deseos de llamar a Mel a Nueva York, sólo para hablar con él. Allí eran las siete de la mañana y sabía que ya estaría levantado. Sin embargo, no ignoraba que estaba enojado y ella no quería contestar a ciertas preguntas. Se tendió un rato en el sofá del salón. Tenía allí una habitación para ella sola, pero no quería dormir. Disponía de muy poco tiempo. Nunca sabía si iba a ser la última vez. Regresó al dormitorio del niño y tomó una de sus frágiles manos entre las suyas. Le besó los dedos y le miró sonriendo mientras las lágrimas le rodaban lentamente por las mejillas.

—Te quiero, cariño —musitó, creyendo que estaba dormido.

Anthony abrió un ojo.

—Yo también te quiero, mamá —le contestó con expresión risueña. Siempre se le veía contento cuando ella estaba a su lado.

36

Cada vez que Sabina tenía que dejarle, sentía una angustia mortal. Se le encogió el corazón de pena y notó un nudo en la garganta, pero tenía que disimular y poner buena cara. Le dijo que se iba a Nueva York y le prometió regresar al cabo de unas semanas. El niño le aseguró que vería los capítulos de la serie. Después llegó el momento de la despedida en que Sabina percibió el calor de la escasa vida que le quedaba a su hijo, y se preguntó si volvería a verle. A veces se maldecía a sí misma por no abandonarlo todo para estar con él, pero entonces no hubiera podido mantenerle. En ocasiones, sentía deseos de llevárselo a Los Ángeles, pero el niño necesitaba estar cerca del hospital de Stanford. La situación no se podía modificar y tenían que intentar sacarle el mayor partido posible.

–¡Te quiero mucho, mi vida! –le dijo llorando.

Anthony le pidió que no llorara. Era el niño más valiente del mundo. Sabina abandonó la estancia con una tristeza infinita que se transformó casi en dolor físico cuando subió al taxi, se encasquetó el negro sombrero, se puso las gafas ahumadas y se sonó la nariz. A aquellas alturas, ya hubiera tenido que estar acostumbrada al sufrimiento, pero sabía que nunca podría. Un día, cuando él se fuera, le recordaría y recordaría el amor que ambos compartían. Sintió una pena casi insoportable al pensarlo. ¿Cómo hubiera podido explicárselo a Mel? Por otra parte, no quería que éste la compadeciera porque, de todos modos, eso no cambiaría las cosas, ni para ella ni para Anthony. Nunca hubiera podido imaginar semejante tragedia y, sin embargo, por nada del mundo hubiera cambiado el gozo de amarle.

Regresó a Los Ángeles y sólo pasó por su apartamento para cambiarse de ropa y recoger el equipaje. Por la noche tomó un vuelo con destino a Nueva York. Estaba agotada y sabía que el maquillaje no podría disimular los rigores de aquella semana. Su participación en la serie no admitía excusas y le exigía ofrecer siempre un aspecto impecable.

Viajó en primera clase y las azafatas se desvivieron por atenderla. Al llegar a Nueva York, tomó un taxi y se fue al Pierre sin que nadie la reconociera. Llevaba un sombrero de ala ancha y gafas ahumadas y procuraba no mirar a la gente a la cara porque sabía que la podían reconocer por los ojos. Fue directamente a recepción y la acompañaron enseguida a su suite, donde se dejó caer en un sillón, respiró hondo y llamó al servicio de habitaciones para que le subieran un refresco. Eran las tres de la madrugada, pero en California era sólo medianoche.

Se tendió a dormir un par de horas y después llamó a Mel para decirle que ya estaba allí.

—¿A qué hora llegaste? —le preguntó él fríamente.

—Llegué al hotel a las tres.

—Debes de estar agotada.

—Más o menos, pero sobreviviré. Con un par de noches de sueño, quedaré como nueva.

—Muy bien. Lo comprendo —dijo Mel, pensando que no quería verle.

Sabina decidió poner término a una situación que podía prolongarse muchas semanas.

–No lo comprendes, pero no se trata de eso. Estoy sencillamente cansada, Mel, eso es todo. He tenido una semana muy dura, pero deseo verte.

–¿Cómo está tu amigo? –preguntó Mel con cierta vacilación.

–Muy bien –contestó Sabina.

Mel hubiera deseado saber quién era, pero no consideraba oportuno preguntárselo en aquel instante. Por su parte, el investigador no había conseguido averiguar más detalles.

–¿Quieres desayunar aquí arriba conmigo?

–Me encantaría. Subo ahora mismo.

Subió vestida con vaqueros, botas de media caña y una blusa blanca de seda que dejaba al descubierto lo suficiente para que su amante recordara cuán hermosa era y no pudiera enojarse con ella. Mel nunca la había visto en semejante estado. Sabina era una estrella que siempre dominaba la situación.

–Sabina –le dijo, tomándole una mano cuando el camarero se retiró–, ¿qué te ha pasado? ¿Te encuentras bien? Me refiero a *ti*, no a tu amigo.

–Estoy bien, no te preocupes –contestó ella, mirándole a los ojos y dirigiéndole una sonrisa cansada.

Hubiera querido decírselo, pero le parecía absurdo hacerlo. ¿Para qué? ¿Para que se compadeciera de ella? Y eso ¿de qué serviría? No quería inspirarle lástima. Podía cuidar de sí misma y de Anthony, siempre lo había hecho y seguiría haciéndolo. Mel era para los buenos momentos, no para los malos ni para llorar por su dramática situación o por el hijo moribundo que había dejado en California.

–¿Quién estaba enfermo? –le preguntó Mel, comprendiendo cuánto había sufrido. Hubiera querido consolarla, pero necesitaba que ella le diera una explicación.

–No le conoces –contestó Sabina, untando un panecillo con mantequilla.

—Eso ya lo imaginaba. Es un hombre al que amas.

—Sí —dijo ella—, pero no como tú crees. —Nunca se lo había contado a nadie. Desapareció antes del alumbramiento y después regresó sola. Nadie lo supo jamás—. Es mi hijo, Mel. Tengo un hijo de quince años —añadió, mirándole a los ojos, sin saber por qué confiaba en él.

—Dios bendito —exclamó Mel, asombrado—. Nunca hubiera podido imaginármelo.

—Ni tú ni nadie —dijo Sabina sonriendo.

—¿Y está enfermo?

Mel empezaba a comprenderlo todo, pero aún había muchas cosas que ignoraba.

—Nació así —contestó ella; y le describió los defectos de su hijo sin apenas darse cuenta de que estaba llorando—. Nunca sé si volveré a verle, Mel. Cuando me llamaron la otra noche… tuve que ir —añadió mientras él le enjugaba cariñosamente las lágrimas, recordando el dolor que experimentó cuando murieron sus hijos hacía quince años, más o menos cuando nació el hijo de Sabina.

Las tragedias de ambos estaban extrañamente unidas en el tiempo.

—¿Por qué no me lo dijiste?

—Jamás se lo he contado a nadie. Llevo el peso de esta carga yo sola.

Lo dijo casi con orgullo y Mel la miró con respeto, pensando que nunca la había querido más que en aquellos momentos.

—Ya no tendrás que seguir haciéndolo, Sabina. Yo estaré a tu lado.

—Lo sé. Pero Anthony es mío. Le quiero con todo mi corazón y nadie le atormentará a causa de mi profesión y de mi vida. Anthony sólo me pertenece a mí.

—¿Y su padre? ¿No hizo nada por él?

—No pudo soportar la situación —contestó ella, sacudiendo la cabeza—. No he vuelto a verle desde que nació el niño.

–Menudo hijo de perra.

Sabina esbozó una sonrisa y exhaló un suspiro de filosófica resignación.

–Hay mucha gente así, amor mío. Tú, en cambio, has sido muy bueno conmigo.

Mel comprendió que había llegado el instante que tanto esperaba.

–Quiero casarme contigo –le dijo.

Al oír esas palabras, Sabina se quedó sin respiración y sacudió lentamente la cabeza.

–No puedo, Mel, no puedo. Eso no es para mí.

–Pero ¿por qué?

Mientras no hubiera otro y ella le amara tanto como decía, no veía por qué razón no podían contraer matrimonio. Mel no quiso casarse con nadie tras la muerte de Liz, pero ahora conocía mejor a Sabina y la amaba y respetaba más que nunca.

–No estoy segura de poder hacerlo, Mel. Tengo que asumir la responsabilidad de mi propia vida… y de la de Anthony. No puedo echar esta carga sobre tus hombros. ¿Y si algo me ocurriera? Te sentirías responsable.

–¿Tan terrible te parecería? ¿Acaso no consiste en eso el amor?

Lo que ella sentía por su hijo era indudablemente amor, pero ¿y el resto? Durante años Sabina no había querido casarse y, sin embargo, se sentía tan a gusto con Mel y le estaba tan agradecida por todo… ¿Justificaba eso el matrimonio?

–¿No estamos bien así? –preguntó Sabina.

¿Qué quería de ella? ¿Un contrato? ¿Una garantía?

–Si no hubiera más remedio, sí –contestó Mel, asintiendo–. Pero hay algo más que eso. Es la seguridad que procede del hecho de saber que nos pertenecemos el uno al otro para siempre, si eso fuera posible.

Ambos sabían que no.

–Te lo podría prometer ahora mismo sin necesidad

de casarnos en una iglesia o ante un juez. No sé, Mel, puede que algún día –dijo Sabina. Se levantó y empezó a pasearse por la habitación, pensando en lo que su amante acababa de decirle–. ¿Te basta con eso?

Lo que Mel quería era una promesa, una confirmación de su amor, lo cual no era en modo alguno ridículo. A ella también le gustaba la seguridad, pero no necesitaba el matrimonio. Por lo menos, de momento.

–¿Lo pensarás, Sabina? –La miró esperanzado mientras se inclinaba para besarle suavemente los labios. Se sorprendió de lo mucho que la deseaba al cabo de apenas una semana de separación.

–De acuerdo –contestó Sabina sonriendo–. Pero ¿por qué quieres casarte con una calamidad como yo?

–Porque eres una gran estrella de la televisión. Ya te dije que la serie iba a cambiar tu vida –contestó Mel, sentándola sobre sus rodillas–. O sea que tú quieres vivir en pecado, ¿verdad?

–De momento, sí. ¿Podrás soportarlo?

–Lo intentaré. Pero no tardes mucho en cambiar de idea porque entonces seré demasiado viejo y no podré llevarte en brazos para cruzar el umbral.

–¿Y eso forma parte del trato? –preguntó Sabina echándose a reír.

La felicidad que experimentaba a su lado la compensaba de las angustias que sufría por Anthony.

–Eso dicen.

–Hum –dijo ella–. Es que nunca he estado casada.

No estaba segura de que fuera lo más conveniente, pero en ese momento le daba igual. Hacía cuanto podía por su hijo y estaba con el hombre al que amaba. No podía pedirle más a la vida. Su carrera marchaba por buen camino, la serie había alcanzado un éxito arrollador. Miró sonriendo a Mel y éste la besó en los labios, sorprendido todavía por el secreto que Sabina acababa de revelarle.

37

–Silencio, por favor. Iluminación… Cámaras. ¡Acción!

A Sabina las conocidas palabras le sonaron a gloria. Era como volver a casa, pensó en el momento de iniciar su primera escena con Jane. Estaba cansada y apenas había ensayado, pero la escena salió muy bien con sólo seis tomas.

–O sea que este año vas a estar preñada, ¿eh, Jess? –dijo Sabina con tono burlón–. A François le va a dar un ataque. ¿Le ha leído alguien el guión?

Jane sonrió con expresión divertida. Era una de las muchas novedades que les habían prometido para la siguiente temporada.

–¿Me quedaré con el niño? –le preguntó Jane a Mel.

–Eso pregúntaselo a Zack. Dependerá de él. No sabrá si elegir el imperio comercial o bien la mujer a la que ama y el hijo que ella espera. Ya lo sabréis la semana que viene, muchachos –contestó Mel entre las risas de los presentes.

Jane regresó a su camerino, donde Zack estaba estudiando la siguiente escena.

–¿Qué tal ha ido?

–Bastante bien. ¿No sabes que este año quedaré embarazada?

—Qué interesante —dijo él levantando los ojos del guión—. ¿Cómo está Sabina?

—Parece cansada. Se diría que lo ha pasado muy mal.

—¿Dijo qué ocurrió?

—No creo que lo cuente jamás —contestó Jane, sacudiendo la cabeza.

—Sobre su vida privada no dice nunca ni media palabra.

—A diferencia de lo que hacemos los demás.

Todo el mundo estaba al corriente de las relaciones entre ambos y de las de Gabby y Bill.

Jane abrió una lata de coca-cola y se sentó, exhalando un suspiro. Ella también estaba un poco cansada. Era duro reanudar el trabajo después de unas vacaciones tan largas. Además, en Nueva York aún hacía mucho calor, más que en Los Ángeles.

—¿Qué te parecen las novedades?

—Interesantes. Creo que conseguirán mantener muy altos los índices de audiencia.

Gabby le dispararía un tiro a Bill, pero no le mataría. Jane siempre temía que alguien fuera eliminado de la serie. Sin embargo, de momento no parecía que eso fuera a ocurrir.

—Personalmente, el argumento me gusta bastante —dijo.

—Sí —convino Zack, tomando un sorbo de coca-cola. Se sentía completamente relajado. La víspera habían pasado horas haciendo el amor.

—Eso me facilitará mucho las cosas —dijo Jane.

—¿A qué te refieres?

—Al embarazo.

—¿Qué embarazo? —preguntó Zack, sorprendiéndose del extraño brillo de los ojos de Jane.

—El de Jessica… y el mío… —contestó en voz baja.

Él la miró sin comprender y, de repente, la asió por un brazo.

–¿Qué quieres decir?

Jane se puso nerviosa. La víspera compró en secreto dos tests del embarazo en la farmacia, aunque en realidad ya lo sabía.

–No sé cuándo fue. Creo que cuando estuvimos en Londres…

–¿Me estás diciendo…? ¿Quieres decir que…? ¡Oh, Dios mío! –exclamó Zack, levantándose de un brinco y mirando aturdido alrededor–. ¿Estás embarazada?

Jane asintió en silencio y repentinamente sintió pánico. Tal vez Zack querría que se librara de él. Además, estaba la cuestión de la serie. Mel podía rescindirle el contrato por quedar embarazada sin haber contraído matrimonio.

–¿Cuándo lo supiste? –le preguntó él.

–Ayer. –Temía la reacción de Zack y le temblaban los labios.

–¿Lo dices en serio? –Zack la miró sonriendo y la estrechó inesperadamente en sus brazos.

–Sí –contestó ella con lágrimas en los ojos.

–Dios mío… –Su sueño se había cumplido. Aún no era demasiado tarde para él. La miró como si acabara de obrar un milagro–. Dios mío, pero ¿cuándo? Quiero decir cuándo nacerá.

–Creo que a finales de mayo o a principios de junio –Era sólo una semana de retraso, pero ella lo sospechó enseguida. La regla sólo se le había retrasado tres veces en su vida, coincidiendo con sus tres embarazos anteriores–. Encajaría muy bien en el argumento, eso si Mel no me echa de la serie y si… Todo depende de ti, Zack.

En ese instante alguien llamó a la puerta y gritó:

–¡Sales en la próxima, Jane!

–Ahora voy –contestó. Pero primero tenía que resolver un asunto con Zack–. ¿Qué quieres hacer?

–¿Bromeas acaso? Pues casarme y tener otros diez.

–¿Y si me rescinden el contrato? –preguntó ella con

los ojos húmedos de lágrimas. Zack acababa de decir justo lo que ella deseaba escuchar.

–No lo harán. Pero, si lo hicieran, ¿qué? ¿No es esto mucho más importante?

No podía concebir que aquel hijo no fuera lo más importante para Jane. La serie era provisional, bien lo sabía ella por experiencia; en cambio, su vida en común podía durar hasta el fin de sus días, y el niño...

–Quiero tenerlo, Zack –dijo Jane, llorando en los brazos de su amante.

–Pues claro que sí. Nos casaremos enseguida y hablaremos con Mel. Puede que incluso le parezca útil para la serie.

–¿Estás seguro? –preguntó ella, sonriendo entre lágrimas–. No quiero obligarte a nada. Los dos somos mayores de edad.

–No seas tonta. –Se levantó; se sentía más hombre que nunca, y dijo, mirándola con dulzura–: Te quiero, Jane. ¿Estás segura de que tú me quieres a mí... a pesar de todo?

–No hay ningún «a pesar de». Soy la mujer más feliz del mundo.

–¡Jane! –gritó alguien, aporreando la puerta.

–Voy –dijo Jane.

Luego besó de nuevo a Zack, y se quitó a toda prisa la ropa que llevaba puesta para ponerse la de la siguiente escena, mientras él la observaba, tratando de imaginar qué aspecto tendría de allí a seis meses. Zack le abrió la puerta y contempló su actuación en la escena. Cuando Jane abandonó el plató al cabo de cuatro tomas, la miró sonriendo y ambos regresaron al camerino hablando en voz baja.

Aquella noche hablaron con Mel en el Pierre. El productor se quedó de una pieza, pero les dio su más cordial enhorabuena.

—¿Ha sido idea nuestra o vuestra?

—Un poco de ambas cosas —contestó Zack, riendo. Jane explicó con cierta inquietud que el niño nacería coincidiendo con el final del rodaje.

—No quisiera provocar ningún trastorno…

—Es muy amable por tu parte —le dijo Mel con cierta ironía, aunque no estaba enfadado—. ¿Estás segura de que te sentirás con ánimos para trabajar hasta el final?

—No veo por qué no —contestó Jane, decidiendo ir directamente al grano. Había pasado todo el día muy preocupada, a pesar de todo lo que le había dicho Zack—. ¿Quieres decir que no me vas a despedir, Mel?

—Claro que no. Además, aun a riesgo de parecer un poco materialista, desde el punto de vista publicitario será estupendo. Los telespectadores todavía se van a encariñar más contigo. Todos los hombres del país pensarán que ojalá fueran ellos los culpables de tu embarazo, y las mujeres se enternecerán. Será beneficioso para la serie, y en especial para vosotros —Mel los miró con afecto y añadió—: En realidad, casi casi os envidio.

Jane suspiró de alivio y Mel pidió que les subieran

una botella de champán. Zack le rogó que fuera el padrino. Por su parte, Jane pensaba llamar a sus hijos para comunicarles, sin más, que se casaban. La boda se celebraría antes de dos semanas. Así, nadie sabría con certeza si estaba embarazada.

Por la noche, Mel le comunicó la noticia a Sabina.

—¿Cómo es posible que se haya quedado embarazada accidentalmente? —le preguntó ella.

—Puede que lo haya hecho a propósito —contestó Mel, conmovido ante el amor de aquella pareja.

—¿Sabes una cosa? Sigo sin acabar de entender a Zack —dijo Sabina, tendida en el sofá; estaba un poco más tranquila. Llamó a Anthony y le dijeron que estaba mejor. Por lo menos, ahora tenía a alguien con quien compartir sus penas—. Hubiera jurado que era homosexual.

—Pues creo que te equivocas —le dijo Mel.

—Supongo que sí —Sabina se encogió de hombros—. ¿Tienes apetito?

—Sí —contestó él, mirándola y sonriendo—, pero no de comida. Estaba pensando en otra cosa.

—Excelente idea —musitó ella, extendiendo los brazos.

—¿Verdad que sí? —dijo Mel, acercándose.

La tomó en brazos y la llevó en volandas al dormitorio de la suite. Aquella noche tardaron mucho rato en llamar al servicio de habitaciones. Mel pidió champán y tortilla para dos.

A la mañana siguiente, en el plató, Sabina estaba en mejor forma que nunca y Jane no cabía en sí de gozo; reía y hablaba en voz baja con Zack entre escena y escena, hasta tal punto que el director tuvo que llamarles la atención más de una vez. Mel lo observaba todo entre bastidores. Los índices de audiencia de la serie eran extraordinarios y el éxito había superado todas las previsiones.

Mientras Sabina ensayaba con dos de sus «criados» en la serie, Bill se acercó a Mel con la cara muy seria.

—¿Ocurre algo? —preguntó Mel.

—¿Puedo hablar con usted? —dijo Bill, mirándole a los ojos.

—Pues claro —contestó Mel, viendo por el rabillo del ojo que Gabby les observaba desde lejos—. ¿Qué pasa? ¿Podemos hablar aquí?

Bill asintió con la cabeza y vio acercarse a Gabby. Le había dicho que lo dejara de su cuenta. Quería comunicarle él mismo la noticia. Miró al productor y se lanzó sin vacilar.

—No sé lo que usted va a pensar...

—¿Tienes algún problema con el guión? —No comprendía por qué ponía Bill aquella cara tan rara.

—No, señor. Pero es que Gabby y yo nos casamos anoche.

Mel le miró boquiabierto por un instante y después se echó a reír de buena gana. Eran todos como niños.

–Yo… Temíamos que se enfadara.

–¿Y eso por qué?

–Porque cuando me contrató me preguntó si era soltero… y yo le mentí.

–Pero ahora no me mientes, ¿verdad?

–Claro que no –contestó Bill–. Pero estábamos preocupados porque Gabby no quería una boda como la que hubieran deseado sus padres.

–¿Tú eres feliz? –preguntó Mel, sonriendo.

Al ver su sonrisa, Gabby se tranquilizó.

–Sí, lo soy –contestó Bill, rodeando con un brazo los hombros de su mujer.

–¿Y tú eres feliz, Gabrielle? –preguntó Mel.

–Muchísimo –contestó la joven, radiante de felicidad.

–Pues entonces os felicito a los dos… A todos –añadió el productor, mirando alrededor mientras Sabina se acercaba y Zack y Jane conversaban en un rincón–. En mi vida he visto a un grupo de personas con más secretos. Os deseo que seáis muy felices.

Cuando se inclinó para besar a Gabrielle en la mejilla, Sabina puso los brazos en jarras y fingió enojarse.

–Quítale las manos de encima –bromeó mientras Mel le daba una palmada en el trasero y se alejaba con ella, comentándole la noticia de la boda en la esperanza de que eso la indujera a cambiar de idea, aunque en realidad no le importaba porque era muy feliz con ella de todos modos.

Mientras él le hablaba de Gabby y Bill, Sabina se volvió a mirar a sus compañeros y le guiñó el ojo a Gabrielle. Ésta rió y la saludó con la mano. Justo en aquel momento se oyó la voz del ayudante de producción gritando:

–¡Dobles, dobles! ¡Ocupen sus puestos, por favor!

EN ESTA MISMA
COLECCIÓN

BIBLIOTECA DE AUTOR DE

DANIELLE STEEL

BIBLIOTECA DE AUTOR DE

ROSAMUNDE PILCHER